源氏物語
明石のうへの
おやすみしあと

明石城主松平忠国と
源氏物語史跡の謎を追う

義根益美
Yoshimoto Masumi

PENCOIII

松平忠国と源氏物語ゆかりの地を歩く

巻頭MAP&巻頭図版

『源氏物語図屏風（明石・蓬生）』
出典：「ColBase」。カバー及び帯の画像は、（https://colbase.nich.go.jp/collection_items/tnm/A-11153?locale=ja）より作成。

『源氏物語』の世界へ

『源氏物語図屏風《びょうぶ》（明石《あかし》・蓬生《よもぎう》）』

『源氏物語』から第十三帖「明石」（写真上）と、第十五帖「蓬生」（写真下）の場面を描いた屏風《びょうぶ》。作者は宮廷所属の画家集団、土佐派の絵師と思われ、伝統と教養をふまえ、たしかな技術に基づいたクラシカルな画風が、土佐派のブランド力を示しています。署名がないのは、わざわざ書く必要のない、直接オーダーメイドされた一点ものであった可能性をしめしています。（「ColBase」解説より）

今も私たちが物語の世界を追体験できるのは、第５代明石城主 松平忠国が、「明石入道《あかしにゅうどう》の碑《ひ》」（MAP4）「岡《おか》の屋《や》形《かた》の碑（MAP11）」「平忠度《たいらのただのり》の碑」（MAP18）という三つ子のような石碑を建てたことが大きな理由でしょう。

巻頭カラーページでは忠国の史跡や、ゆかりとなる根拠《こんきょ》解説＆ MAP、きらびやかな資料で『源氏物語』の世界をお伝えします。

MAPページ（P4-22）での史跡は数字で、図版ページ（P23-45）の各資料は、アルファベットで表記しています。

13. 二星《にぼし》神社（兵庫県神戸市）
14. 辻堂《つじどう》（兵庫県神戸市）
15. 京都屋敷跡（京都府京都市）
16. 称念寺《しょうねんじ》（京都府京都市）
17. 江戸屋敷跡（東京都千代田区）
18. 忠度塚《ただのりづか》（明石市）MAP
19. 大林寺《だいりんじ》（明石市）
20. 松平忠国の墓（和歌山県伊都郡）

※ MAP 印以外は、地図に表記していませんが、次ページ以降の各解説に、住所を掲載しています。

松平忠国《ただくに》と源氏物語 ゆかりの地 MAP

古来《こらい》より多くの文学作品の舞台となってきた明石。
なかでも『源氏物語』ゆかりの地が多いことでも有名です。

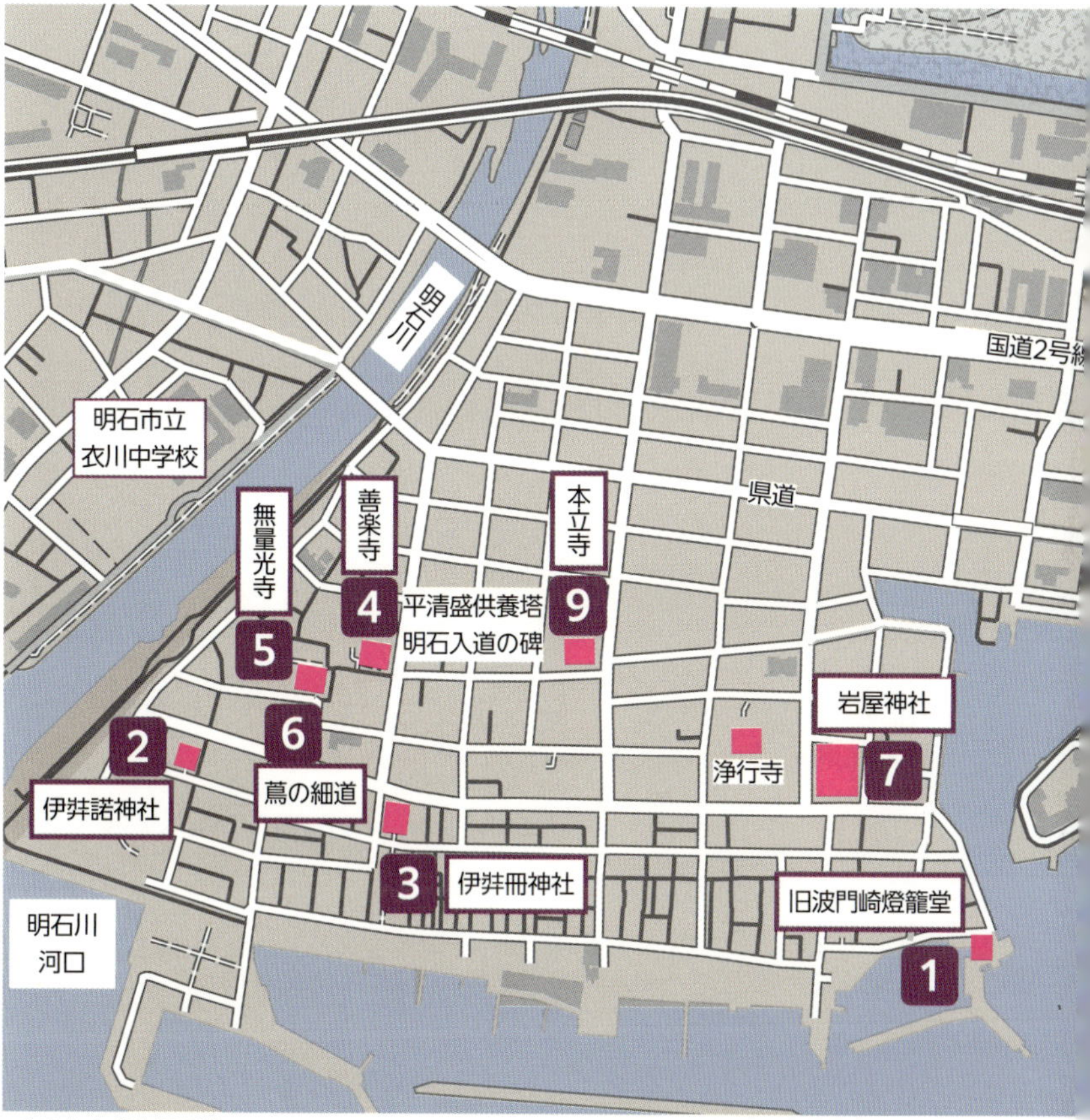

1. 旧波門崎燈籠堂《きゅうはとざきとうろうどう》（兵庫県明石市）MAP
2. 伊弉諾《いざなぎ》神社（兵庫県明石市）MAP
3. 伊弉冊《いざなみ》神社（兵庫県明石市）MAP
4. 善楽寺《ぜんらくじ》（兵庫県明石市）MAP
5. 無量光寺《むりょうこうじ》（兵庫県明石市）MAP
6. 蔦《つた》の細道（兵庫県明石市）MAP
7. 岩屋《いわや》神社（兵庫県明石市）MAP
8. 朝顔光明寺《こうみょうじ》（兵庫県明石市）MAP
9. 本立寺《ほんりゅうじ》（兵庫県明石市）MAP
10. 春日《かすが》神社（兵庫県丹波篠山市）
11. 岡《おか》之《の》屋形《やかた》跡（兵庫県神戸市）MAP
12. 地蔵院《じぞういん》（兵庫県神戸市）

源氏物語の世界を体験できるまち明石

浜《はま》の館《たち》あたり――明石の浦　ゆほびかなるところ

「播磨《はりま》の 明石の浦こそ、なほことにはべれ。何の至り深き隈はなけれど、ただ、海の面を見わたしたるほどなむ、あやしく異所に似ず、ゆほびかなる所にはべる。」と『源氏物語』（第五帖「若紫」）で紹介される明石の浦。やがて物語は進み、光源氏が自ら退居《たいきょ》した須磨（第十二帖「須磨」）から舞台は「明石」（第十三帖）へと移ります。物語で描かれるのは、明石の風景そのもの。まるで現実であるかのようです。知らず幾《いく》つもの「ゆかりの場所」が生まれ、これまで受け継がれてきました。さあ、『源氏物語』の世界へ。

春の嵐が「明石」の始まり
光源氏、須磨から明石へ

穏やかに見える明石の浦も、春先には強風が吹き海が荒れることが多い。物語では、都を離れ須磨に退居していた光源氏の住まいを雷鳴激しく春の嵐が襲う。憔悴《しょうすい》した源氏の夢に父・桐壺院《きりつぼいん》が現れ、翌朝、夢のお告げ通り、先の播磨《はりま》の守《かみ》入道（明石入道）からの迎えの船が着く。船に乗ると「飛ぶやうに明石に着きたまひぬ」。
こうして明石での生活が始まった。

明石の浦・明石の月 八月十三夜 光源氏が見た月

あはと見る 淡路の島のあはれさへ
残るくまなく 澄める夜の月

〝のどかな初夏の夜、源氏は、海上が広く明るく見渡される所で月を見ていた。それはまるで二条院《にじょういん》の月夜の池のように思えた。しかし愛《いと》しい人はその影すらもない。ただ目の前にあるのは、淡路《あわじ》の島であった。〟（第十三帖「明石」より）

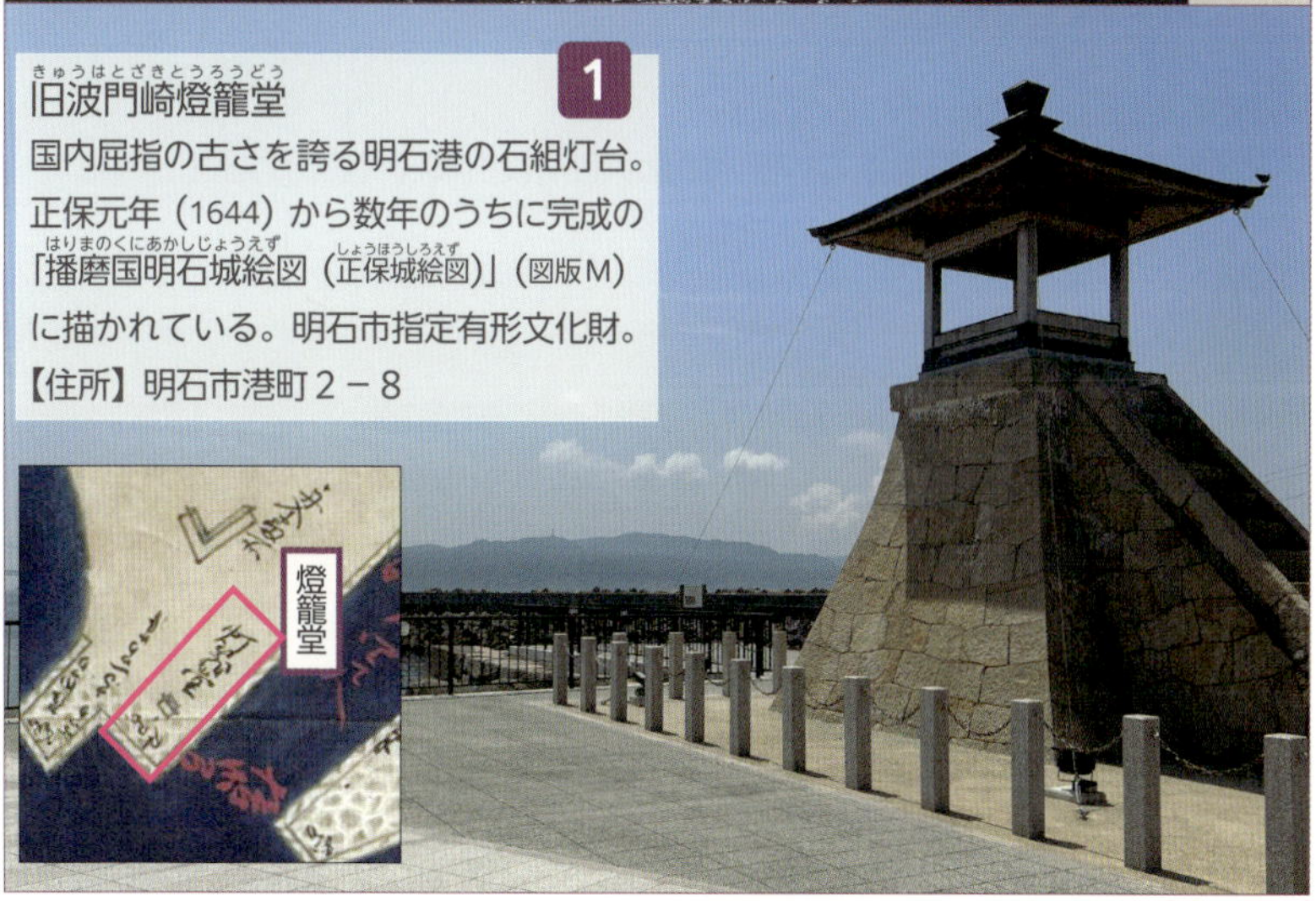

旧波門崎燈籠堂《きゅうはとざきとうろうどう》 1

国内屈指の古さを誇る明石港の石組灯台。正保元年（1644）から数年のうちに完成の「播磨国明石城絵図《はりまのくにあかしじょうえず》（正保城絵図《しょうほうしろえず》）」（図版M）に描かれている。明石市指定有形文化財。

【住所】明石市港町２－８

明石城主 松平忠国 が生きた時代

～人物像を追う～

篠山《ささやま》城主（1620～1649）から、明石城主（1649～1659）となった松平忠国（1597～1659）は、『源氏物語』ゆかりの地や、平忠度の墓に石碑を建立し、自詠《じえい》の歌を刻んだとされています。

わたしたちは今、現存するこれらの史跡を通して、歴史や文学を身近に感じることができるとも言えます。

ここからは、忠国が残した史跡や、ゆかりの地を、マップと共に紹介していきます。

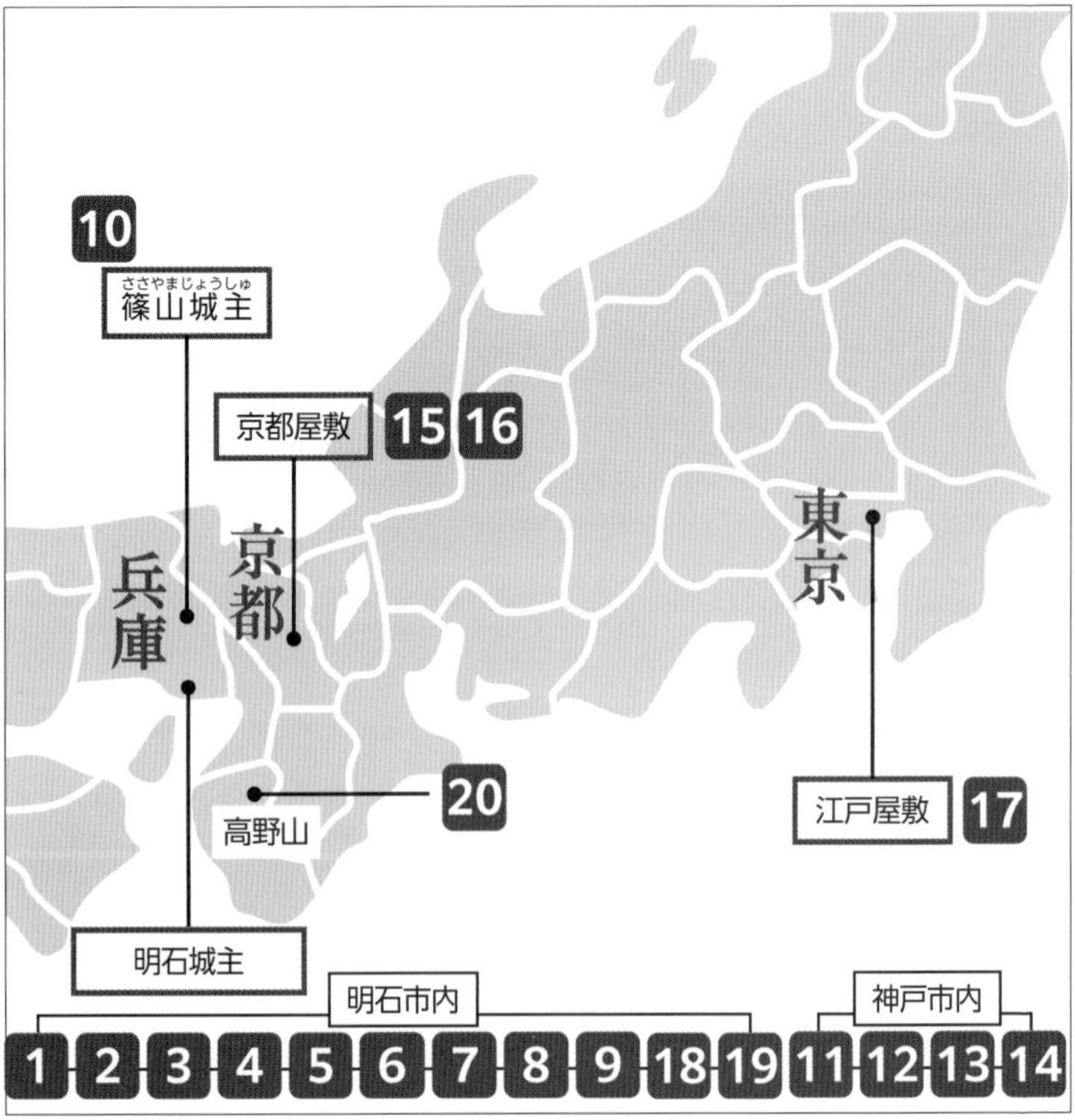

三基の石碑は三つ子の如く

松平忠国が自詠の歌を刻み建立《こんりゅう》したとされる三つの石碑。形も大きさもほぼ同じ。
それは、まるで三つ子のように、ひっそりと建つ。
忠国は、これらの石碑にどんな思いを込めたのでしょうか。

「明石入道《あかしにゅうどう》の碑《ひ》」
いにしへの
名のミのこりて有明の
明石のうへのおやすみしあと

善楽寺《ぜんらくじ》（MAP4）

「岡《おか》の屋形《やかた》の碑《ひ》」
月かけの
光君すむあととへは
岡のやかたにしけるよもきふ

岡之屋形跡《おかのやかたあと》（MAP11）

「平忠度《たいらのただのり》の碑《ひ》」
今もた、
のりのしるしにのこる石の
こけにきさめる名のミ朽ちせす

忠度塚《ただのりづか》（MAP18）

光源氏の仮住まい①（浜の館あたり）　伊弉諾《いざなぎ》神社　2

明石に来た光源氏は、入道の広大な邸宅「浜の館《たち》」に仮住まいする。源氏物語では“明石の浦は美しい。しかし人が多いことが本意に反した”と書かれている。ここから伊弉諾神社が源氏屋敷というゆかりが生まれたようだ。同神社は港があった所（明石川河口）に最も近く、かつて賑やかだったと推察される場所にある。→P236に関連記事

【住所】明石市大観町17-15

光源氏の仮住まい②（浜の館あたり）　伊弉冊神社《いざなみじんじゃ》　3

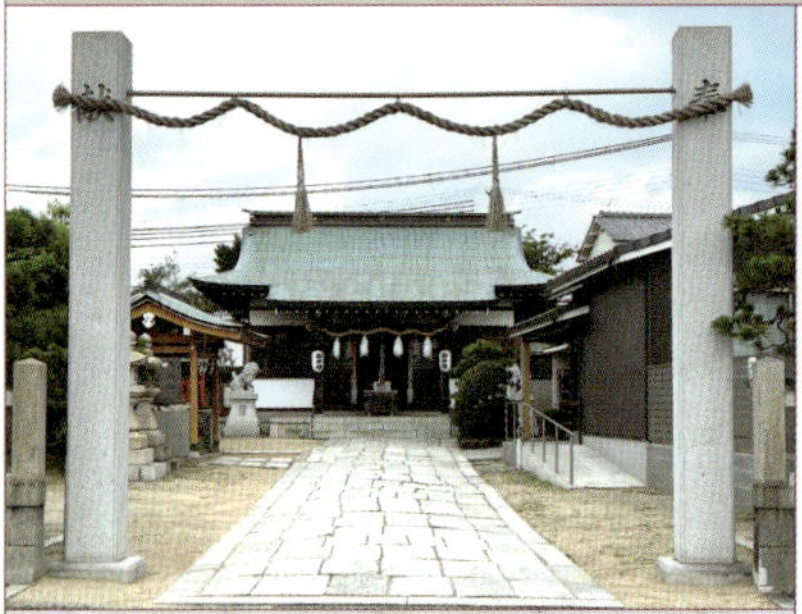

「さなぎさん」と親しまれている伊弉冊神社。「摂津名所地図《せっつめいしょちず》」（写真左中、図版O）では、「無量光寺」の所に「光源氏無量光寺江御入之由、其時の無量光寺屋敷ハ左奈義宮乃前之由、此所にて源氏月を詠、諸人月かけ珍重にいひて此寺の山号月浦山と号」（源氏が無量光寺に住まわれた時、屋敷は左奈義宮の前にあり）とある。また、「摂津名所地図」に「光源氏月見の松」が描かれており、「明石記」ではその場所について「牛頭天王《ごずてんのう》之社前南」とある。同神社には「牛頭天王社」の手水鉢《てみずばち》（写真下）がある。→P200に関連記事

【住所】明石市岬町19-8

明石入道《あかしにゅうどう》の屋敷（浜の館《たち》あたり）　法寫山《ほうしゃさん》 善楽寺《ぜんらくじ》 戒光院《かいこういん》 4

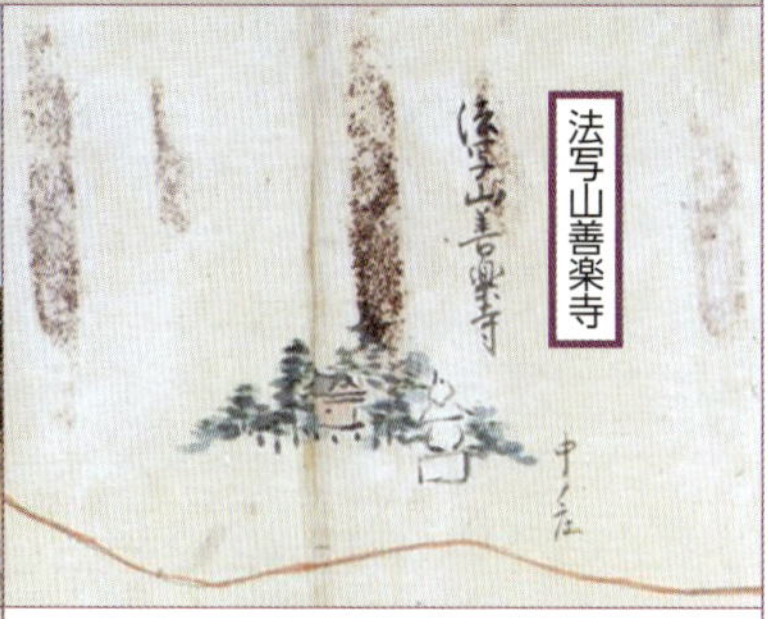

平清盛《たいらのきよもり》供養塔《くようとう》と明石入道の碑

明石入道の碑

善楽寺とは、戒光院・円珠院の総称で、平安時代末期には明石川東岸一帯を占める一大寺院であったという。明石入道の屋敷「浜の館《たち》」跡とされる。現在、境内には平清盛供養塔、松平忠国が自詠の歌を刻んだ石碑などがある。

「摂津名所地図」（図版O）には明石入道の御在所とある。また明暦3年（1657）、松平忠国が石碑を建立し、それに自詠の歌を刻んだとして、次の歌が紹介されている。

「いにしへの名のみ残りて有明の
　明石のうへの おやすみしあと」

忠国が自詠の歌を刻んだとされる同型の石碑は、「岡之屋形跡《おかのやかたあと》（神戸市）」「忠度塚《ただのりづか》（明石市）」と３カ所に現存している。歌に「明石のうへのおや」「岡の屋形」を詠《よ》んでいることから、「文学好きのお殿様（忠国）が、明石藩領内に次々と『源氏物語』ゆかりの地を設定していった」と解釈され現在に至っている。

（本書は本当にそうなの？という疑問からスタート。本文で解き明かしていきたい）

【住所】明石市大観町11-8

源氏月見屋敷　月浦山 無量光寺《むりょうこうじ》　5

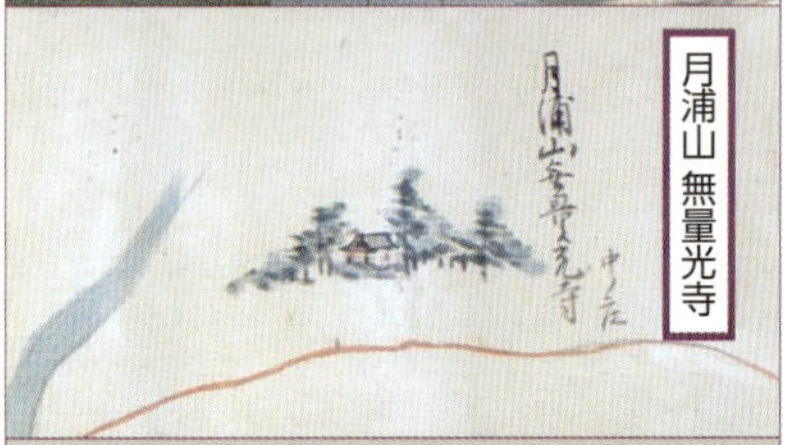

月浦山 無量光寺

「六条院《ろくじょういん》の女楽《おんながく》」の額装

光源氏が月見を楽しんだ「源氏弄月《ろうげつ》の地」とされる。「摂津名所地図」(図版O) には、源氏が月を見て歌を詠んで楽しんだ場所のゆかりから月浦山と呼ばれているとある。

また芭蕉の弟子、河合曾良《かわいそら》の『曾《そ》良旅日記《らたびにっき》』(元禄四年日記、1691年) に「明石善□□寺行入道ノ石塔ヲ見る　隣ニ月浦山無量壽寺ヲ見ル。源氏ノ月見ノ地ノ由」とある。

同寺は太平洋戦争の大空襲（昭和20年）で全山焼失するなか、左甚五《ひだりじんご》郎《ろう》作と伝わる彫刻のある山門は奇跡的に焼失を免れ、その姿を今にとどめている。寺務所には、女三宮《おんなさんのみや》、明石女御《にょうご》、紫の上、明石の君の4名が楽器を奏でる有名な場面「六条院の女楽」(第35帖「若菜下」) を描いた額装もある。文学とのゆかりも深く、先々代住職の小川龍彦氏は佐藤春夫《さとうはるお》に終生にわたって師事。有島武郎《ありしまたけお》、武者小路実篤《むしゃのこうじさねあつ》等とも交流をもち、倉田《くらた》百三《ひゃくぞう》は同寺に逗留《とうりゅう》し『出家とその弟子』を執筆した。→P235に関連記事

【住所】明石市大観町10－11

蔦《つた》の細道《ほそみち》と石碑　無量光寺 山門《さんもん》前の道　6

源氏が「浜《はま》の館《たち》」から、明石の君の住む「岡辺《おかべ》の宿《やど》」へ通ったとされる道（『源氏物語』に蔦の細道は出てこない）。→第3章5節に詳細記事

『明石市史』によると碑は1921年頃、地元の有志らが建立し伊藤明瑞《いとうめいずい》の書とある。

光源氏月見の松（源氏松） 岩屋神社《いわやじんじゃ》 7

「光源氏月見の松」の場所は、「明石記」に「岩屋明神牛頭天王《ごずてんのう》之社前南」（岩屋神社の西南、牛頭天王社前南）とある。同神社の「岩屋明神社地境裁許《いわやみょうじんしゃちさかいさいきょ》の絵図面《えずめん》」（図版Q）から、その場所と同神社の社地内にあったことが判明する。忠国は源氏屋敷と想定したと思われる。→P 199に関連記事

【住所】明石市材木町8-10

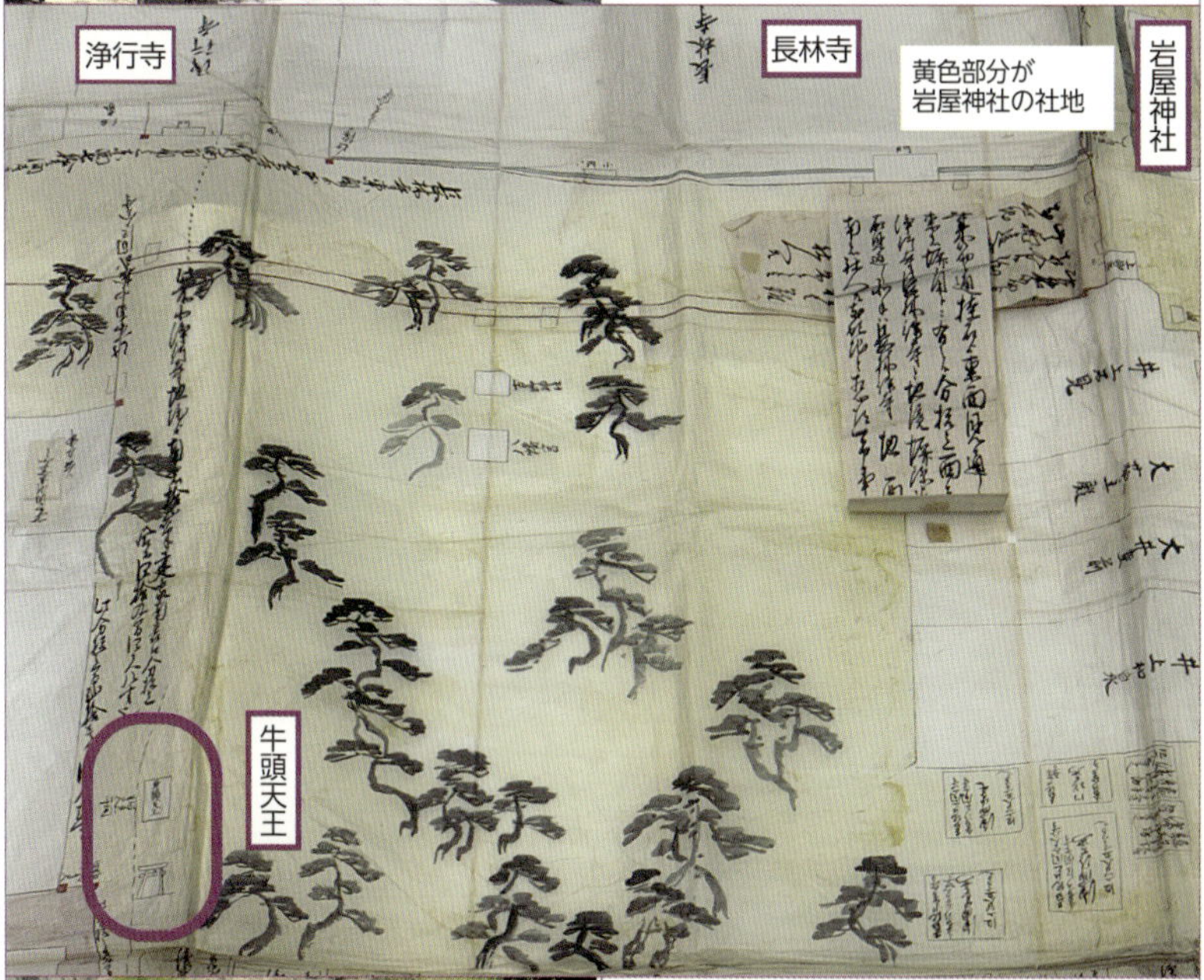

絵図面で牛頭天王と記された場所は現在、空き地（官有地）だが玉垣《たまがき》や鳥居の土台状の石があり神社の痕跡《こんせき》が残る。地元では「この石はとても大切なもの」と言い伝えられているとのこと。空き地の南側は海に近く「明石記」源氏松の記述に添う。

光源氏月見の池（あさがおの池）　朝顔光明寺《あさがおこうみょうじ》　8

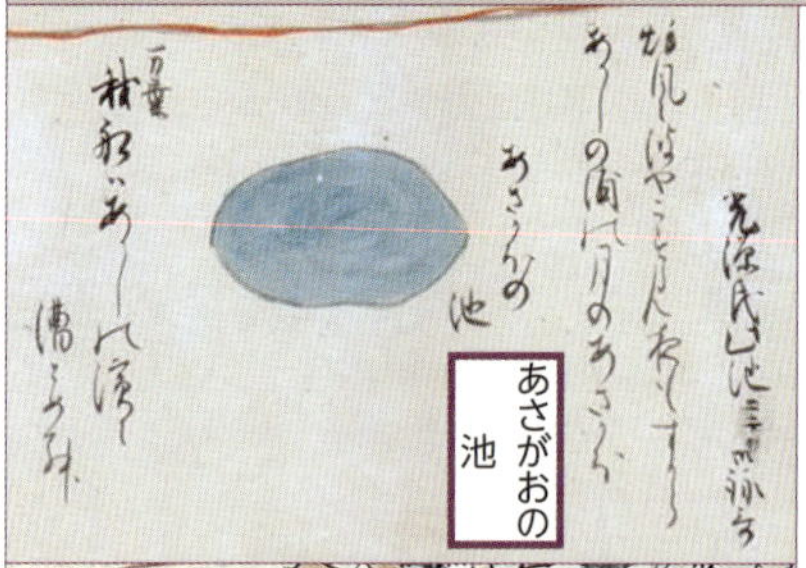

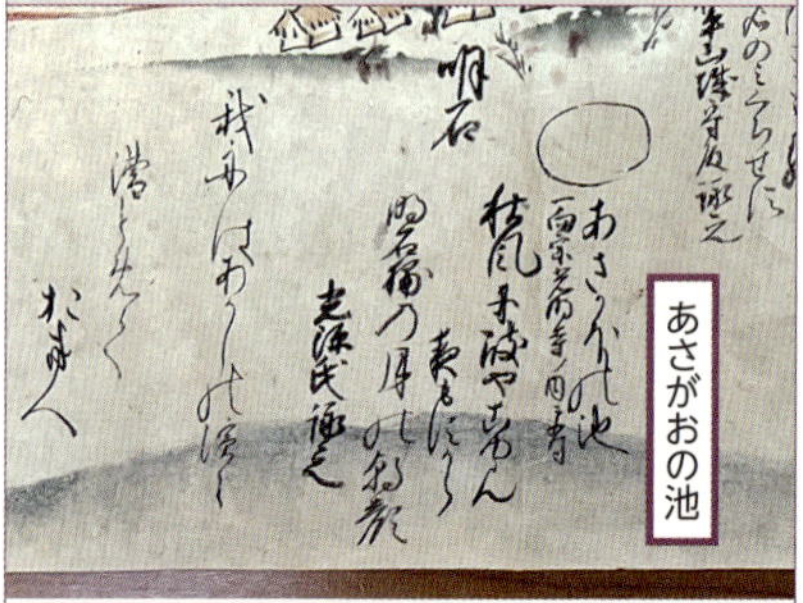

「摂津名所地図」（写真上、図版O）には朝顔光明寺の建物や寺名は書かれていないが、「あさがおの池」とする大きな楕円形の池の絵と、光源氏がこの池で詠んだ歌として、「秋風に波やこすらむ 夜もすがら あかしの浦の 月のあさがほ」がある。この歌は『源氏物語』には載っていないが、大久保季任《おおくぼすえとう》時代には、光源氏の月見の池として広く知られていて、明石藩として『源氏物語』ゆかりの名所として絵図に記載すべきものだという認識があったことがわかる。「猪《い》名入江《ないりえ》より加古川迄絵巻《かこがわまでえまき》」（写真下、図版P）にも池が描かれている。

→P232に関連記事【住所】明石市鍛治屋町2-9（一般公開はしていません）

儒学者《じゅがくしゃ》 梁田蛻巖《やなだぜいがん》の墓、梁田景徳館文庫《やなだけいとくかんぶんこ》　日蓮宗 本立寺《ほんりゅうじ》　9

明石藩の儒学者 梁田蛻巖（寛文12年／1672～ 宝暦7年／1757）は、「明石に過ぎたるもの」といわれるほどの大学者で、本立寺には、蛻巖の墓を中心に代々の墓がある。また、二百回忌を記念して梁田邦治氏より「梁田景徳館文庫」図書群一千冊が明石市に寄贈され、本立寺にて保管されている（写真右）。

→P193に関連記事　【住所】明石市日富美町6-8

『源氏物語』ゆかりの史跡を今に残す

篠山城主《ささやまじょうしゅ》時代の忠国

10

絵馬「黒神馬《くろしんめ》」（松平忠国奉納）
丹波篠山 春日神社《かすがじんじゃ》　奉納絵馬殿《ほうのうえまでん》
【住所】丹波篠山市黒岡1015

慶安二年（一六四九）、篠山城主だった松平忠国が奉納した絵馬「黒神馬」が、丹波篠山　春日神社の奉納絵馬殿に現存しています（丹波篠山市指定文化財）。

「筆勢まことに見事で、狩野尚信《かのうなおのぶ》の筆と伝えられている」（同神社の説明より）。この絵馬も、『源氏物語』にゆかりがあると想像を膨らませることができます。

第十二帖「須磨」に、自ら須磨に退居した光源氏の元へ訪ねてきた左大臣家《さだいじんけ》の三位中将《さんいちゅうじょう》と、一晩中語りあかし、翌朝京に戻る際に、源氏が「形見に偲びたまへ」と黒馬を贈った、という場面があり、忠国は、慶安二年七月に篠山を離れ明石城主となる自身の思いを、光源氏の思いと重ねたのかもしれません。

↓P97、134に関連記事

源氏物語の世界を体験できるまち　神戸市西区

岡辺《おかべ》の宿《やど》あたり――「明石入道の子孫」伝承

岡の屋形の碑／岡之屋形跡《おかのやかたあと》　【住所】兵庫県神戸市西区櫨谷《はせたに》町松本　**11**

神戸市西区（江戸時代は明石藩）には、明石の君がいたとされる「岡辺の宿」跡など、多くの『源氏物語』ゆかりの場所があります。その一つが「岡の屋形碑」です。上記写真右側は、明暦三年（一六五七）、松平忠国が建立し、それに自詠の歌を刻んだとされる記録が残る石碑です。

「月影《つきかげ》の光君住あととへは　岡の屋形にしける蓬生《よもぎう》」（『明石記』松本村より）

この歌は、かつてこの地域一帯を治めていた明石氏をしのんで詠んだとも考えられ、忠国の石碑は大切に祀《まつ》られてきました。説明板によると一九九六年、地元の松本財産管理会によって立派な「岡之屋形跡」碑が建てられました。

↓P214に関連記事

岡之屋形跡碑整備前の写真。地元で奥殿さんと大切に祀られてきた石碑（右）と不動明王。整備に伴い、不動明王は1996年に大師堂境内に移転した。（案内板より）（写真は『大都市の中の農村』より。木村英昭氏提供）

【左頁写真下の説明】

●二星神社
全国の二星姓一統の祖先が祀られている神社。二星家は「明石入道の子孫」との伝承を有する。

●辻堂 大師堂と不動明王
二星姓一統の辻堂。「明石記」に、「辻堂」「明石入道之草創也」とある。

源氏物語ゆかりの寺　願王山　地蔵院《じぞういん》　12

同院の縁起には、源氏岡越《おかごし》の松、鬢《びん》が渕《ふち》など源氏物語ゆかりの記述が多く残されている。

万治2年（1659）に城主となった松平忠国の子、信之《のぶゆき》は熱心に新田開発を進め、各地に供養塔《くようとう》があり、今も「日向《ひゅうが》さん（官職名）」と呼ばれ祀《まつ》られている。同院には信之の位牌《いはい》がある（写真下）。

【住所】神戸市西区櫨谷町松本495

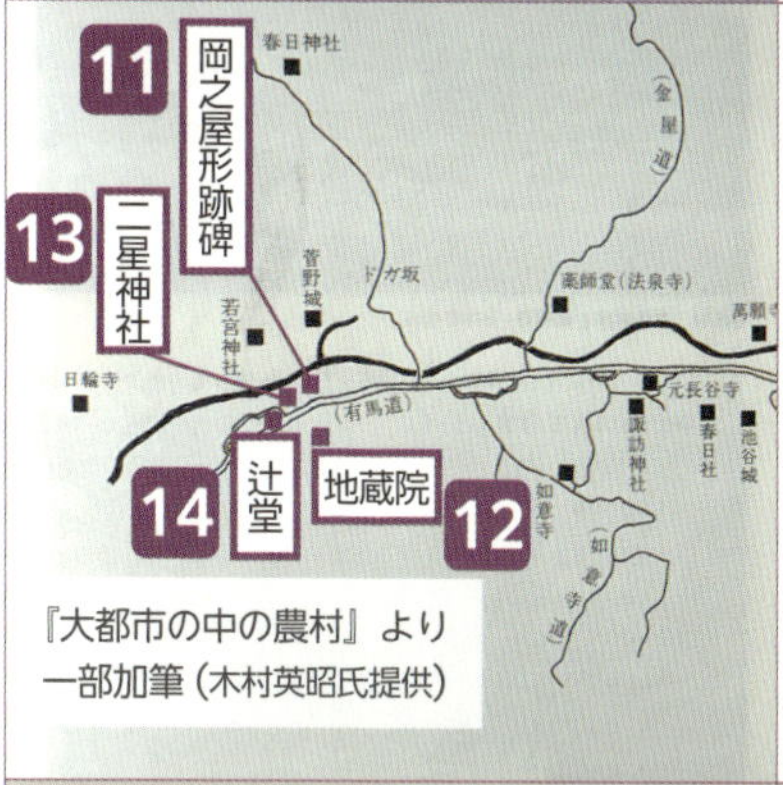

『大都市の中の農村』より
一部加筆（木村英昭氏提供）

明石入道の子孫を祀る　二星神社《にぼし》　13

明石入道之草創也《あかしにゅうどうのそうそうなり》　辻堂《つじどう》　14

京の寛永文化《かんえいぶんか》に触れていた忠国

京絵図に残された京都屋敷と忠国の墓

松平忠国の京都屋敷跡【住所】京都府京都市下京区四条通高倉西入立売西町79番地 **15**

松平忠国の墓／本空山無量寿院《ほんくうざんむりょうじゅいん》 称念寺《しょうねんじ》【住所】京都市上京区寺之内通浄福寺西入上る西熊町270 **16**

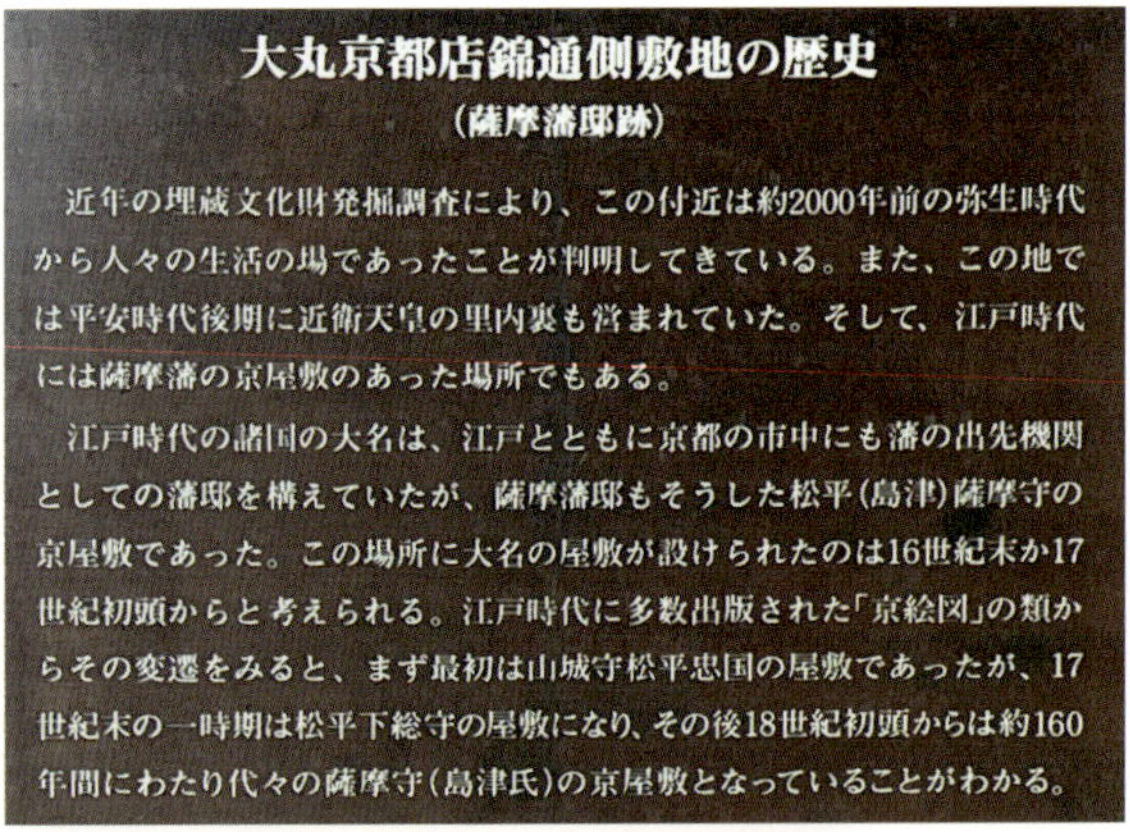

大丸京都店錦通側敷地の歴史
（薩摩藩邸跡）
近年の埋蔵文化財発掘調査により、この付近は約2000年前の弥生時代から人々の生活の場であったことが判明してきている。また、この地では平安時代後期に近衛天皇の里内裏も営まれていた。そして、江戸時代には薩摩藩の京屋敷のあった場所でもある。
江戸時代の諸国の大名は、江戸とともに京都の市中にも藩の出先機関としての藩邸を構えていたが、薩摩藩邸もそうした松平（島津）薩摩守の京屋敷であった。この場所に大名の屋敷が設けられたのは16世紀末か17世紀初頭からと考えられる。江戸時代に多数出版された「京絵図」の類からその変遷をみると、まず最初は山城守松平忠国の屋敷であったが、17世紀末の一時期は松平下総守の屋敷になり、その後18世紀初頭からは約160年間にわたり代々の薩摩守（島津氏）の京屋敷となっていることがわかる。

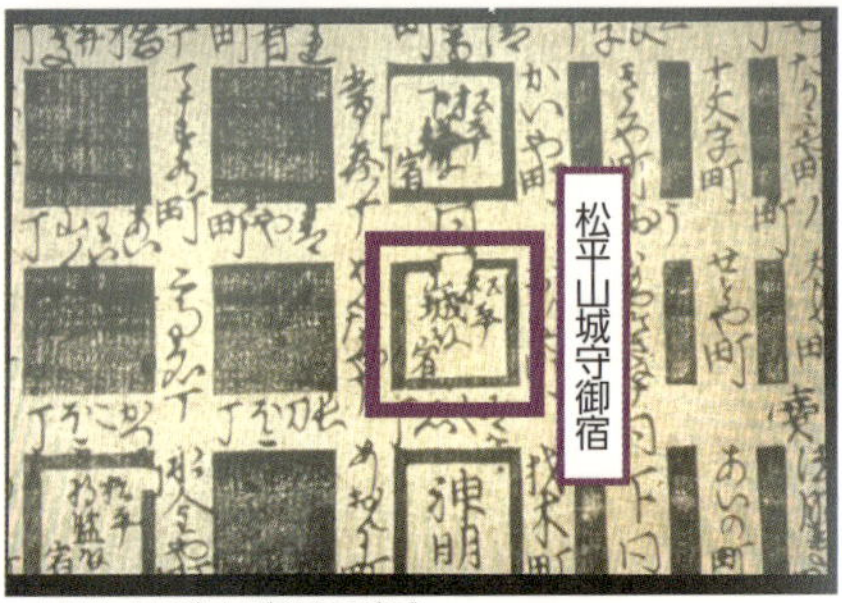

松平山城守御宿

『平安城東西南北町并之圖《へいあんじょうとうざいなんぼくまちならびのず》』（京都大学附属図書館所蔵）部分

「大丸京都店錦通《にしきどおり》側敷地の歴史」（銘板）に、〝江戸時代に多数出版された「京絵図」の類からその変遷《へんせん》をみると、まず最初は山城守《やましろのかみ》松平忠国の屋敷であったが、十七世紀末の一時期は松平下総守《しもうさのかみ》の屋敷になり〟と紹介されています。また、京絵図（写真中央）からは「松平山城守御宿」と読み取れ、ここに京都屋敷があったことが分かります。

忠国の父、信吉が慶長十一年（一六〇六）に建立した称念寺には、信吉と忠国の墓（左写真）があります。↓P136に関連記事

「有楽町一丁目遺跡」の発掘調査で藤井松平家の屋敷跡出土

三五〇年の時を超え、発掘された藤井松平家江戸屋敷目を奪う豪華な食膳具《しょくぜんぐ》の数々。明暦三年、江戸大火で全焼失

松平忠国の江戸屋敷跡【住所】東京都千代田区有楽町一丁目

17

忠国の江戸屋敷跡から発掘された金箔瓦
（有楽町一丁目遺跡 160遺構　軒平瓦［金箔瓦］、千代田区教育委員会所蔵）

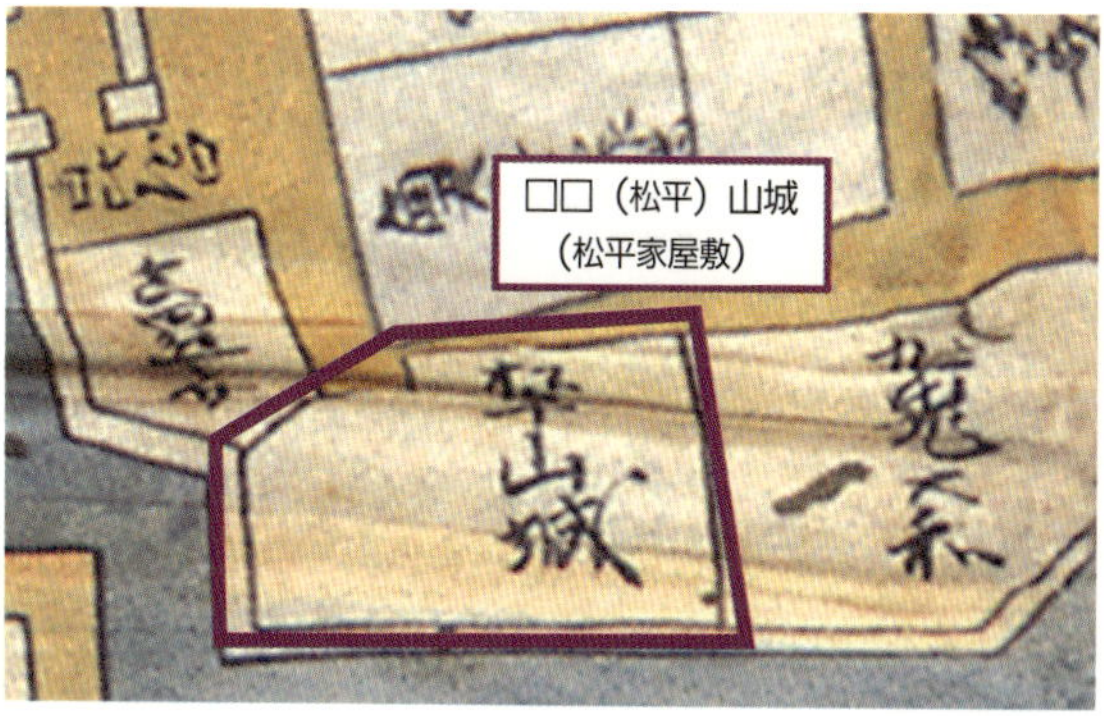

寛永19～20年（1643～44）頃と推定される『江戸全図』（臼杵《うすき》市教育委員会所蔵、図版E）に、「□□（松平）山城」と松平家屋敷が描かれている

2013年、「有楽町一丁目遺跡」の発掘調査によって、藤井松平家屋敷跡に関する遺構《いこう》や遺物《いぶつ》が多数出土しました。桃山文化のなごりを残す慶長から寛永期における江戸大名屋敷の建築や食膳具からは、忠国の美意識の高さをうかがい知ることができます。

賓客《ひんきゃく》をもてなし、人脈を築いたであろう江戸屋敷。

しかし明暦３年（1657）の江戸大火で全焼失してしまいます。明暦３年―忠国の「３つの石碑建立」とされる年です。→Ｐ146に関連記事

『源氏物語』だけではない
忠国が残した三つ目の石碑は平忠度《たいらのただのり》の墓に

平忠度の碑／忠度塚　【住所】明石市天文町2−2

18

一の谷の戦い（源平合戦）で敗れた平忠度の墓とされる「忠度塚」にも忠国が建立したとされる石碑が現存しています。

第四代明石城主・大久保季任《すえとう》時代（一六三九～四九）の『播州明石城図』（図版L）には、すでに現在とほぼ同じ場所に「平忠度墓」が描かれており、それを裏付けるように、手水鉢には「正保三年 奉寄進 十二月吉日」とあります。正保三年は一六四六年。

忠国は明暦三年（一六五七）、石碑を建立し、それに自詠の歌を刻んだとされています。

「今もたゝ　のりのしるしに　のこる石の
こけにきさめる　名のミ朽ちせす」
（「摂津名所地図」より）

↓P190に関連記事

忠度塚に現存する手水鉢には「正保三年 奉寄進 十二月吉日」と刻まれている。

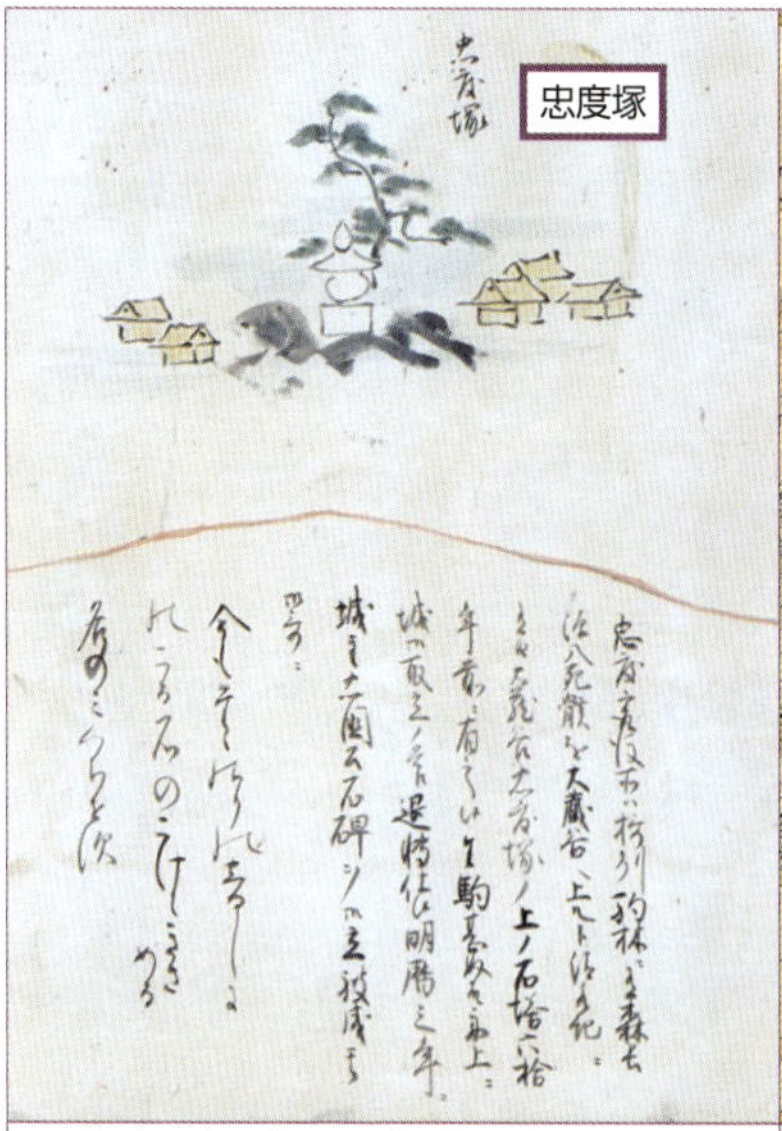

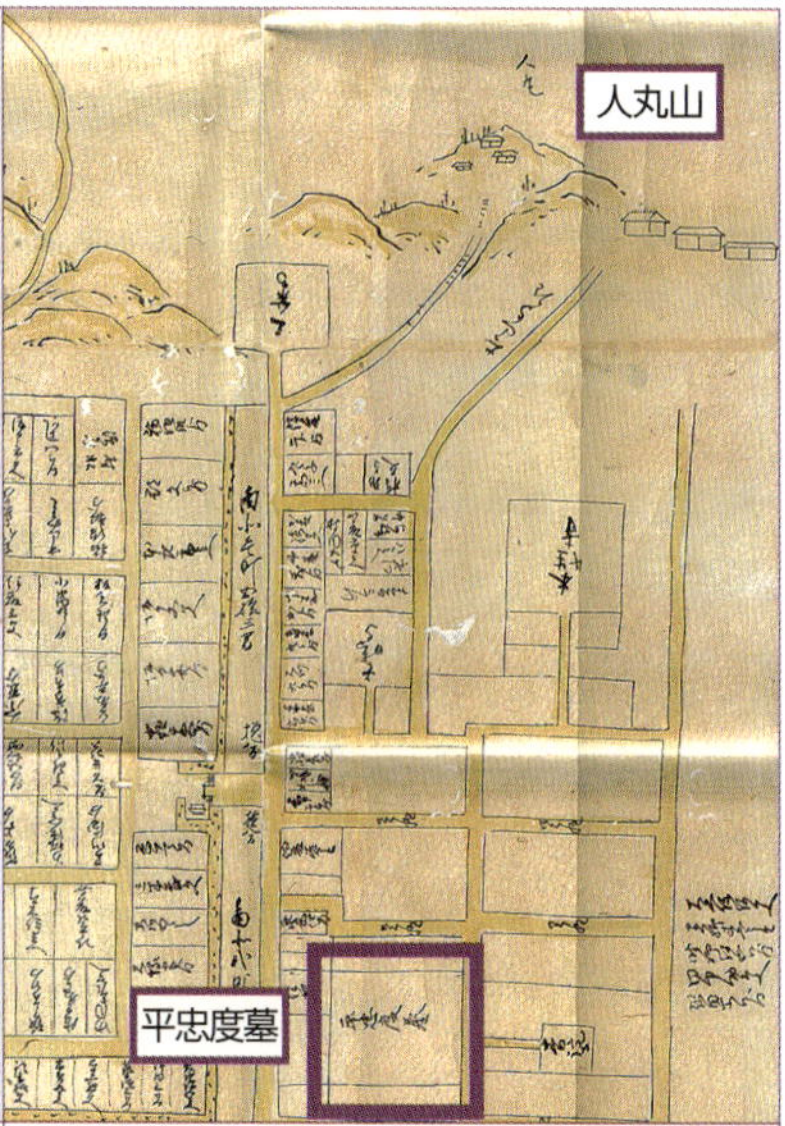

寛文7年（1667）「摂津名所地図」（図版O）の「忠度塚」には五輪塔と松の絵が描かれている。忠国が自詠の歌を刻んだ石碑を建立したと、歌と共に記載されている。

第4代明石城主・大久保季任《すえとう》時代（1639～49）の『播州明石城図』（図版L）より。現在とほぼ同じ場所に「平忠度墓」が描かれている。

松平忠国の供養《くよう》碑と位牌《いはい》　鳳凰《ほうおう》山 大林寺《だいりんじ》　19

大林寺には忠国の供養塔（写真左）と位牌がある。忠国の命により松陰新田《まつかげしんでん》が開発され、明暦元年（1655）に13町7反余の開発が完成。地元では「道覚《どうかく》さん（忠国の法号）」と呼ばれ親しまれている。【住所】明石市大久保町721-2

明石城主として生きた証を高野山の墓石に残す

播《ばん》州《しゅう》明《あか》石《し》城《じょう》主《しゅ》松《まつ》平《だいら》山《やま》城守《しろのかみ》忠《ただ》国《くに》

松平忠国の墓
高野山《こうやさん》　奥の院　**20**

【住所】和歌山県伊都郡高野町高野山550

多くの戦国武将の墓がある高野山。そこに忠国の墓があります。標柱《ひょうちゅう》もなく、案内図にも載っていませんが、明智光秀《あけちみつひで》の墓所を目指して行くと、ひときわ大きな五輪が目に入ってきます。それが忠国の墓。

墓石には、「播州明石城主松平山城守忠国」と彫られています（京都・称念寺の墓に刻まれていたのは、戒名と亡くなった日）。「明石には、松平山城守忠国という城主が確かに存在した」という証拠とも言えるでしょう。苔《こけ》むした墓石を見ていると、忠国が忠度塚の石碑に刻んだこの歌が思い出されます。

今もたゝ　のりのしるしに　のこる石の
こけにきさめる　名のミ朽ちせす

↓P163に関連記事

巻頭図版

A 「百椿図」（根津美術館所蔵）
B 「松平忠国宛酒井忠勝書状」（上山市所蔵、安城市より画像データ提供）
C 「（桂宮文書）松平忠国書状」（宮内庁書陵部所蔵）
D 「平安城東西南北町并之図」（京都大学附属図書館所蔵）
E 「江戸全図」（臼杵市教育委員会所蔵）
F～K 「有楽町一丁目遺跡出土藤井松平家関係資料」（千代田区教育委員会所蔵）
F 「173号遺構 出土木札『松平山城守』墨書」
G 「160遺構　軒平瓦（金箔瓦）No.7」
H 「070号遺構　色絵皿（中国・景徳鎮窯　口径144㎜他）」
I 「070号遺構出土遺物（明暦の大火罹災一括資料）」
J 「070号遺構（青磁水指　中国・龍泉窯か　口径144㎜復元）」
K 「070号遺構No.1」
L 「播州明石城図」（小田原市立中央図書館所蔵岩瀬家文書）
M 「播磨国明石城絵図（正保城絵図）」（国立公文書館デジタルアーカイブ）
N 「播州明石之城図」（兵庫県立歴史博物館所蔵）
O 「摂津名所地図」（神戸市立中央図書館所蔵）
P 「猪名入江より加古川迄絵巻」（長田神社所蔵）
Q 「岩屋明神社地境裁許の絵図面」　寛政十二年、嘉永六年写（岩屋神社所蔵）

忠国の高い美意識と教養、広い人脈しめす

【ならして】智忠親王
ならして
八千とせの椿とは
このはなならしてに
とりみるもさかり
久しき　智忠

「百椿図《ひゃくちんず》」部分（根津美術館所蔵）A

忠国と息子の信之が親子二代で完成させたとされる「百椿図」。百種類以上もの椿を精細に、色鮮やかに描きだした屈指の名品で、華麗な絵は、京狩野の祖・狩野山楽《かのうさんらく》と伝えられています。絵には、大名、歌人や連歌師、俳人、儒者、僧侶など四十九人もの人々が和歌や俳句、漢詩の賛（絵画に詩や文を書き込むこと）を寄せており、忠国の人脈の広さがうかがわれる作品です。

忠国と信之が親子二代で完成させたとされる「百椿図《ひゃくちんず》」

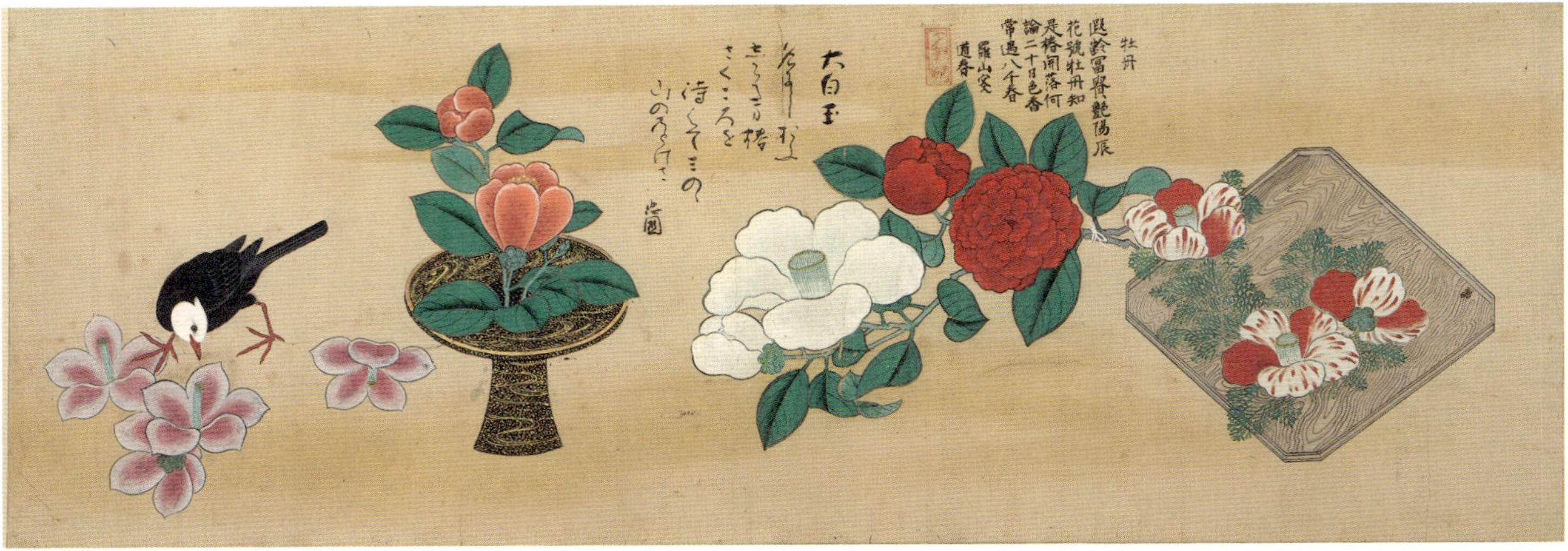

【牡丹】林羅山牡丹

遐齢冨貴艶陽辰
花號牡丹知
是椿開落何
論二十日色香
常遇八千春
羅山叟
道春

【大白玉】松平忠国

大白玉
名にしおふ
しらたま椿
さくころを
待えてみのゝ
山ののとけさ
忠國

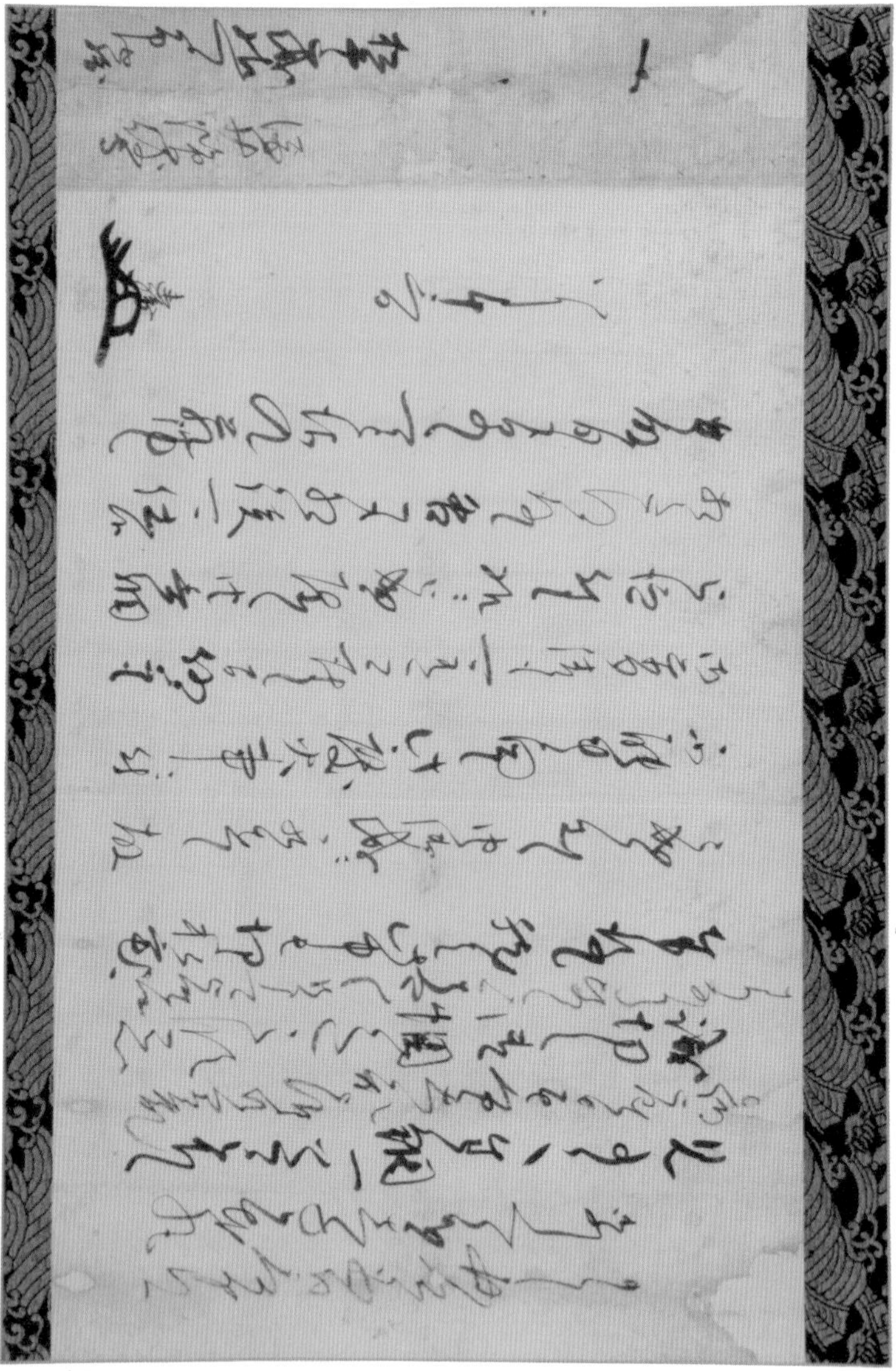

「松平《まつだいら》忠国《ただくに》宛《あて》酒井《さかい》忠勝《ただかつ》書状《しょじょう》」（上山市《かみのやまし》所蔵、安城市《あんじょうし》より画像データ提供） B

三代・四代将軍のもとで老中・大老を務めた酒井讃岐守《さぬきのかみ》忠勝から忠国へ送られた書状。見事な生鯛を送ってもらったことの御礼が書かれています。

書状からうかがえる忠国の人脈の広さと処世術

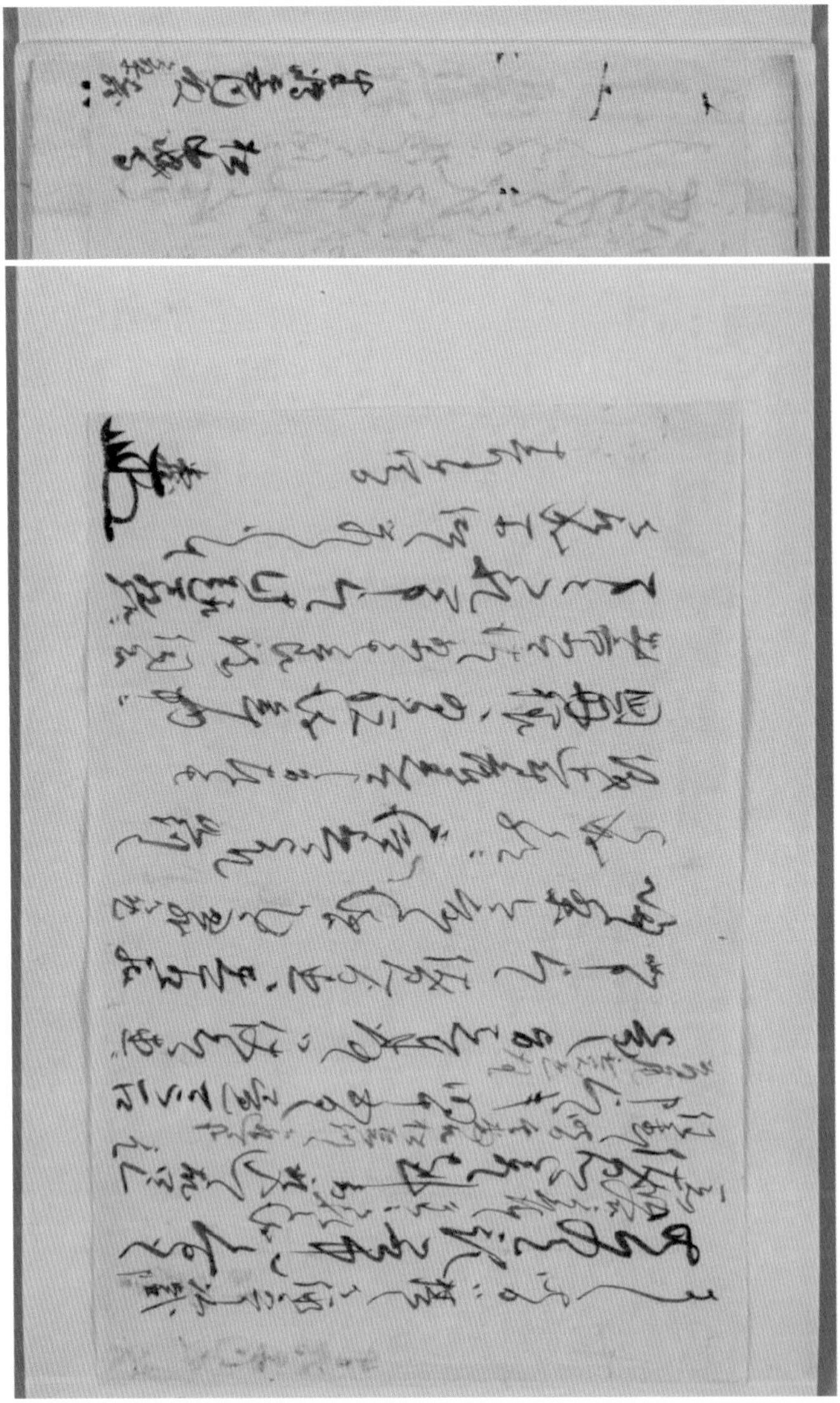

「〔桂宮文書《かつらのみやぶんしょ》〕松平忠国書状《まつだいらただくにしょじょう》」（宮内庁書陵部所蔵《くないちょうしょりょうぶしょぞう》） C

八条宮家《はちじょうのみやけ》にあてた忠国からの書状。宮内庁書陵部所蔵の八条宮家あて忠国の書状は、全部で 23 通あり、交流の深さを物語っています。

忠国の京都屋敷

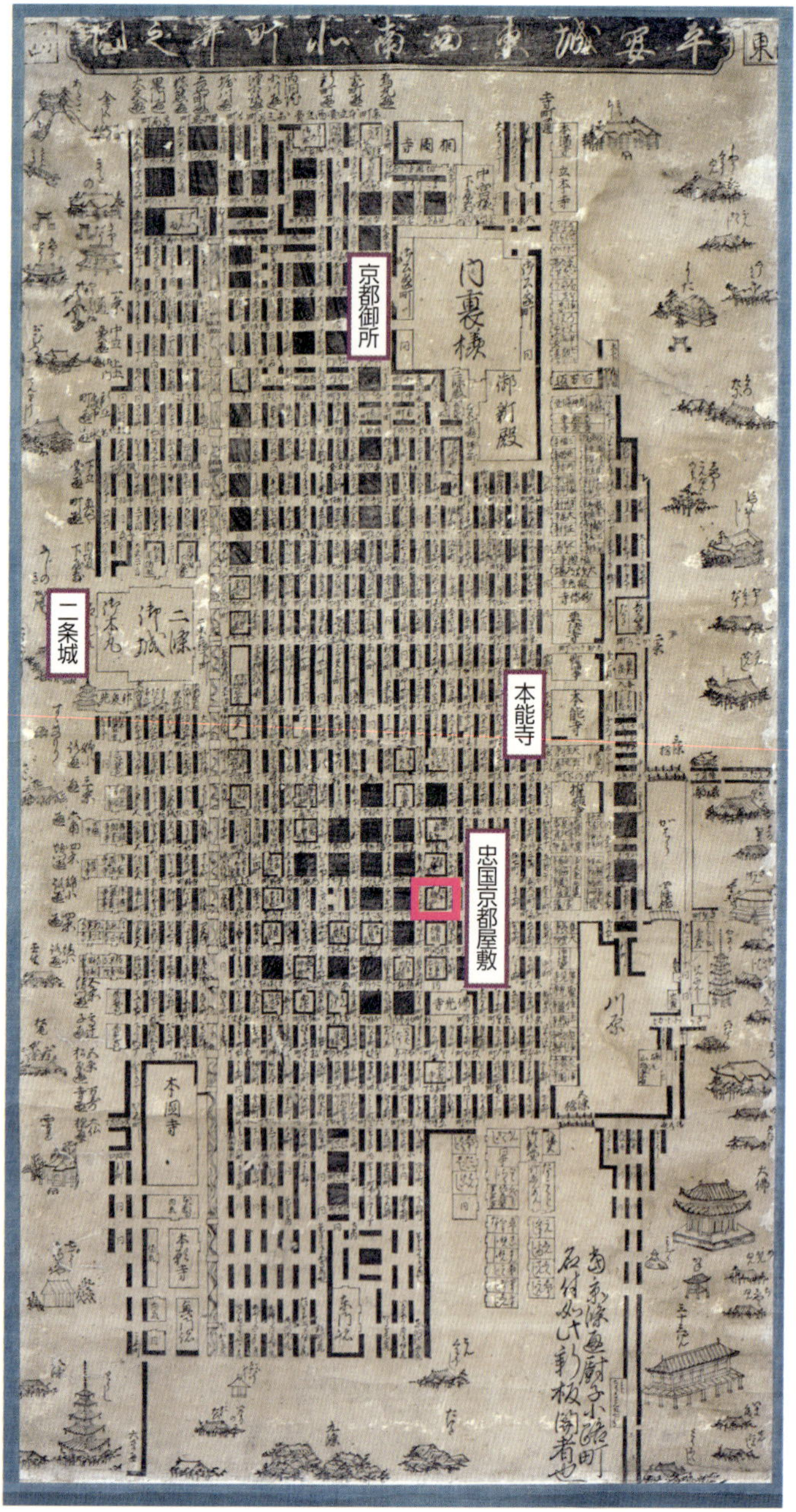

「平安城東西南北町并之図《へいあんじょうとうざいなんぼくまちならびのず》」（京都大学附属図書館所蔵）

D

江戸前期の京絵図。忠国の京都の屋敷があったことが読み取れます。

大名たちの江戸屋敷

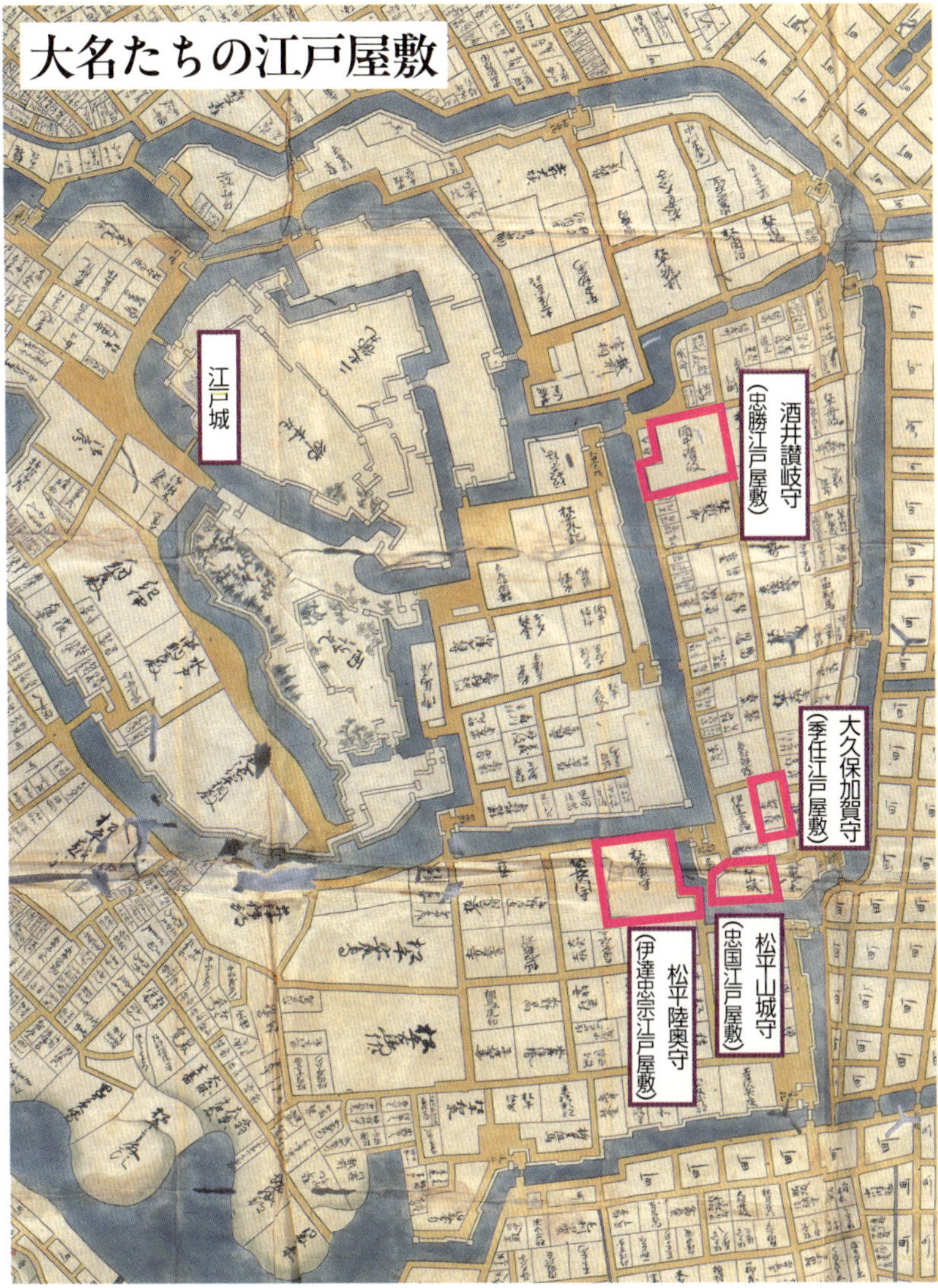

「江戸全図《えどぜんず》」部分（臼杵市《うすきし》教育委員会所蔵） **E**

寛永《かんえい》19年（1642）から翌20年（1643）までに成立した地図と考えられ、江戸の全体像を知る上で非常に重要な史料。大久保季任《おおくぼすえとう》が４代明石城主、忠国は篠山《ささやま》城主《じょうしゅ》時代で、両家の江戸屋敷は近所にあったことが分かります。

発掘された忠国の江戸屋敷　その遺跡から探る忠国の人物像

「有楽町一丁目遺跡出土藤井松平家関係資料」（千代田区教育委員会所蔵）

二〇一三年、日比谷三井ビル建て替え工事に伴う埋蔵文化財発掘で、慶長十三年（一六〇八）前後から天和《てんな》三年（一六八三）まで当該地を拝領した、譜代大名《ふだいだいみょう》藤井松平家屋敷跡に関係する資料群が大量に発見されました。

明暦《めいれき》三年（一六五七）の江戸大火で全焼失した江戸屋敷で、「関係資料三一九点」は、二〇一六年、千代田区の考古資料として有形文化財に指定されました。

「173号《ごう》遺構《いこう》出土《しゅつど》木札《きふだ》『松平山城守《まつだいらやましろのかみ》』墨書《すみがき》」

F

「160遺構《いこう》　軒平瓦《のきひらがわら》（金箔瓦《きんぱくがわら》）No.7」 G

江戸遺跡では、検出例が極めて少ない17世紀前葉のものと思われる100枚以上の金箔瓦と、黒漆塗装をした板に金箔を貼りつけた装飾部材が出土しました。忠国が江戸屋敷で用いた金箔瓦には、五七桐紋《ごしちきりもん》入りの豊臣系の金箔瓦と同じ特徴を持つものが含まれています。

「070号遺構《いこう》　色絵皿《いろえざら》（中国《ちゅうごく》 景徳鎮窯《けいとくちんよう》　口径144mm他）」 H

「070号遺構《いこう》出土《しゅつど》遺物《いぶつ》（明暦《めいれき》の大火《たいか》罹災《りさい》一括《いっかつ》資料《しりょう》）」 I

「070 号遺構《ごういこう》 青磁《せいじ》 水指《みずさし》（中国《ちゅうごく》・龍泉窯《りゅうせんよう》か　口径 140mm 復元）」 J

龍泉窯青磁で手桶型の製品は中国磁器には珍しいものなので日本からの特注ではないかと考えられています。

「070 号遺構《ごういこう》 No.1」 K

景徳鎮窯《けいとくちんよう》のチョコレートカップ形をしている小坏《こさかずき》

明石城図から見える歴史

「播州《ばんしゅう》明石《あかし》城《じょう》図《ず》」（小田原市立中央図書館所蔵岩瀬家文書）L

第四代明石城主　大久保季任《すえとう》時代（一六三九～四九年）の明石城図

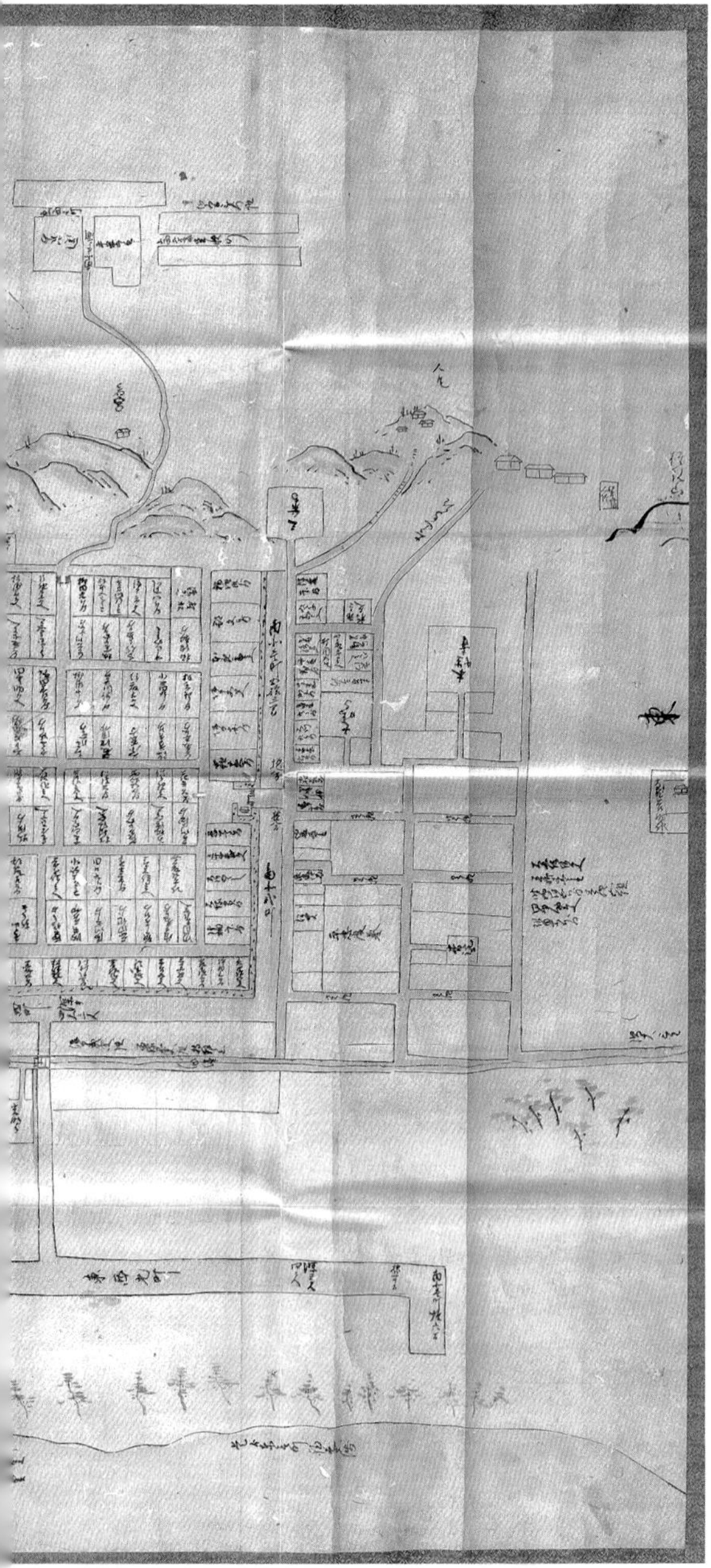

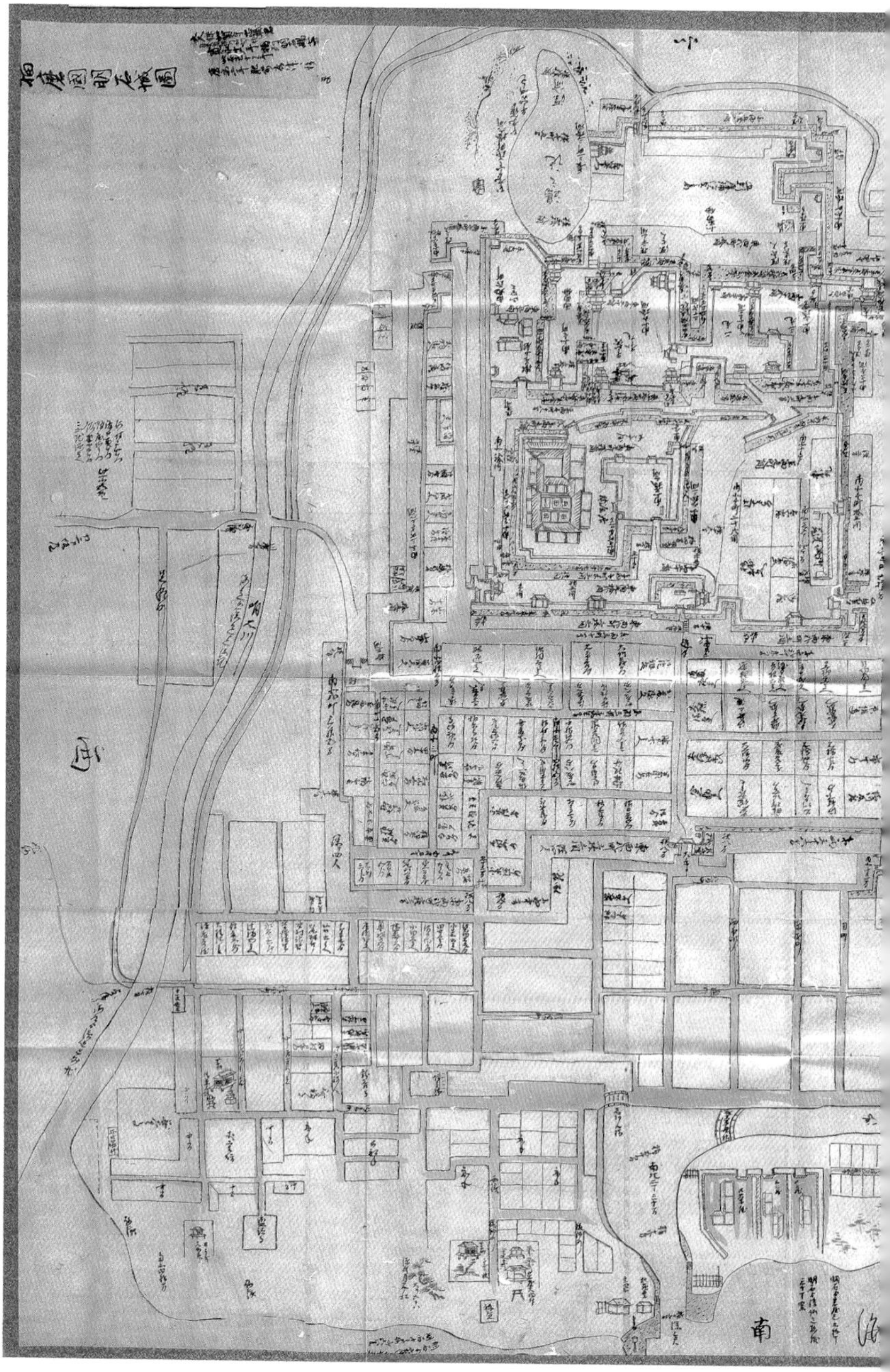
播磨国明石城図
南

「播磨国明石城絵図《はりまのくにあかしじょうえず》」（正保城絵図《しょうほうしろえず》）（国立公文書館デジタルアーカイブ） **M**

正保城絵図は正保元年（一六四四）に幕府が諸藩に命じて作成させた城下町の地図。城郭内の建造物、石垣の高さ、堀の幅や水深などの軍事情報などが精密に描かれているほか、城下の町割・山川の位置・形が詳細に載されています。各藩は幕府の命を受けてから数年で絵図を提出し、幕府はこれを早くから紅葉山文庫に収蔵しました。幕末の同文庫の蔵書目録「増補御書籍目録」には一三一鋪の所蔵が記録されていますが、現在、国立公文書館では六三鋪《しき》の正保城絵図を所蔵しています。一九八六年、国の重要文化財に指定されました。

原図サイズ：東西181㎝×南北181㎝（国立公文書館解説より転載）

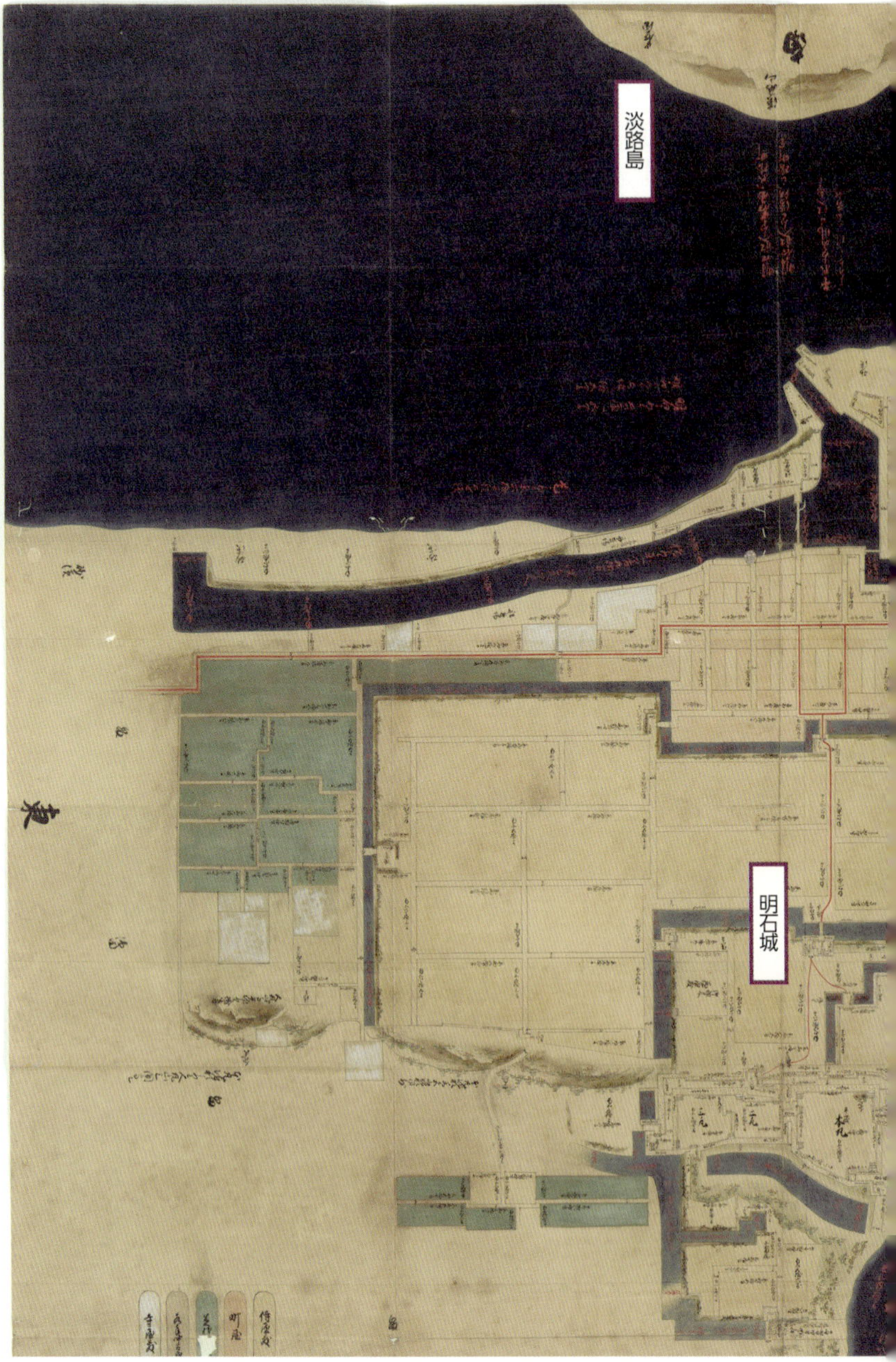
淡路島
明石城
東

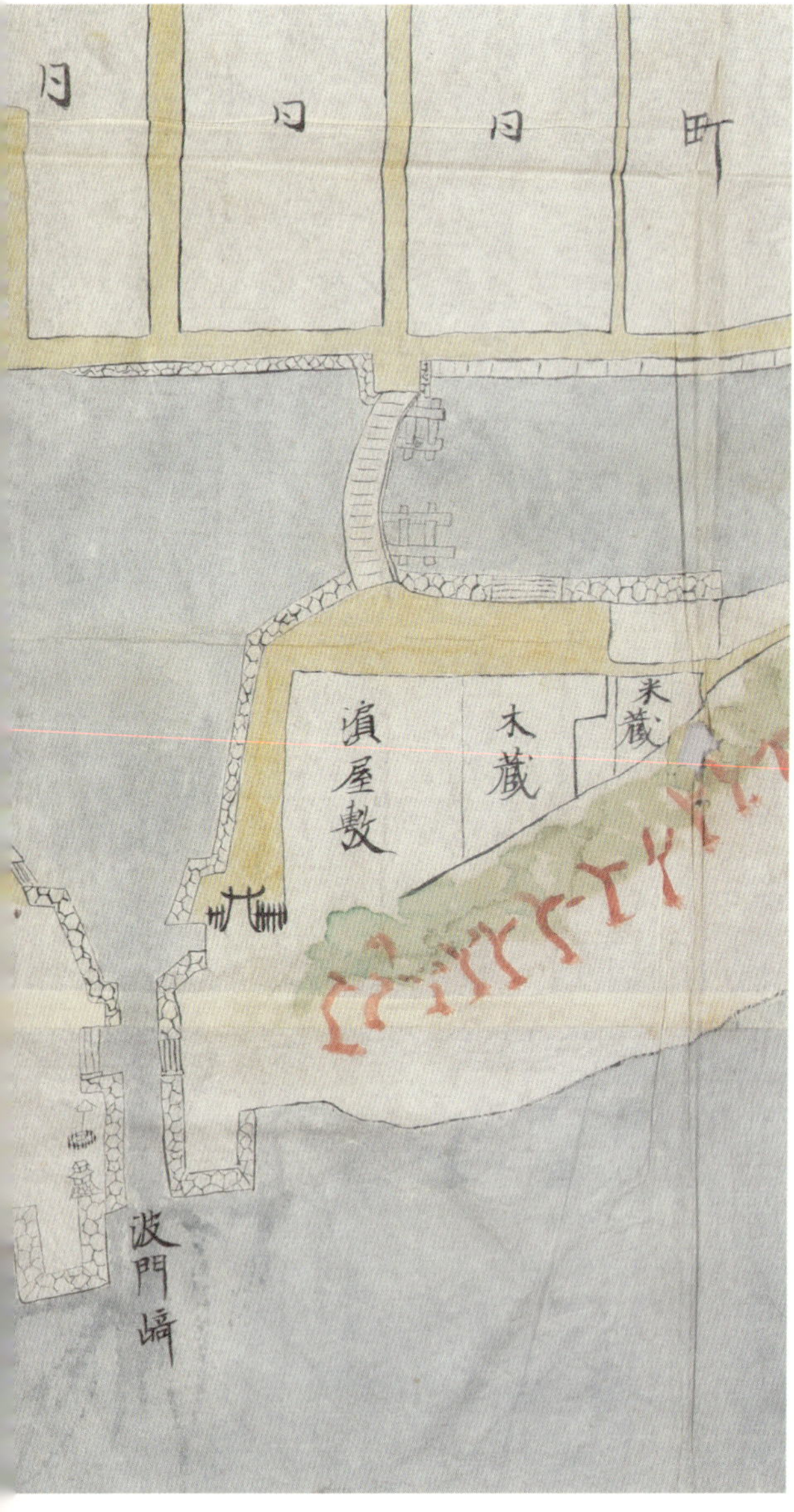

「播州《ばんしゅう》明石《あかし》之《の》城図《じょうず》」部分（兵庫県立歴史博物館所蔵） **N**

十七世紀後半の内容と推察される城図。このころ、海岸線は、「此内皆林」とあるように、木（おそらく松）が覆い茂っていたことがわかります。。また、「岩尾社」「岩尾明神」とあるのは、「岩屋」の間違いと思われています。

原図サイズ：124㎝×138㎝

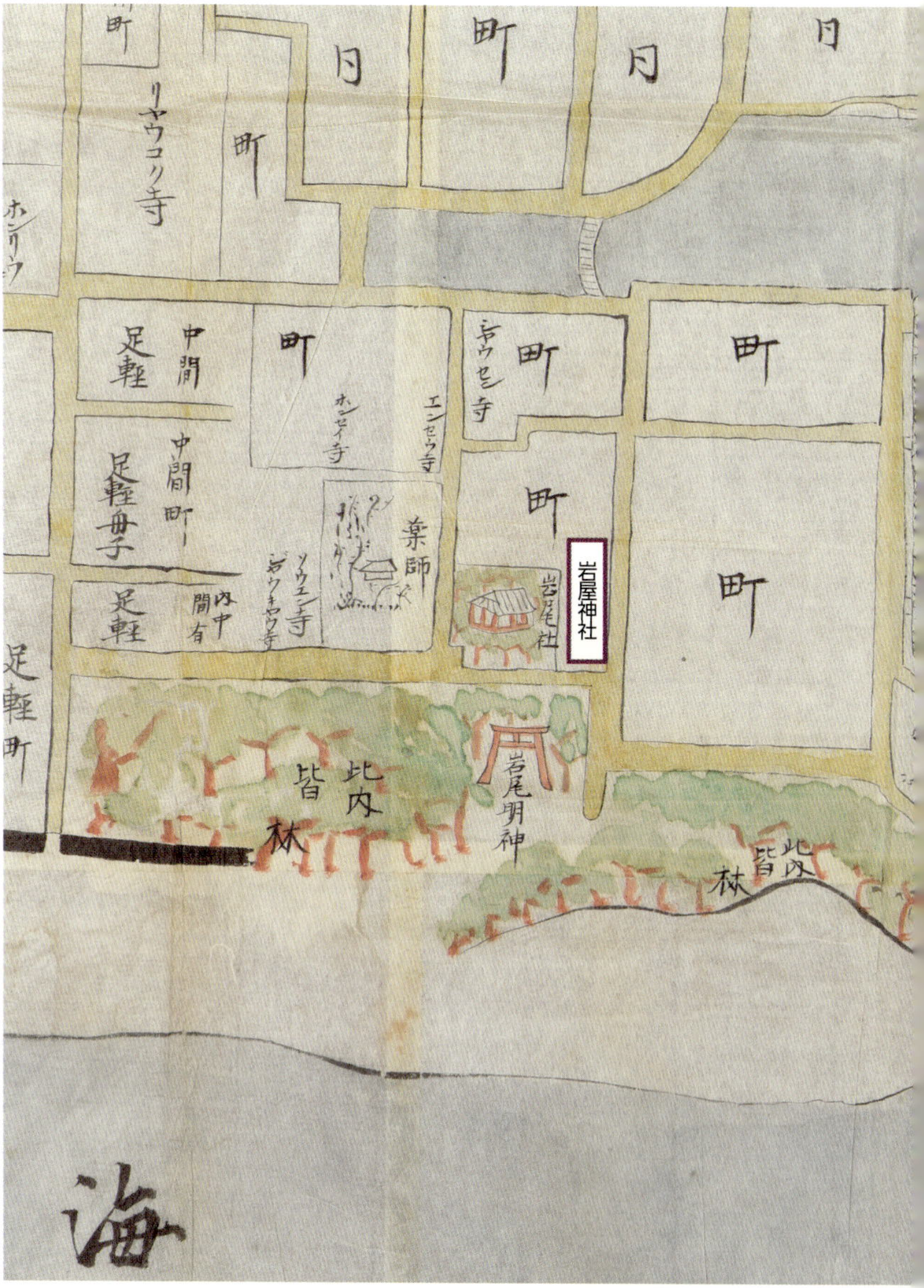
岩屋神社
町
リヤウコク寺
中間
足軽
中間町
足軽母子
内中間有
足軽
エンセウ寺
薬師
岩尾社
此内皆林
岩尾明神
足軽町
海

「摂津名所地図」部分（神戸市立中央図書館所蔵） O

尼崎から明石までの名所を描いた絵巻で、制作は寛文７年（1667）と記載があります。山、川、村や主な道路（赤い線）や、寺や神社、いわれのある樹木や森も描かれており、それぞれの土地について詠まれた万葉集や新古今和歌集の和歌も書きこまれています。

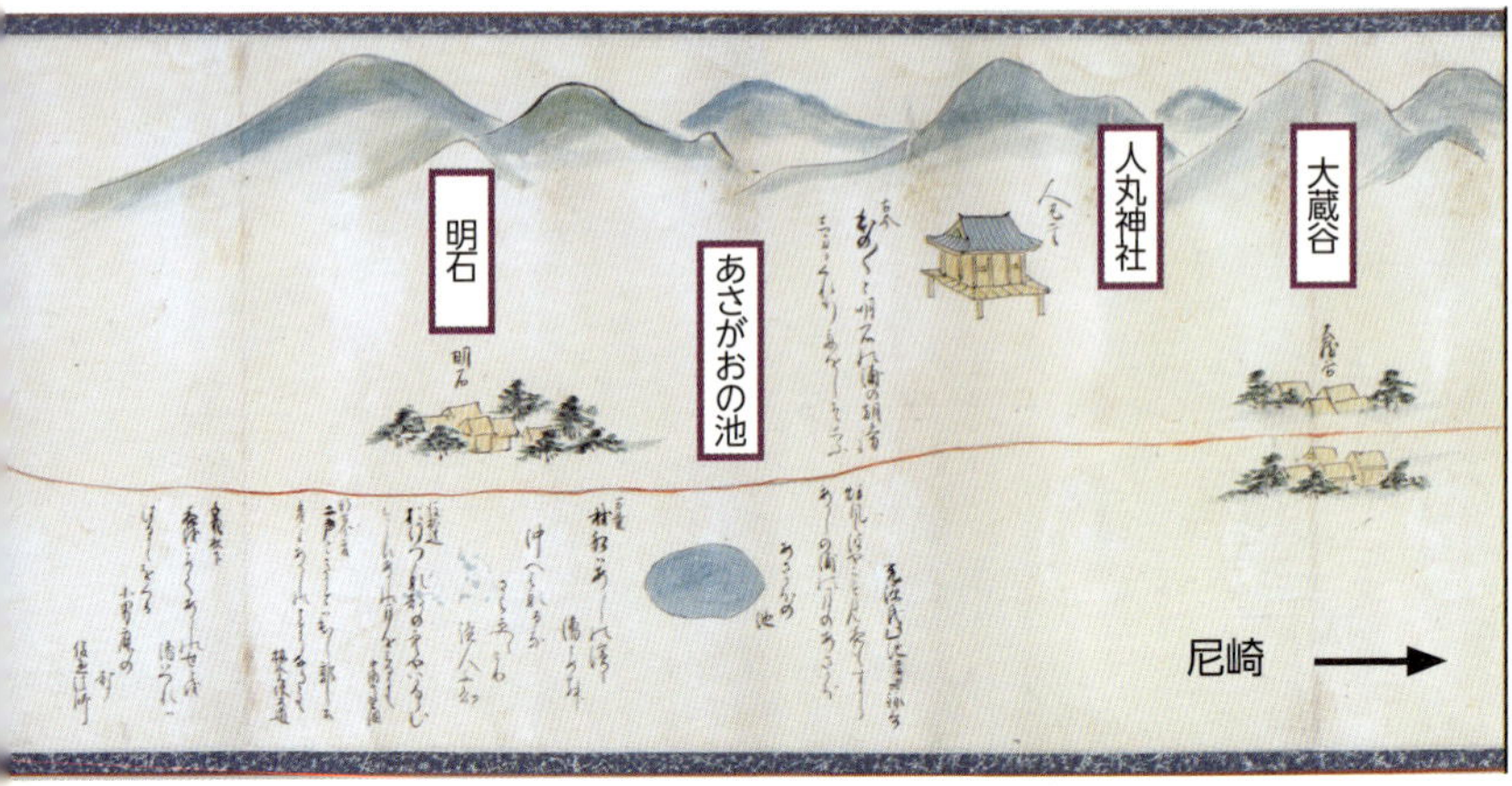

【月浦山無量光寺】
光源氏無量光寺江御入候由其時の
無量光寺屋敷ハ左奈義宮の前
之由此所にて源氏月を詠覧月
かけ珍重に候とて此寺の山号は月浦山と号

【法写山善楽寺】
明石入道の御座所則善楽寺ニ石塔
有之寺号山号共ニ入道の被付候由
又明暦三年ニ城主忠國公石牌
を御立被成其御歌
いにしえの名のミのこりて有明の
明石のうへのおやすみしあと

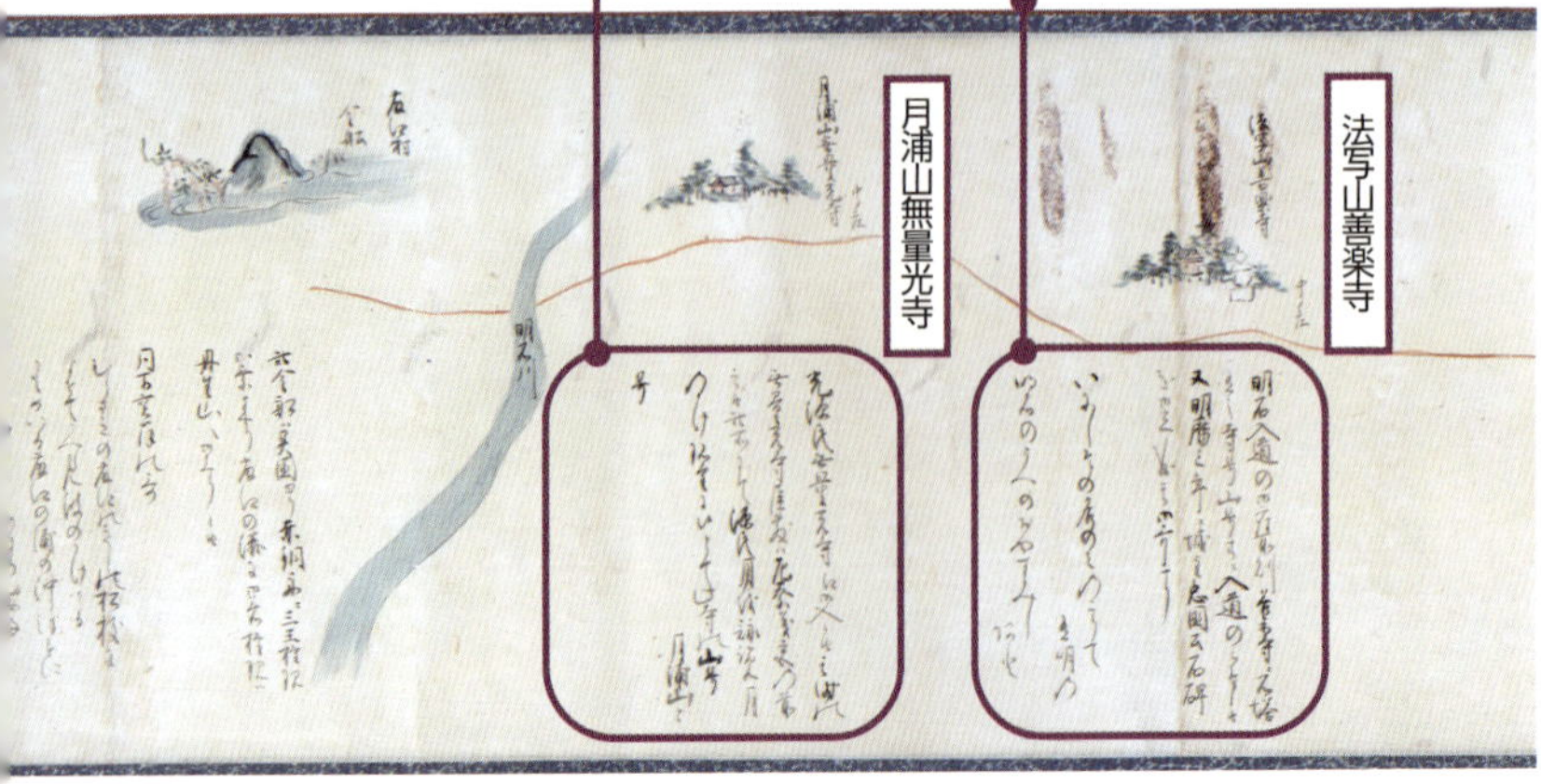

●忠度塚の成り立ちについて詳しく記載

忠度最後所ハ摂州駒ヶ林二有森長
源八死骸を大蔵谷へ上ルト清水記二
有由大蔵谷忠度塚ノ上ノ石塔六拾
年前二有之候生駒甚介殿舟上二
城御取立ノ節退轉仕候明暦三年二
城主忠國公石碑ヲ御立被成其
御哥二
今もた、のりのしるしに
のこる石のこけにきさめる
名のみくちせす
と、忠度塚の成り立ちを詳細に書いている。

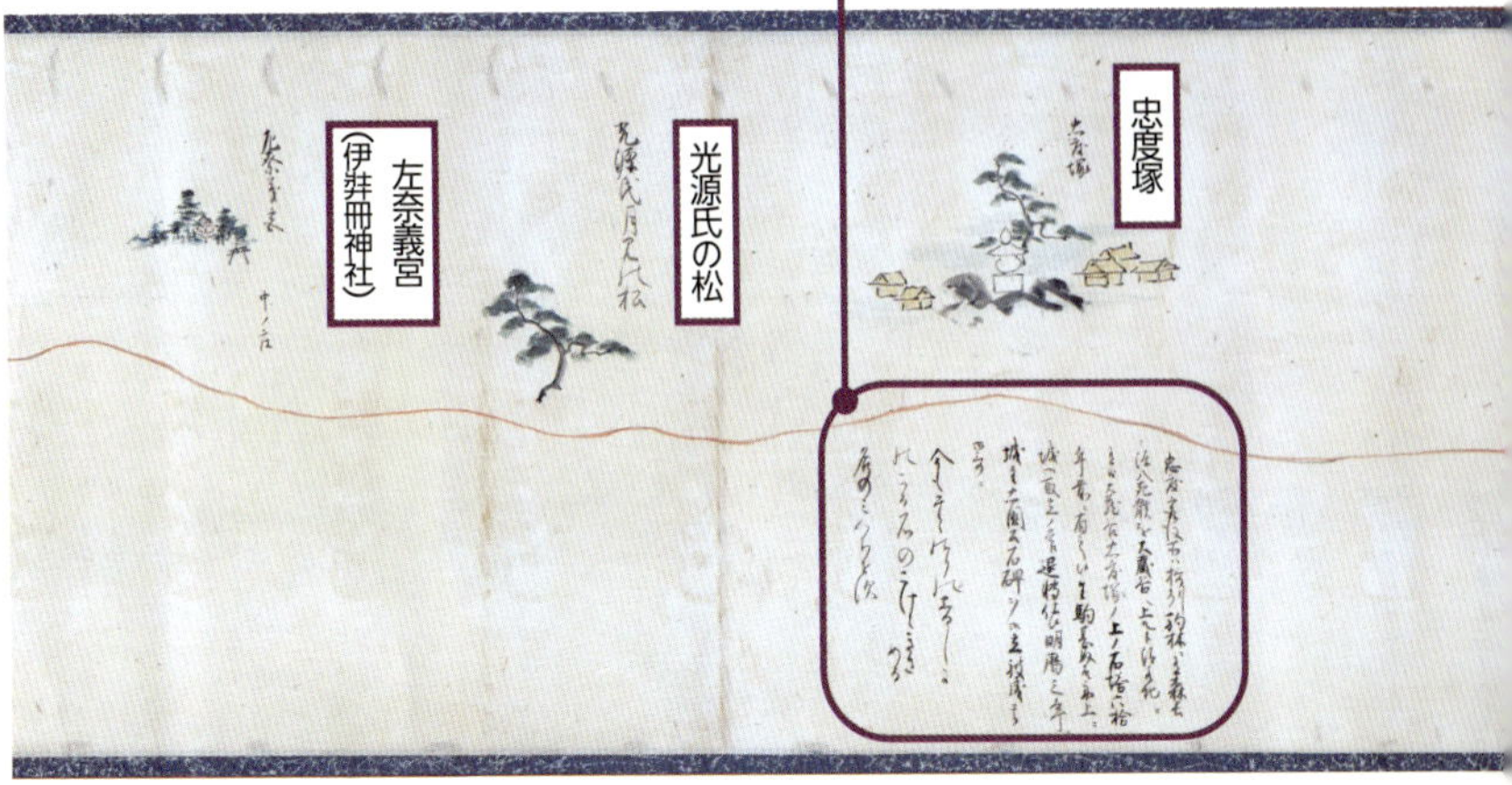

江戸時代の絵図に描かれた源氏物語ゆかりの地

一六六七年頃

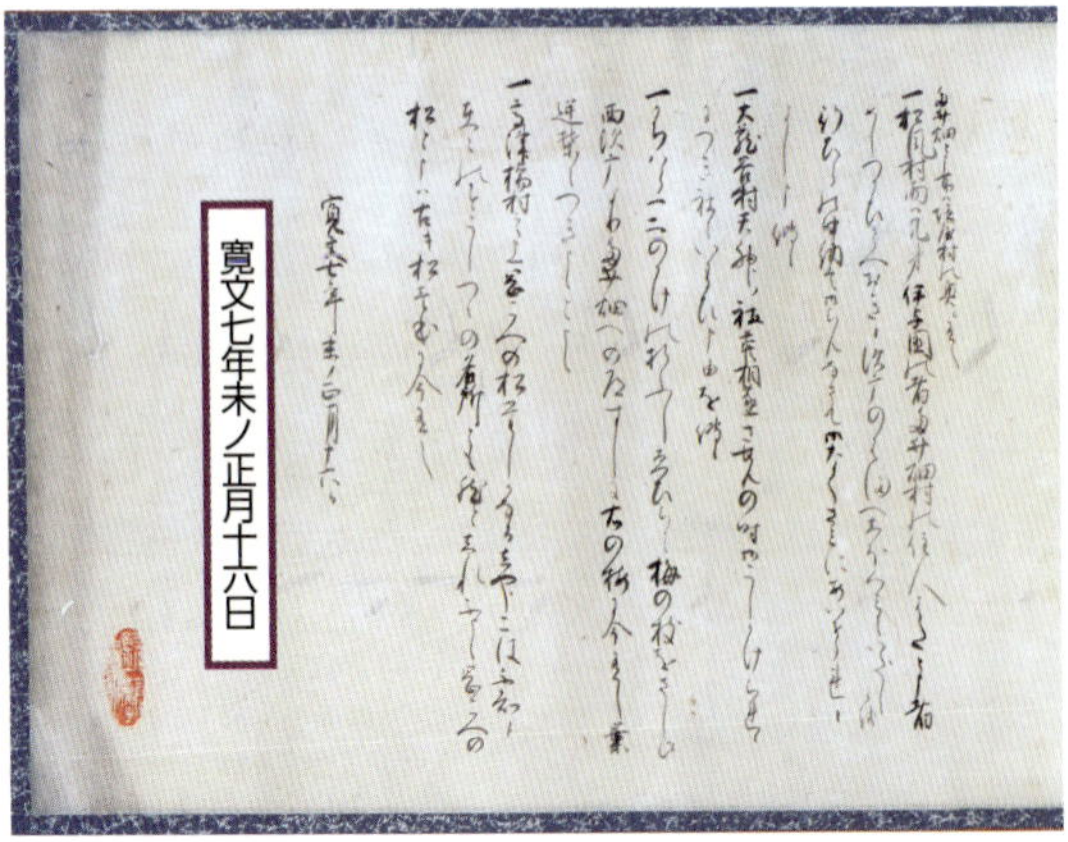

「猪名入江《いないりえ》より加古川迄絵巻《かこがわまでえまき》」より（長田神社所蔵） P

尼崎から加古川までの名所とちなんだ歌を描いた絵巻が長田神社に残されています。明石では、稲爪神社《いなつめじんじゃ》、人丸神社《ひとまるるじんじゃ》、休天神《やすみてんじん》、忠度塚《ただのりづか》、善楽寺《ぜんらくじ》などが描かれ、忠度塚、善楽寺には、忠国が自詠の歌を刻んだ石碑を建てたと、歌と共に紹介しています。

「摂津名所地図《せっつめいしょちず》」（1667年、図版O）に似ていますが、善楽寺のところに、「つたの細道」が加筆されているのが分かります。

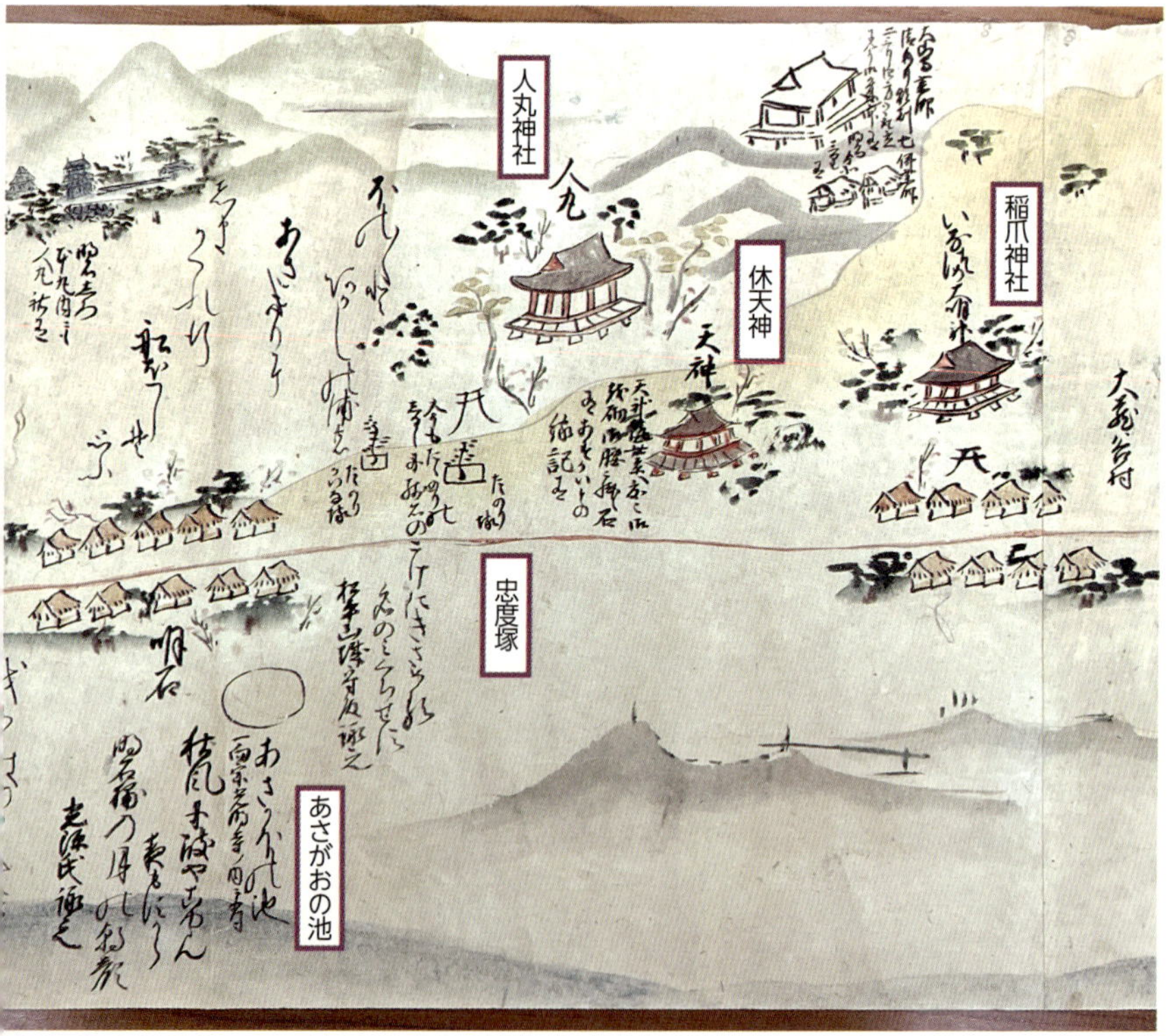

猪名入江
（尼崎）→

江戸時代の絵図に描かれた源氏物語ゆかりの地

1682～1701年頃（第８代明石城主　松平直明《なおあきら》時代）

●この絵図が描かれた時期は？

「猪名入江より加古川迄絵巻」は、「摂津名所地図」（図版O）のように成立年の記載がありません。しかし絵巻の最後の方まで見ていくと、明石と加古川の境界にあたる場所に「松平若狭守領内是迄之」と記載されています。松平若狭守は第８代明石城主の松平直明なので、本絵巻は、直明が城主だった天和２年（1682）３月～元禄14年（1701）の成立と推測できます。

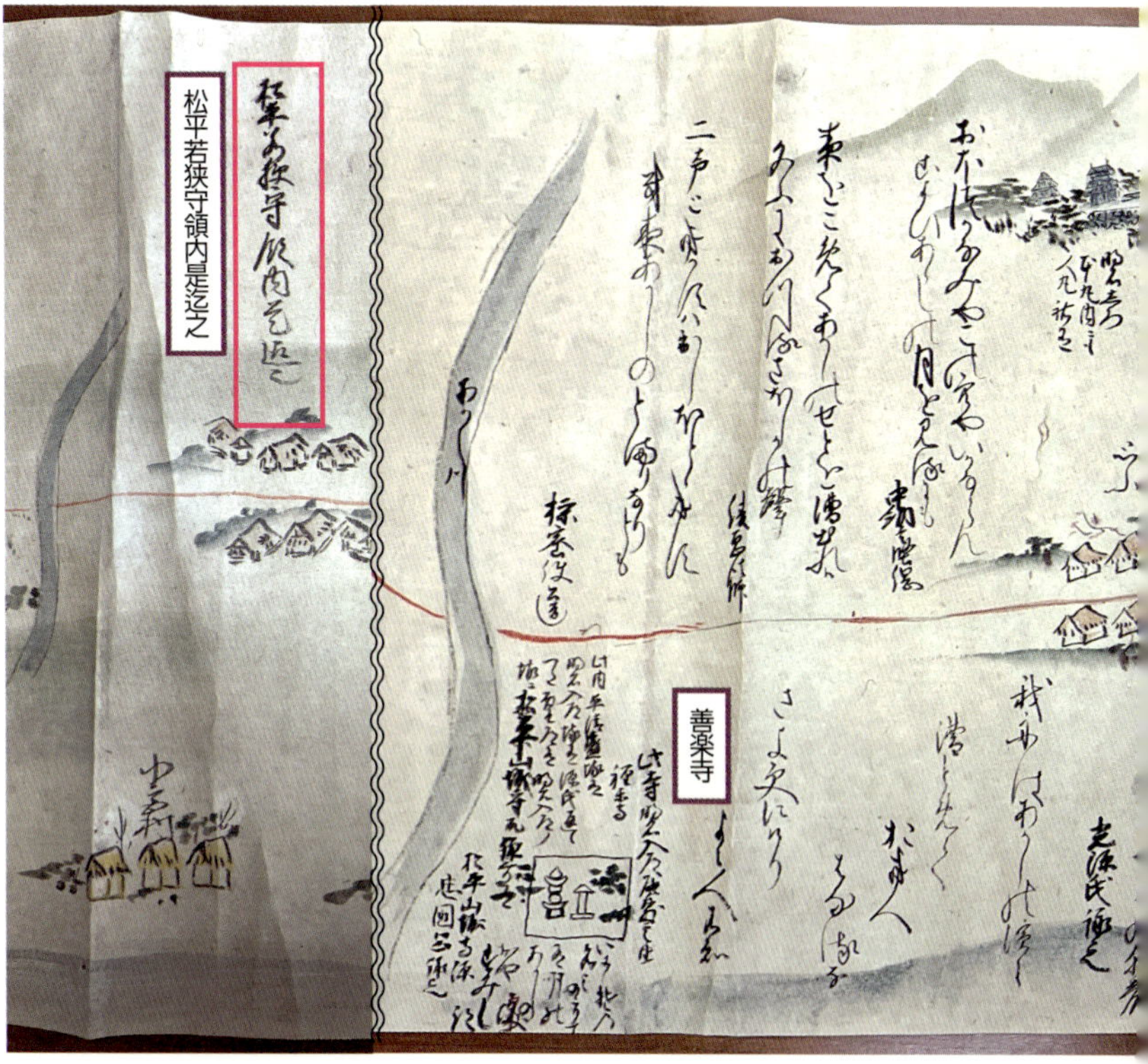

← 加古川

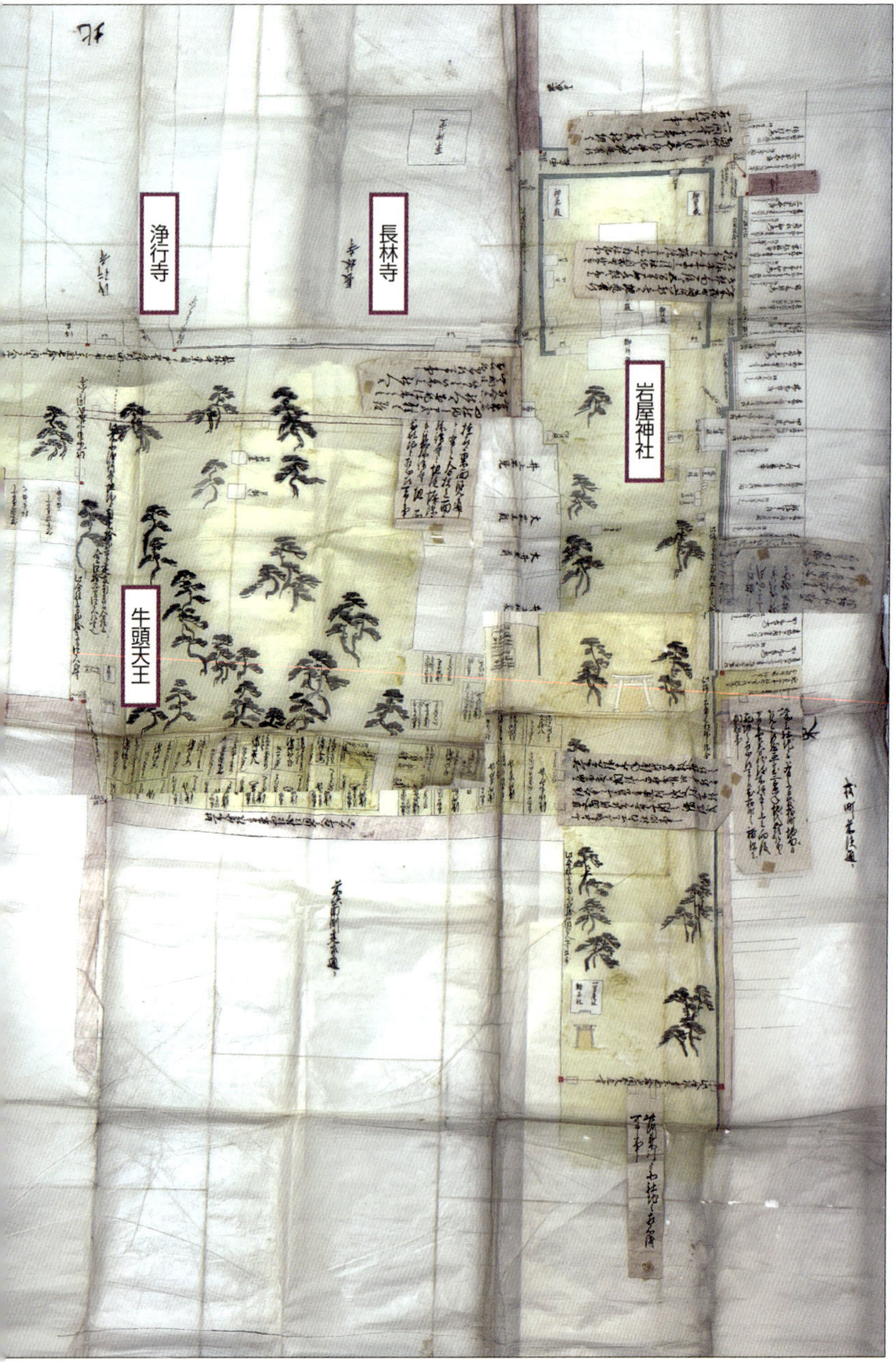
浄行寺
長林寺
岩屋神社
牛頭天王

源氏松はどこにあった？

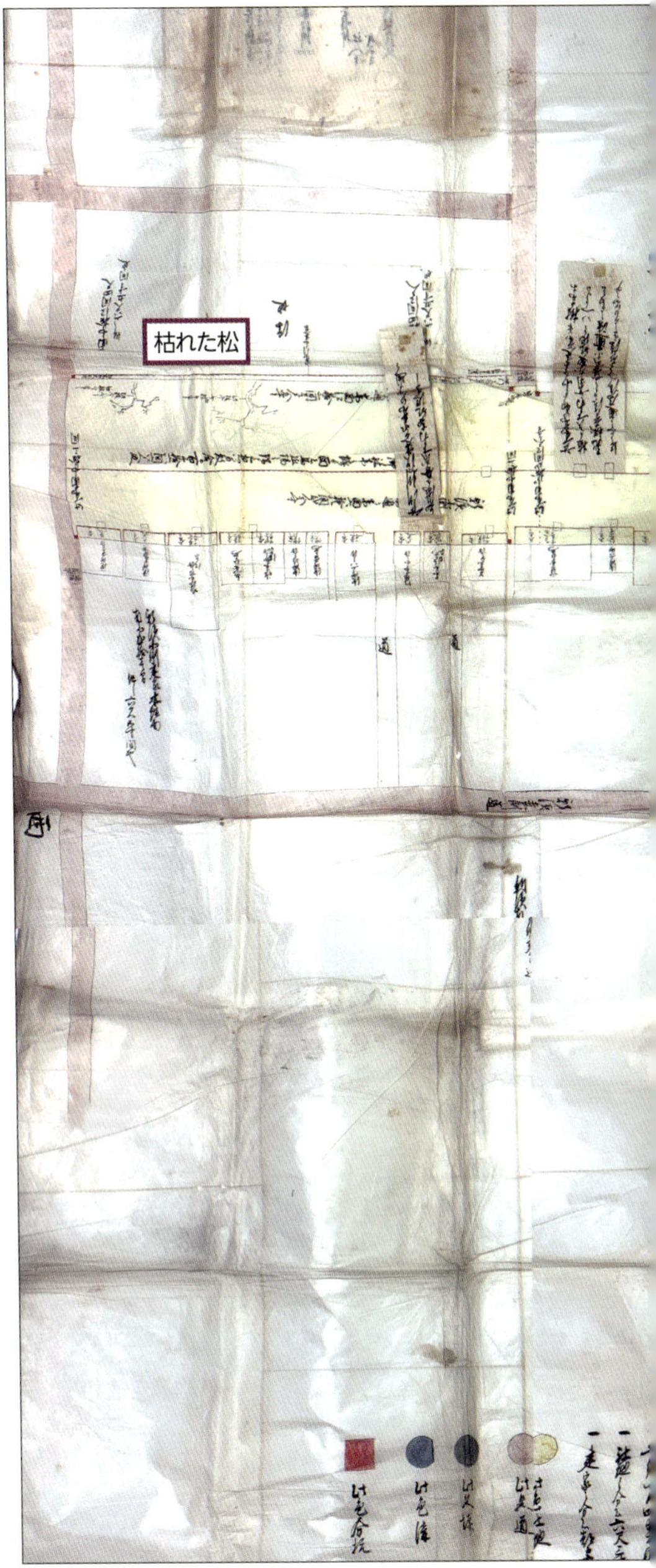

「岩屋《いわや》明神《みょうじん》社地《しゃち》境《さかい》裁許《さいきょ》の絵図面《えずめん》」寛政十二年、嘉永六年写（岩屋神社所蔵）Q

黄色部分が岩屋神社の社地。「明石記」や「摂津名所地図」（図版○）で描かれた「源氏松」の場所が岩屋神社内だったことが分かります。

※寛政十二年（一八〇〇）、嘉永六年（一八五三）

巻頭図版

目次

はじめに

第一章　古典文学と明石

第二章　松平忠国の経歴と人物像──松平忠国とはどんな人物だったのか

【資料】

第三節 「明石入道の碑」の謎をたどる 199

第四節 「岡の屋形の碑」と明石氏 214

むすびにかえて

はじめに

一基の石碑から、忠国さんと『源氏物語』の謎を訪ねる旅が始まりました

江戸時代に明石藩領だった地域には、一六五〇年代に明石城主だった松平忠国が立てた石碑や、浜の館（明石入道の住まい）、源氏屋敷（光源氏が仮住まい）、岡辺の宿（明石の君の住まい）、蔦の細道（光源氏が岡辺の宿に住んでいる明石の君を訪ねるために通ったとされる小路）、光源氏月見の池や月見の松など、『源氏物語』にちなむ史跡やいわれのある場所がいくつかあります。『源氏物語』十三帖は「明石」だから当然のことと、地元ではすっかり生活に溶け込んだ存在になっています。

確かに現在では、全国各地に、物語や映画などの舞台になったところにモニュメントがあふれていて、その作品にゆかりの地であることを示すものがあるのを、私たちは当然のことのように受け止めています。ところが、全国にある『源氏物語』関連の記念碑や史跡は、『源氏物語』の成立千年を記念して行われた事業「源氏物語千年紀」（二〇〇八年）を契機として作られたものが多く、忠国の石碑のように、江戸時代にまで遡《さかのぼ》れる〝『源氏物語』ゆかりの史跡〟は、そう多くありません。何よりも、城主が自詠歌を刻んだ石碑を建立したという事例は、他地域には見当たりません。極めて特異な事例です。

単に、石碑を建てた「第五代明石城主 松平山城守忠国が文学好きな殿様だったから」というだけでは説明がつかない、極めて異例の史跡といえます。

しかも、忠国の歌は、

今もた〻のりのしるしにのこる石の　こけにきさめる名のミ朽ちせす

いにしへの名のミのこりて有明の　明石のうへのおやすみしあと

月かけの光君すむあととへは　岡のやかたにしけるよもきふ

の三首で、どの歌も、どこか悲哀を帯びています。

一首めは平忠度《たいらのただのり》を詠《うた》っていますから『源氏物語』関連ではないのですが、三基の石碑は三つ子の如く、全く同じ大きさで同じ形なので、同時期に設置されたものと見て間違いありません。

そして、この石碑の形状は、「歌碑」というよりも「墓石」のような形をしています。

一基は善楽寺というお寺の境内にあって、私が初めてこの石碑を見た時、「明石入道の碑」には、ガラスのカップに入った日本酒が供えられていました。檀家《だんか》の方々は「よくわからないけど、一緒にお参りしてる」と、教えてくださいました。

これらの石碑が「歌碑」と解釈されているのは、忠国が自詠歌を刻んだ石碑だからですが、その刻まれた文字は、風化していて判読できません。

この石碑のどこに、彫られていたのだろう……ふと、疑問に思いました。

また、忠国の歌は、私たちがもっている「大長編恋愛物語」という『源氏物語』のイメージと一致しません。

なぜ、忠国は、このような歌の組み合わせの石碑を、城下町の東端と城下町に近い大蔵谷《おおくらだに》村、そして明石川の支流である櫨谷《はせたに》川を遡っていった松本村（現神戸市西区櫨谷町松本）に、建立したのだろう……

一般的に明石にある『源氏物語』関連史跡はすべて、「文学好きの殿様」、「なかでも『源氏物語』が大好きだった」忠国が作った、とされています。

本当に、そうなのだろうか。では忠国は、いつ、どこで、どのようにして『源氏物語』の知識を深めたのだろう……

明石城主だった時代は晩年の十年間なので、他地域に例を見ない石碑の建立は、忠国にとって譜代《ふだい》大名としての人生の総括、最後の大仕事という意味があったのではないだろうか……

そもそも松平山城守忠国とは、どんな一生を過ごした人だったのだろう……。

忠国が建立したという石碑の前に佇《たたず》んでいると、さまざまな疑問がわいてきました。

その疑問の一つ一つを明らかにしたい、との思いから「松平忠国と『源氏物語』の謎を追う」旅が始まりました。

本書では、数々の資料をもとに、次の三章で謎を解き明かしていきます。

なぜ、紫式部は『源氏物語』に明石の巻を書いたのか、を追う「第一章　古典文学と明石」、松平忠国とはどんな人物だったのか、を追う「第二章　松平忠国の経歴と人物像」、そして、「第三章　源氏物語と明石」では、忠国が建てた石碑の意味や、今残る「文学遺跡」との関係を考えていきます。


忠国の一生と源氏物語との関係を追い求める旅は、思っていた以上に長旅になりました。

たくさんの謎を「解き明かし」ていく作業は、思いのほか困難でしたが、忠国さんが後ろに立って見守ってくださっている、という感覚が常にありました。

謎解きの開始です。どうか、お付き合いください。

この石碑から「忠国さんと源氏物語の謎を追う旅」が始まりました。
―善楽寺「明石入道の石碑」（明石市大観町11-8）

歴代明石城主							
代	城主	禄高	官名	入封年（和暦）	前任地	転封年（和暦）	任地
1	小笠原忠政《おがさわらただまさ》 （忠真）	10万石	右近大夫	1617年 （元和3年7月）	信濃松本	1632年 （寛永9年11月）	豊前小倉
-	本多忠義《ほんだただよし》	幕府直轄	能登守	1632年 （寛永9年11月）		1633年 （寛永10年4月）	
-	本多政勝《ほんだまさかつ》	幕府直轄	内記	1632年 （寛永9年11月）		1633年 （寛永10年4月）	
2	松平康直《まつだいらやすなお》	7万石	丹波守	1633年 （寛永10年4月）	信濃松本	1634年 （寛永11年5月）	死去
3	松平光重《まつだいらみつしげ》	7万石	丹波守	1634年 （寛永11年6月）	家督相続	1639年 （寛永16年3月）	美濃加納
4	大久保《おおくぼ》季任《すえとう》 （忠職）	7万石	加賀守	1639年 （寛永16年3月）	美濃加納	1649年 （慶安2年7月）	肥前唐津
5	松平忠国《まつだいらただくに》	7万石	山城守	1649年 （慶安2年7月）	丹波篠山	1659年 （万治2年2月）	死去
6	松平信之《まつだいらのぶゆき》	6万5千石	日向守	1659年 （万治2年2月）	家督相続	1679年 （延宝7年10月）	大和郡山
7	本多政利《ほんだまさとし》	6万石	出雲守	1679年 （延宝7年10月）	大和郡山	1682年 （天和2年2月）	奥州岩瀬
8	松平直明《まつだいらなおあきら》	6万石	若狭守	1682年 （天和2年3月）	越前大野	1701年 （元禄14年10月）	退任
9	松平直常《まつだいらなおつね》	6万石	但馬守	1701年 （元禄14年10月）	家督相続	1743年 （寛保3年2月）	退任
10	松平直純《まつだいらなおずみ》	6万石	左兵衛督	1743年 （寛保3年2月）	家督相続	1764年 （明和元年3月）	死去
11	松平直泰《まつだいらなおひろ》	6万石	左兵衛督	1764年 （明和元年5月）	家督相続	1784年 （天明4年10月）	退任
12	松平直之《まつだいらなおゆき》	6万石	左兵衛佐	1784年 （天明4年10月）	家督相続	1786年 （天明6年4月）	死去
13	松平直周《まつだいらなおちか》	6万石	左兵衛督	1786年 （天明6年6月）	家督相続	1816年 （文化13年9月）	退任
14	松平斉韶《まつだいらなりつぐ》	6万石	左兵衛督	1816年 （文化13年9月）	家督相続	1840年 （天保11年2月）	退任
15	松平斉宜《まつだいらなりこと》	8万石	兵部大輔	1840年 （天保11年2月）	家督相続	1844年 （天保15年6月）	死去
16	松平慶憲《まつだいらよしのり》	8万石	兵部大輔	1844年 （天保15年7月）	家督相続	1869年 （明治2年2月）	退任
17	松平直致《まつだいらなおむね》	8万石	左兵衛督	1869年 （明治2年2月）	家督相続	1869年 （明治2年6月）	版籍奉還
-	松平直致《まつだいらなおむね》	-	明石藩 知事	1869年 （明治2年6月）	任命	1871年 （明治4年7月）	廃藩置県

第一章　古典文学と明石

紫式部はなぜ、『源氏物語』に明石の巻を書いたのか

『源氏物語』巻名と主な出来事（資料1-1）

「源氏物語年立図（早稲田大学図書館所蔵、出版地不明、出版者不明、出版年不明）」より作成。主要な出来事を年表にしたもので、該当する巻名に源氏と薫の年齢と官位が注記されているので、物語が同時進行する巻が把握しやすい。

帝と光源氏の位	光源氏の年齢	帖(巻)	できごと	帖(巻)	できごと	帖(巻)	できごと
桐壺帝立位《きりつぼていりつい》			桐壺更衣《きりつぼのこうい》ときめきたまふ事				
	1		源氏君《げんじのきみ》生まれ				
	2						
	3		桐壺更衣うせたまふ				
	4		一宮立坊				
	5						
	6	1 桐壺《きりつぼ》					
	7		源氏君おふみはしめ				
	8						
	9						
	10						
	11						
	12		源氏君元服《げんぷく》したまふ				
源氏君任《にん》中　将《ちゅうじょう》	13						
	14						
	15		たまかつらの君、今年の春うまれにしより夕顔巻にみゆ				
	16						
	17	2 帚木《ははきぎ》	夏　源氏君の官、中将				
		3 空蝉《うつせみ》	夏　源氏君の官、中将				
		4 夕顔《ゆうがお》	夏　源氏君の官、中将				
			10月				

<table>
<tr><th>帝と光源氏の位</th><th>光源氏の年齢</th><th>帖(巻)</th><th>できごと</th><th>帖(巻)</th><th>できごと</th><th>帖(巻)</th><th>できごと</th></tr>
<tr><td rowspan="9">源氏君
正三位《しょうさんみ》
源氏君
宰相《さいしょう》
源氏君
大将《たいしょう》</td><td rowspan="4">18</td><td rowspan="3"></td><td rowspan="3"></td><td rowspan="4">5若紫《わかむらさき》</td><td>3月源氏君
わらわ病</td><td rowspan="5">6末摘花《すえつむはな》</td><td rowspan="3">春、源氏君
わらわ病</td></tr>
<tr><td>紫上10歳ばかり</td></tr>
<tr><td>藤壺女御懐妊《ふじつぼにょうごかいにん》</td></tr>
<tr><td rowspan="4">7紅葉賀《もみじのが》</td><td>10月朱雀院《すざくいん》行幸</td><td>10月朱雀院行幸</td><td>朱雀院行幸</td></tr>
<tr><td rowspan="3">19</td><td colspan="3">冷泉院御誕生　藤壺ノ女御后に立たまふ</td><td>春</td></tr>
<tr><td colspan="5">7月　源氏君任宰相</td></tr>
<tr><td colspan="5">帝《みかど》 御譲位《おんじょうい》のお心つうひがくなる　　　　秋</td></tr>
<tr><td>20</td><td>8 花宴《はなのえん》</td><td colspan="5">春　　○桐壺帝の御譲位、朱雀院の御受譚などの御事、今年なるべし</td></tr>
<tr><td>21</td><td></td><td colspan="5">○源氏君、今年大将になり給へるよし、上ノ若菜《わかな》巻に見ゆ</td></tr>
<tr><td>朱雀院
御立位</td><td rowspan="3">22</td><td rowspan="4">9 葵《あおい》</td><td colspan="5">御代改されり　源氏君大将也　前坊の姫宮斎宮に定りたまふ</td></tr>
<tr><td rowspan="6"></td><td colspan="5">桐壺帝の女三宮齊院になりたまふ</td></tr>
<tr><td colspan="5">夕顔の君生まれ給ふ　8月、葵の上うせたまふ</td></tr>
<tr><td>23</td><td>正月</td><td rowspan="4">10賢木《さかき》</td><td colspan="3">9月、前坊の姫宮伊勢に下り給ふ、年14</td></tr>
<tr><td>24</td><td colspan="2"></td><td colspan="3">朝顔姫君齊院になり給ふ　藤壺中宮おかざりおろし給ふ</td></tr>
<tr><td rowspan="2">25</td><td rowspan="2">11花散里《はなちるさと》</td><td></td><td colspan="3">左大臣致仕</td></tr>
<tr><td>夏</td><td colspan="3">夏</td></tr>
</table>

<table>
<tr><th>帝と光源氏の位</th><th>光源氏の年齢</th><th>帖(巻)</th><th>できごと</th><th>帖(巻)</th><th>できごと</th><th>帖(巻)</th><th>できごと</th></tr>
<tr><td rowspan="11">源氏君
大納言

源氏君
内大臣</td><td>26</td><td rowspan="2">12 須磨《すま》</td><td colspan="5">3月、源氏君須磨ち浦に下り給ふ</td></tr>
<tr><td rowspan="2">27</td><td colspan="5">3月</td></tr>
<tr><td rowspan="7">15 蓬生《よもぎう》</td><td rowspan="3">源氏君、帰京</td><td rowspan="3">13 明石《あかし》</td><td colspan="3">3月　二条ノ太政大臣薨</td></tr>
<tr><td rowspan="3">28</td><td colspan="3">今上2歳になられる　8月、源氏君、京にのぼりたまふ</td></tr>
<tr><td colspan="3">8月、源氏君権大納言になりたまふ</td></tr>
<tr><td>源氏君、修八講</td><td rowspan="6">14澪標《みおつくし》</td><td colspan="3">10月、源氏君、八講を行ひたまふ</td></tr>
<tr><td rowspan="5">29</td><td rowspan="3">4月、源氏君、末摘花ノ君をとひたまふ</td><td colspan="3">2月、冷泉院御元服、御年11</td></tr>
<tr><td colspan="3">朱雀院御譲位　今上東宮御立たまふ</td></tr>
<tr><td colspan="3"></td></tr>
<tr><td rowspan="2">16 関屋《せきや》</td><td rowspan="2">秋</td><td colspan="3">源氏君、任内大臣　3月、明石ノ姫君生れたまふ</td></tr>
<tr><td colspan="3">六条御息所かくれ給ふ　冬</td></tr>
<tr><td>冷泉院
御在位</td><td>30</td><td colspan="6"></td></tr>
<tr><td rowspan="8"></td><td rowspan="5">31</td><td rowspan="2">17 絵合《えあわせ》</td><td colspan="5">春、前斎宮入内、梅壺と聞ゆ、後、秋好中宮と申す、是也</td></tr>
<tr><td colspan="5">3月</td></tr>
<tr><td rowspan="2">18 松風《まつかぜ》</td><td colspan="5">明石ノ姫君3歳のよし見ゆ</td></tr>
<tr><td colspan="5">秋</td></tr>
<tr><td rowspan="2">19 薄雲《うすぐも》</td><td colspan="5">冬</td></tr>
<tr><td rowspan="3">32</td><td colspan="5">薄雲女院かくれさせ給ふ、御年37　秋</td></tr>
<tr><td rowspan="2">20 朝顔《あさがお》</td><td colspan="5">9月</td></tr>
<tr><td colspan="5">冬</td></tr>
</table>

帝と光源氏の位	光源氏の年齢	帖(巻)	できごと	帖(巻)	できごと	帖(巻)	できごと
源氏君 太政大臣	33					21乙女《おとめ》	夏、夕霧君元服
							梅壺ノ女御為中宮
							源氏君、任太政大臣
	34	22玉鬘《たまかずら》	玉鬘君、20歳ばかり				秋、夕霧君任侍従
	35						8月、六条院わたまし
			秋　玉鬘君初瀬詣				10月
			紫上、年27、8のよし見ゆ　10月、玉鬘君六条院にうつりたまふ				
	36		歳の暮				
		23初音《はつね》	正月　夕霧君、中将のよし見ゆ				
		24胡蝶《こちょう》	3月				
			4月				
		25蛍《ほたる》	5月				
		26常夏《とこなつ》	夏　6月ときこゆ				
		27篝火《かがりび》	秋、7月ときこゆ				
		28野分《のわき》	秋、8月ときこゆ				
	36	29行幸《ぎょうこう》	12月、大原野行幸				
	37		2月				
		30藤袴《ふじばかま》	夕顔君、宰相中将のよし見ゆ				
			秋				
		31真木柱《まきはしら》	冬				
	38		冬				
	39	32梅枝《うめがえ》	春				

帝と光源氏の位	光源氏の年齢	帖(巻)	できごと	帖(巻)	できごと	帖(巻)	できごと
源氏君 准太上天皇	39	33藤裏葉《ふじのうらば》	3月　源氏君39歳のよし見ゆ　同君、准太上天皇				
			夕霧君、中納言になりたまふ　10月				
		34上若菜《わかな》	12月、女三宮13、4歳のよし見ゆ				
	40		源氏君、40歳賀　夕霧君、任大将				
	41		3月、東宮御誕生				
	41	35下若菜《わかな》	3月				
	42		年月ふるよし見ゆ				
	43						
	44						
	45						
	46		冷泉院御即位より18年、御譲位				
			立坊　夕霧君、任大納言左大将				
今上 御在位	47		朱雀院御歳50　女三宮御歳21、2				
			紫上37歳　匂兵部卿宮誕生　12月				
薫君 誕生	48	36柏木《かしわぎ》	正月　薫君誕生				
			源氏君、48歳のよし見ゆ　秋				
	49	37横笛《よこぶえ》	2月　匂宮3歳のよし見ゆ				
			秋				
	50	38鈴虫《すずむし》	夏				
			秋				
		39夕霧《ゆうぎり》	秋				
			冬				
	51	40御法《みのり》	春　紫上かくれ給ふ				
			秋				
	52	41 幻《まぼろし》	春				
			冬				
		雲隠《くもがく》れ	此巻の間に源氏君かくれ給ふ				

帝と光源氏の位	薫君の年齢	帖(巻)	できごと	帖(巻)	できごと	帖(巻)	できごと
薫《かおるのきみ》　君 侍従中将	薫君14	44竹河《たけかわ》	薫ノ君14、5歳とあり、官は四位ノ侍従			42匂宮《におうみや》	薫君14歳と見ゆ
							春、任侍従　秋、任右中将
	15						
	16						
	17		年をふるよし見ゆ				
	18						
	19						薫君三位ノ宰相になりなりたまふ中将本のごとし
薫君 三位宰相	20		薫君任宰相中将のよし見ゆ				正月
						45橋姫《はしひめ》	薫君宰相中将と見ゆ
							同君始て宇治乃八宮に参り給ふ
	21						
	22						薫君、宇治宮に参り給ふこと3年になるよし見ゆ
							冬
薫君 中納言	23		夕霧君、任左大臣			46椎本《しいがもと》	2月
			紅梅君任右大臣				
			薫君任中納言				秋、薫君任中納言
	24	43紅梅《こうばい》	夕顔君、中納言のよし見ゆ				夏
			薫君、中納言のよし見ゆ			47総角《あげまき》	秋、匂宮はじめて宇治の中の君に逢い給ふ
			匂宮しばしば宇治に通ひ給ふ	49宿木《やどりぎ》	夏、女二宮14歳		冬、宇治の大姫君かくれ給ふ
	25				浮舟ノ君20歳ばかり	48早蕨《さわらび》	正月
							2月、宇治中君、匂宮の二条院にうつり給ふ
					夕顔君の六君を匂宮にわたせ給ふ		
薫君 権大納言 右大将	26				2月、薫君任権大納言右大将		
	27				4月		
				50東屋《あずまや》	8月		
					9月		
				51浮舟《うきふね》	正月		
					3月		
		53手習《てならい》	3月	52蜻蛉《かげろう》	3月		
					秋		
	28		4、5月ごろ				
		54夢浮橋《ゆめうきはし》	夏				

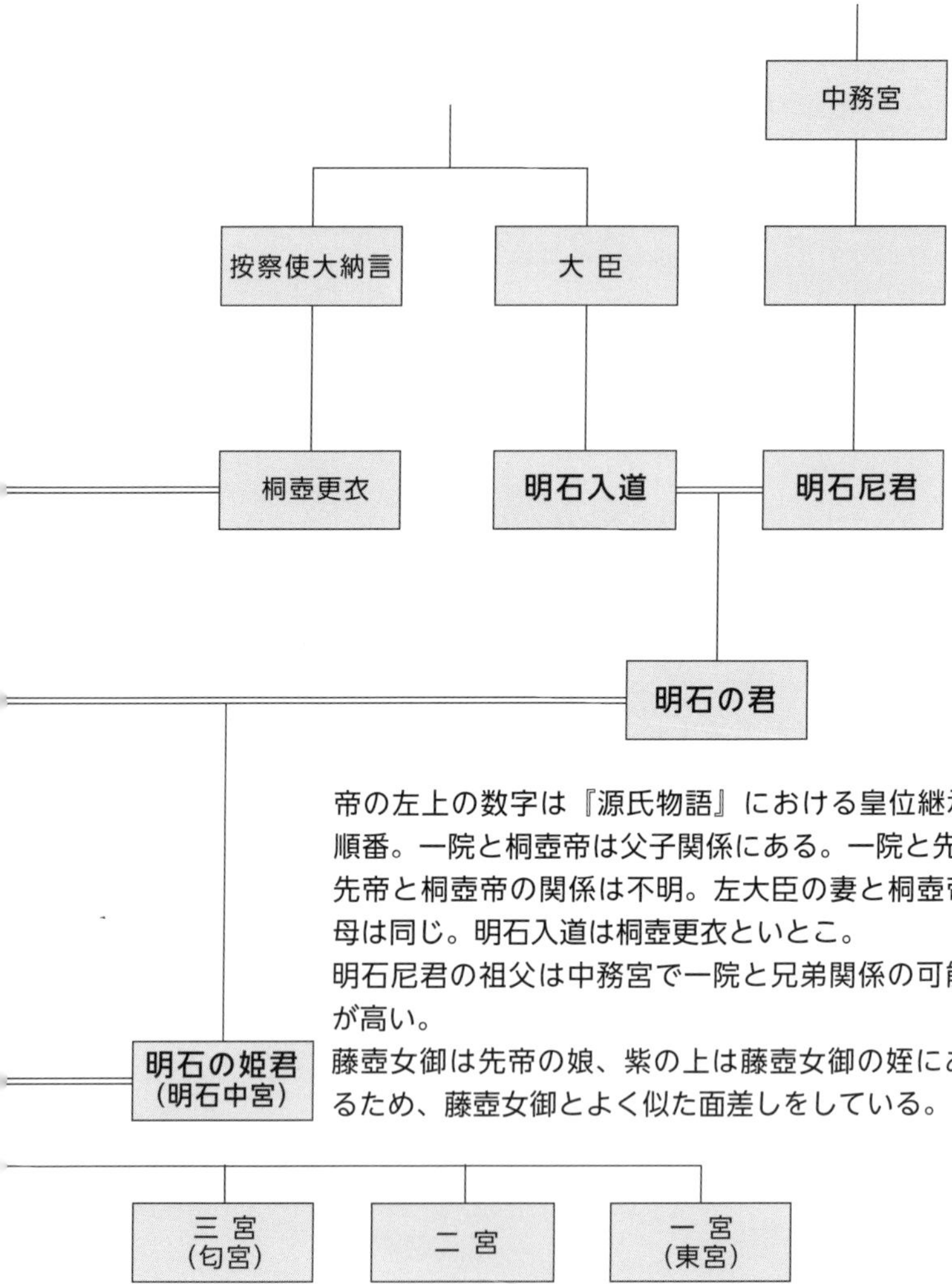

帝の左上の数字は『源氏物語』における皇位継承の順番。一院と桐壺帝は父子関係にある。一院と先帝、先帝と桐壺帝の関係は不明。左大臣の妻と桐壺帝の母は同じ。明石入道は桐壺更衣といとこ。
明石尼君の祖父は中務宮で一院と兄弟関係の可能性が高い。
藤壺女御は先帝の娘、紫の上は藤壺女御の姪にあたるため、藤壺女御とよく似た面差しをしている。

『源氏物語』登場人物の関係図（資料1-2）

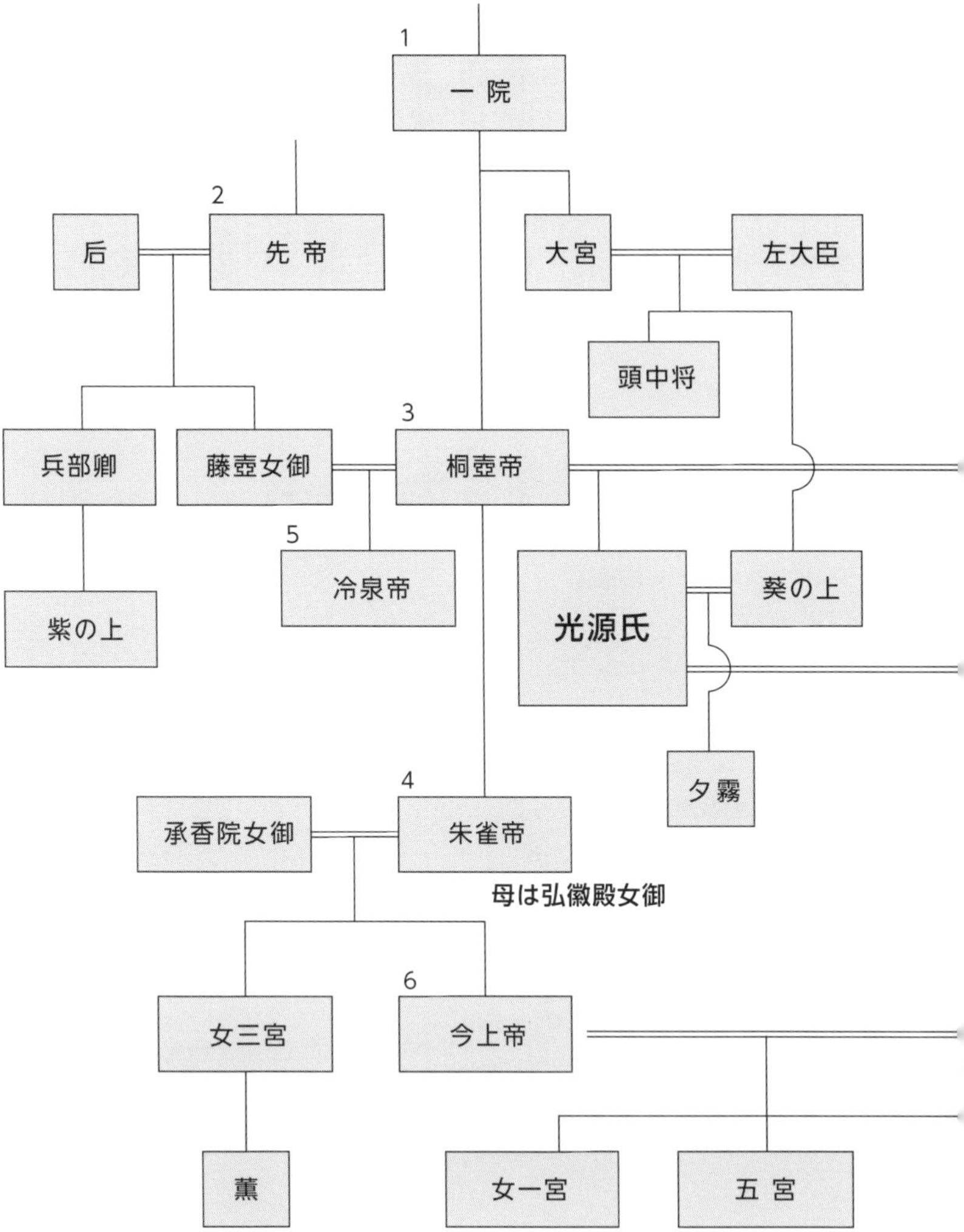

「大鏡」の記述をもとに天皇系図と『源氏物語』登場人物の関係を示すと図のようになります。

●左上の数字は天皇の代数、★印は『源氏物語』の登場人物を表しています。

●『源氏物語』において桐壺《きりつぼ》帝の時代は、醍醐《だいご》天皇の時代に設定されています。

藤原彰子《ふじわらのあきこ》の母、源倫子《みなもとのともこ》は宇多天皇の皇子で醍醐天皇の弟である敦実親王《あつあきらしんのう》の血筋です。

彰子が生んだ 2人の皇子が即位したことで、醍醐天皇以降さらに複雑化していた皇統が一本化されました。『源氏物語』の主人公・光源氏を藤原道長、明石中宮を藤原彰子と、明石尼君の父以外は、それぞれ実在の人物に当てはめることができます。

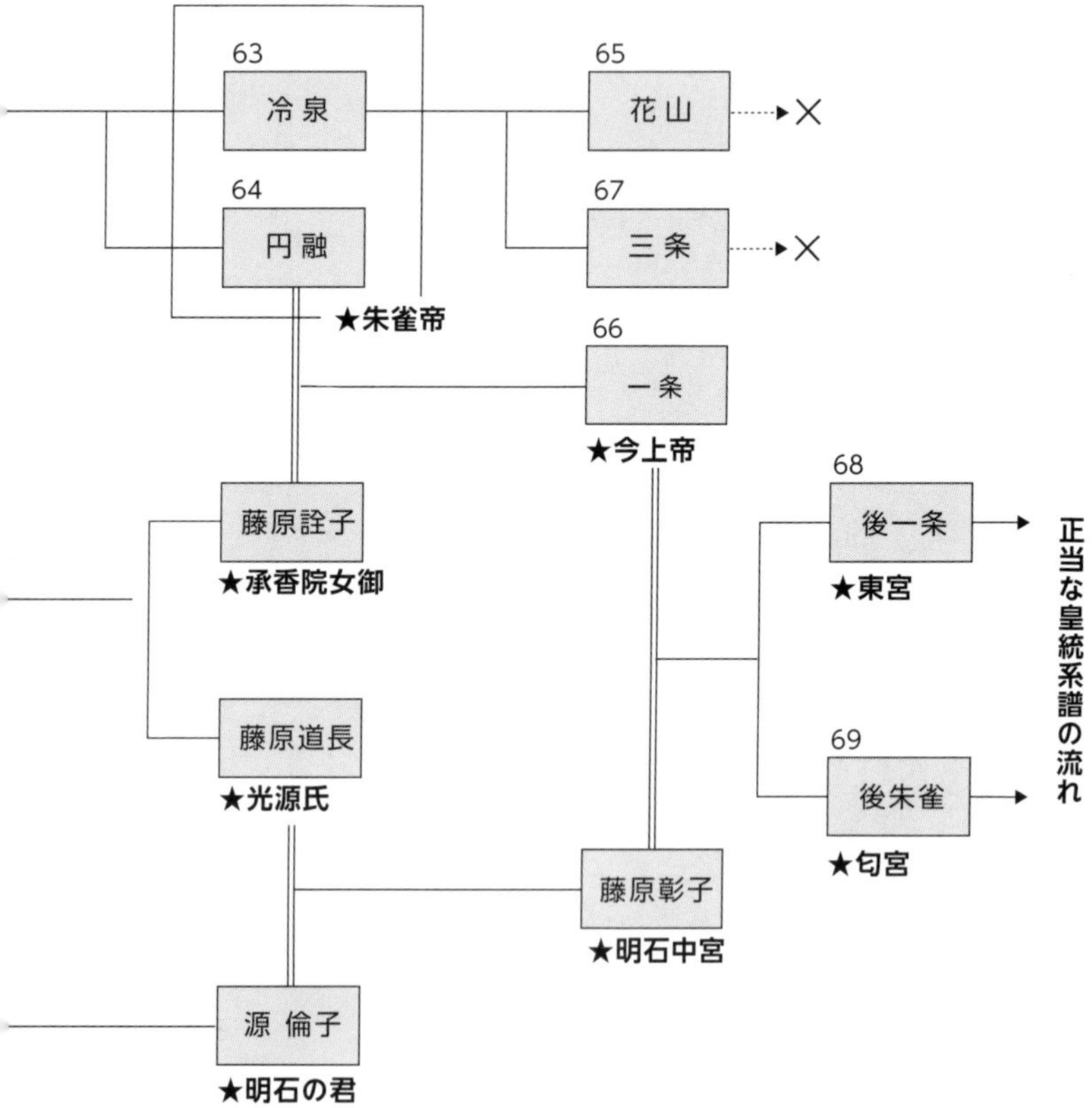

「大鏡」をもとにした天皇系図と『源氏物語』登場人物の関係図（資料1-3）

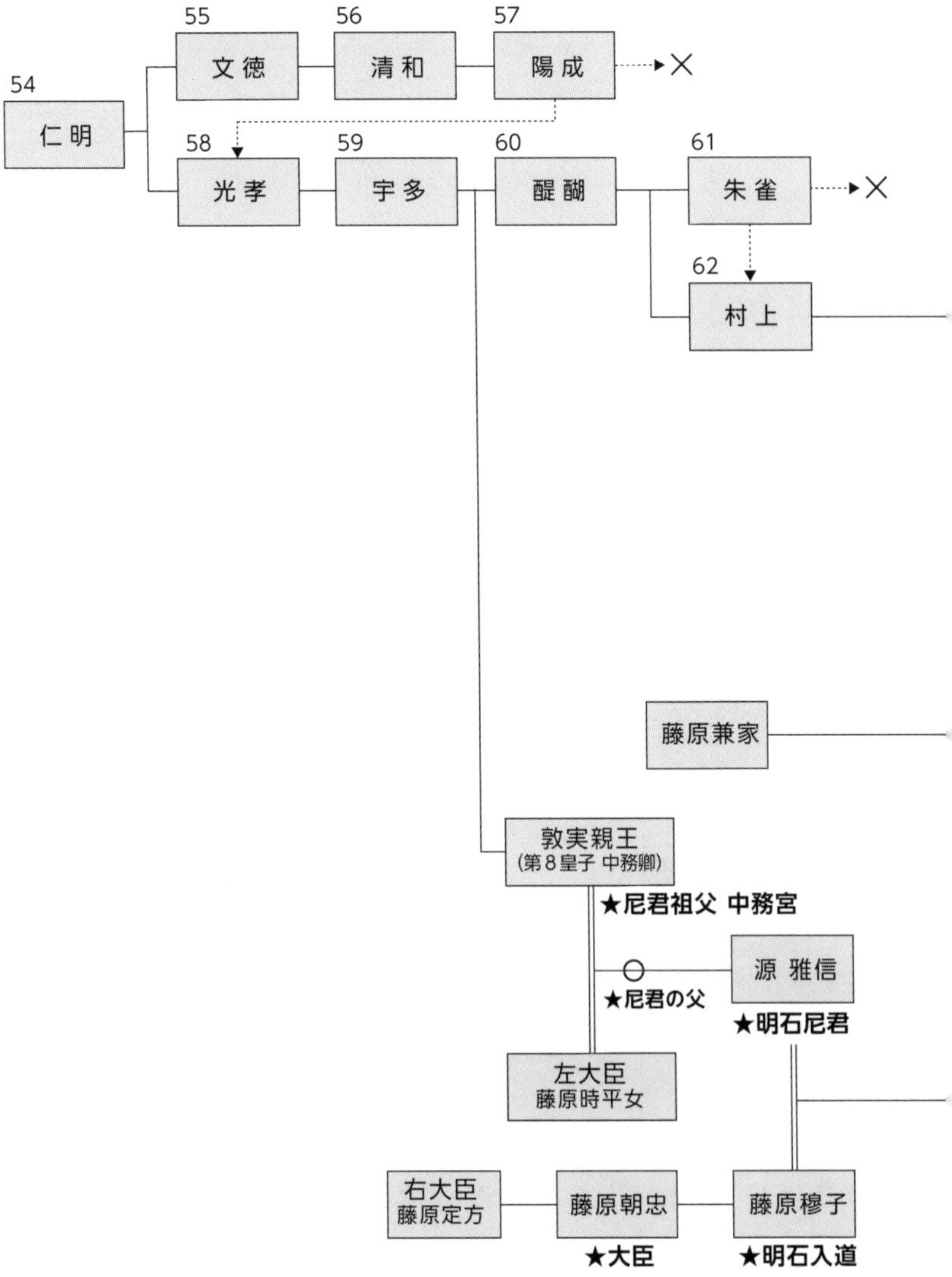

『源氏物語』関連書籍など年譜（資料1-4）

通番	和暦	西暦	源氏物語	内容・備考
1		1008ころ	『源氏物語《げんじものがたり》』成立	
2	南北朝時代		『源氏小鏡《げんじこかがみ》』3巻	ダイジェスト版。語句や故事などの解釈を挿入。手軽なハンドブックとし愛読され、用途に応じた梗概書《こうがいしょ》※として多くの写本・製版が作られるようになる。
3	弘安3	1280	『弘安源氏論議《こうあんげんじろんぎ》』	弘安3年に催された源氏物語の論議の内容を記述。源氏物語が寛弘年間に成立し、堀河天皇の康和の頃から世間に広まり、世尊寺伊行《せそんじこれゆき》『源氏釈』が注釈の初期に位置するとする。
4	貞治年間	1362～1368	四辻善成《よつつじよしなり》『河海抄《かかいしょう》』	『源氏物語』の注釈書。徹底した出典考証、詳細な故事や和歌の指摘、背景となる歴史事実によって作品を読み解く準拠《じゅんきょ》論を主張。
5	宝徳元	1449	一条兼良《いちじょうかねよし》『源氏和秘抄《げんじわひしょう》』	初心者用として、全体から900語句ほどを取り出し、簡略な注釈をつける。
6	享徳2	1453	一条兼良『源氏物語年立《げんじものがたりとしだて》』	物語の時系列を年表として整理。桐壺巻から幻巻までは光源氏、匂宮巻以降は薫によって年齢を立てている。前半は光源氏の年齢を中心軸にして、その年に起こった事項を巻を超えて網羅する。
7	文明4	1472	一条兼良『花鳥余情《かちょうよせい》』	30巻からなる『源氏物語』の注釈書。『河海抄』とともに後世の研究に大きな影響を与える。歌論書としての評価を強調し、詳細な出典考証より、文章・文脈を明らかにしようとしている。

通番	和暦	西暦	源氏物語	内容・備考
8	永正 7	1510	三条西実隆《さんじょうにしさねたか》 『細流抄《さいりゅうしょう》』	注記内容を詳細に記し、これ以降の注記研究に大きな影響を与える。後の『明星抄』のような料簡の類をいっさい持たない特色をもつ。
9	慶長年間	1596 ～ 1615	古活字版 『源氏物語』54冊	『源氏物語』最初の刊本とされる。 平仮名活字を使用したもっとも初期のもの。
10	元和年間	1615 ～24	古活字版 『源氏小鏡』3巻	梗概書※。原文ではなく簡便なダイジェスト版によることが一般的だった連歌の実用書として作られた。あらすじとともに、物語中の語で連歌に用いられるものを掲げる。源氏は連歌師の間で必須の教養。
11	寛永 17	1640	一竿斎《いっかんさい》 『首書源氏物語《かしらがきげんじものがたり》』	54巻55冊。全巻の本文と、上段に詳細な注釈を記す。 『湖月抄』に先立つ、本文をもった注釈書。 刊記は寛文13年（1673）。
12	寛永 20	1643	中院通勝《なかのいんみちかつ》、飛鳥井雅章《あすかいまさあき》 『岷江入楚《みんごうにっそ》』55巻	三条西家の源氏学を中心として注釈を集大成したもの。 今日では散逸した注記や通勝の独自の説もみられる。 細川幽斎（1534-1610）の勧めにより着手、約10年を費やして、慶長3年（1598）6月完成。
13	慶安 3	1650	山本春正《やまもとはるまさ》 『絵入源氏物語《えいりげんじものがたり》』	挿絵入りで、本文に読点、清濁、振り仮名が施される。 系図なども付されて読者の便が図られる。
14	慶安 4	1651	寺町通円福寺町（京都） 秋田屋平左衛門《あきたやへいざえもん》 刊 『源氏小鏡《げんじこかがみ》』	源氏物語のダイジェスト版。整版本は明暦・寛文・延宝・寛延・文政版と、江戸末期まで何種類も刊行された。
15	承応 3	1654	八尾勘兵衛《やおかんべえ》 『源氏物語』 60巻60冊	本文に『源氏目案《げんじめやす》』3巻、『山路《やまじ》の露《つゆ》』、『源氏物語引歌《ひきうた》※』『源氏系図』を1巻ずつ付す。後代の書籍や絵画に多大なる影響を与えた「絵入源氏物語」として知られる。

通番	和暦	西暦	源氏物語	内容・備考
16	承応3	1654	野々口立圃《ののぐちりゅうほ》作・画『十帖源氏《じゅうじょうげんじ》』10巻	婦女子のために平易に俗訳した絵入本。巻末に六条院・二条院の図、登場人物系図、立圃の跋《ばつ》を付す。歌を引用することが多く、原作の和歌をほとんど取り上げている。
17	明暦3	1657	三条西公条《さんじょうにしきんえだ》『明星抄《みょうじょうしょう》』	父・実隆《さねたか》の源氏物語講釈『細流抄』（通番8）にはなかった「作者」「発起」「大意」「此物語五十四帖冊数事」「諸本不同事」「諸抄」「物語時代」「准拠時代」「題号之事」とする詳細な料簡を付す。
18	万治3	1660	『絵入源氏物語《えいりげんじものがたり》』	横本60巻60冊（後に30冊）
19	寛文元	1661	野々口立圃《ののぐちりゅうほ》『おさな源氏』	10巻5冊。梗概書※。挿絵入り。誤った内容の源氏物語を子どもが暗唱しているのを聞いて、これを真実と思ってしまうのは困ると思ったこと、いろは手習の片手間にでも善い、覚えてくれたなら成人しても役立つはずと思ったことから書かれたもの。全体として内容が把握できるようにまとめられている。
20	延宝3	1675	北村季吟《きたむらきぎん》『湖月抄《こげつしょう》』54巻	注釈を要領よくまとめて、源氏物語の全本文を読みやすくしたもので、近代にいたるまで源氏物語のテキスト版として流布。
21	天和2	1682	仮名草子《かなそうし》『源氏明石物語《げんじあかしものがたり》』	上中下３巻。『源氏物語』に世界を借りた女訓物※。
22	貞享2	1685	菱川師宣《ひしかわもろのぶ》画『源氏大和絵鑑《げんじやまとえかがみ》』	２冊本は上冊が桐壺から松風、下冊は薄雲から夢浮橋までだが、巻の配列の順序には乱れがある。 円形に各巻の図版を示し、枠外に巻名と詞書を付している。

通番	和暦	西暦	源氏物語	内容・備考
23	元禄16	1703	宍戸光風《ししどみつかぜ》『風流《ふうりゅう》源氏物語』刊行	桐壺巻から帚木巻までの俗語訳。
24	享保6	1721	『女要珠文庫《じょうようたまぶんこ》』寺田與右衛門《てらだよえもん》 版	上段に実用書的な知識を治め、下段に「湖月女文章《こげつおんなぶんしょう》」として最初に「源氏香図《げんじこうず》」※を示し、各巻の要所の説明文を仮名手本風の書体で記す。引歌※を掲げて作中人物の絵が添えられる。優れた『源氏物語』案内書の一つ。
25	享保8	1723	多賀半七《たがはんしち》『紫分蛮の囀《しぶんあまさえずり》』	桐壺、帚木、空蝉の3巻のダイジェスト。
26	元文元	1736	山朝子『女源氏教訓宝鑑《おんなげんじきょうくんかがみ》』大野木市兵衛・須原屋茂兵衛版	古典教養書的な性格が濃厚。巻頭と巻末に概要的な内容の紹介を置き、さらに各巻の源氏物語香図引歌※、各巻の由来、語釈、梗概※、引歌※の解釈などを詳細に解説する本格的な入門書。
27	明和4	1767	『女庭訓御所文庫《おんなていきんごしょぶんこ》』下河辺拾水《しもこうべじゅうすい》 画 菊屋七郎兵衛《きくやしちろべえ》	巻名、巻名に結びつく和歌、源氏香※、物語の成立事情、紫式部の伝記を記す。
28	安永6	1777	加藤（美樹）『雨夜物語《あまよものがたり》たみことば』	2巻２冊。帚木巻の雨夜品定めの本文を引いて、行間注、頭注を付す。
29	文化9	1812	溪齋英泉《けいさいえいせん》 画『源氏物語繪盡大意抄《えずくしたいいしょう》』	半丁ごとに各巻にちなむ絵と巻名ゆかりの和歌、源氏香※が書かれている。頭書は、絵とは関係なく古注の引用などの解説が記されている。近世における庶民にとっての古典教養入門書。天保8年に、和泉屋市兵衛版で再版。

通番	和暦	西暦	源氏物語	内容・備考
30	文政4	1821	『女用続文章《にょようつづきぶんしょう》』 菊屋安兵衛《きくややすべえ》・ 伏見屋半三郎《ふしみやはんさぶろう》 版	近江の琵琶湖の美しい景色を詠った近江八景や京の都路を名所めぐりのように紹介する優雅さをもち、都以外の各地の読者にも大いに受け入れられたようである。
31	文政12～天保13	1829～1842	『偐紫田舎源氏《にせむらさきいなかげんじ》』 柳亭種彦《りゅうていたねひこ》 作 歌川国貞《うたがわくにさだ》（3代豊国）画 鶴屋喜右衛門《つるやきえもん》 刊	源氏物語の世界を室町時代に移し、草双紙として翻案した長編作品。文政12年から38編（各編4冊）が刊行されたが、天保13年絶版処分を受けた。ほかに39編40編の草稿が存在する。
32	天保4	1833	『女用文章往《おんなようぶんしょうゆき》かひ振《ぶり》』 須原屋伊八《すはらやいはち》	女消息文のほか種々の付録記事を盛り込んだ女用文章。四季折々の贈答・挨拶状を主とする例文や「返書」を伴う例文が多い。『源氏物語』の巻名を読み入れた尻取り風の七五調の長歌の形をとる「源氏目録文字くさり」を収録する。
33	天保15	1844	『女今川和歌緑《おんないまがわわかみどり》』 松陰書、 森屋治兵衛 版	女大学の定型の書物。江戸時代の代表的な女子教訓的な書物で、何度も増版を繰り返し、明治になっても増版された。原著は貝原益軒《かいばらえきけん》『和俗童子訓』のなかの「女子に教ゆる法」とされている。
34	弘化	1844～1848	『源氏絵物語』 歌川豊国《うたがわほうこく》 画 山本平吉 中判錦絵	古典の題材を当世風に描く。
35	嘉永	1848～1854	『源氏夏《げんじなつ》の暁《あかつき》』 三代歌川豊国 画 山本平吉 嘉永頃 刊 大判錦絵三枚続	『偐紫田舎源氏』26編上の口絵を下敷きとした絵で、中央に浴衣姿の光氏が団扇を手にくつろぎ、右に明石の上に擬した朝霧が娘の明石姫を抱いて立っている。左は乳母の菫野であろう。口絵ではこの4名だが、錦絵ではさらに歯をみがくための房楊枝を差し出す少女1名を書き加えている。宗入（明石入道）が娘のため洛西大堰の里に建てた別荘での一場面。

通番	和暦	西暦	源氏物語	内容・備考
36	安政2	1855	『賢女遺訓《けんじょいくん》　操《みさお》百《ひゃく》人一首華文庫《にんいっしゅかぶんこ》』中川勘助 版	巻名・源氏香図※・年立を示し引歌※を記した場面絵を掲げてその解説を施したもの。『源氏物語』の内容を理解するための手引書として充実。
37	安政4	1857	『五十四帖源氏《ごじゅうよんじょうげんじ》壽語六《すごろく》』楳素亭 画 大国屋金次郎	桐壺を振り始めとし、夢浮橋まで、五十四枚の絵札を巡る回り双六の形式で、中央の上がりは美しい干菓子の数々。各札には、巻の名前と源氏香※、巻名にちなんだ絵が描かれている。その絵には、桐壺には桐、夕顔には夕顔の花、葵には葵の葉など直接的なものと、松風では光源氏と明石の上を結ぶ琴から、琴柱と琴爪の袋を描くといったように、内容や言葉からの連想で引き出されたものがある。
38	慶応2	1866	『女庭訓御所文庫《おんなていきんごしょぶんこ》』勝村治右衛門・敦賀屋九兵衛・須原屋茂兵衛 版	江戸時代、書簡文を主体とした女子向けの教科書として、寺小屋などで使用されたもの。巻頭に「紫式部石山記」として、式部が『源氏物語』の構想を練ったと言われる滋賀県大津市にある石山寺の絵とともに、式部の略伝や、物語執筆の事情が述べられ、「源氏香之図」※や「源氏貝和歌」が掲載される。

【語句】（※印）

- 源氏香（げんじこう）／種々の香木を焚いて、その香をかぎわけて名を当てる組香の一つ
- 源氏香図（げんじこうず）／源氏香の線の組み合わせによって生じる52の呼び名を『源氏物語』五十四帖から採用したもの
- 梗概（こうがい）／あらすじ
- 女訓物（じょくんもの）／女子のしつけやたしなみを教えるために、登場人物を引いてさとす本
- 引歌（ひきうた）／和歌の引用

【典拠】

東京都立図書館「第30回　近世における源氏物語の受容」（https://www.library.metro.tokyo.lg.jp/collection/features/digital_showcase/030/　2023年12月27日閲覧）

渡辺守邦「源氏明石物語について」（日本近世文学会編『近世文芸』日本近世文学会、1954年

鶴見大学図書館『第154回貴重書展　源氏物語研究所共同開催『源氏物語』の「競ひ」』令和2年）

伊井春樹『源氏物語注釈書・享受史事典』東京堂出版、平成13年

梅村佳代『吉海直人氏寄贈　江戸時代往来物の目録と解説』名古屋大学消費生活組合印刷部、2012年

東京学芸大学附属図書館『源氏物語千年紀記念　近世庶民教育資料から見た源氏物語～双六・往来物を中心に～　展示資料一覧及び解説』平成20年10月。

第一節　紫式部が明石の地に抱いたイメージ

古来より文学作品に登場。そして、『源氏物語』の舞台へ

『源氏物語』第十三帖は「明石」。紫式部はなぜ、明石の巻を書いたのでしょうか。その謎について考えてみたいと思います。

日本最古の歌集『万葉集』に描かれた明石

「明石」は古来より数々の作品に登場しています。初めて登場するのは、日本最古の歌集とされる「万葉集」です。

万葉集には、難波《なんば》から見える明石浦に燈《とも》る灯を詠《よ》んだ門部王《かどべのおほきみ》の、

見渡せば明石の浦に燭《とも》す火のほにそ出でぬる妹《いも》に恋《こ》ふらく（巻三・三二六）

と、明石で潮待《しおま》ちしているようすを詠んだ読み人知らずの、

粟島《あはしま》に漕《こ》ぎ渡らむと思へども明石の門波《となみ》いまだ騒《さわ》けり（巻七・一二〇七）

そして、柿本人麻呂《かきのもとのひとまろ》の、

燈火《ともしび》の明石大門《あかしおほと》に入らむ日や漕《こ》ぎ別れなむ家のあたり見ず（巻三・二五四）

天離《あまざか》る鄙《ひな》の長道《ながぢ》ゆ恋ひ来れば明石の門《と》より大和島《やまとしま》見ゆ（巻三・二五五）

の四首があります。

畿内と畿外の境界にある明石海峡は、東方向を望めば都のある大和《やまと》島が見えますが、西方向を見れば海原が広がる播磨灘《はりまなだ》です。

西方向に進む旅人にとっては故郷の見納め、東に進路をとる旅人にとっては、懐かしい故郷の山並みに再会できる場所で、進路が東か西かで、都人《みやこびと》の心象風景は大きく異なるところでした。

また、難波から漁火《いさりび》が見える位置にありますが、西に向かう船からは家並は一気に減り侘《わび》しくなり、ここが畿内と畿外の境界であることを実感せずにはいられない場所でした。

そして、若宮年魚麻呂《わかみやのあゆちまろ》が淡路島の岩屋側から明石海峡を、

海神《わたつみ》は霊《くす》しきものか淡路島中に立て置きて白波を伊予《いよ》に廻《めぐ》らし座待月《ゐまちづき》明石の門ゆは夕《ゆふ》されば潮《しほ》を満たしめ明けされば潮を干《ひ》しむ潮騒《しほさゐ》の波を恐《かしこ》み淡路島磯隠《いそかく》りゐていつしかもこの夜の明けむとさもらふに眠《い》の寝かてねば滝の上の浅野の雉《きぎし》明けぬとし立ち騒くらしいざ子どもあへて漕ぎ出むにはも静けし（巻三・三八八）

と、「海の神は霊妙《れいみょう》なものよ。淡路島を中に立てておいて、白波をめぐらして四国を囲み、十八夜の月の明るい明石の海峡から、夕方になると潮を満ちさせ、夜明けには潮を引かせる。潮騒の波を恐れて淡路島の磯に船を寄せ、早く夜も明けてほしいと海上をうかがって眠れずにいると、激しく海にそそぐ川のほとりの、草も浅い野の雉《きぎし》が、夜が明けたと立ち騒ぎ鳴く声が聞こえる。さあみんな、漕《こ》ぎ出そうではないか。海上も静かだ」というような意味で、海神《わたつみ》が「伊予《いよ》と明石の間に淡路島《あわじしま》を置いて、明石の瀬戸《せと》から夕方には潮を満たし、明け方には引き潮にする」と詠《うた》っています。

潮流《ちょうりゅう》の激しさゆえに、陸地にはない荒々《あらあら》しい大自然の力に海神の存在を実感する場所でした。

日本最古の勅撰和歌集《ちょくせんわかしゅう》『古今和歌集《こきんわかしゅう》』に描かれた明石

「ほのぼのと明石」歌ー歌神 柿本人麿

そして、日本最古の勅撰和歌集『古今和歌集』にも明石の浦の歌が採録《さいろく》されています。読み人知らずの、

ほのぼのと明石の浦の朝霧に島隠れゆく舟をしぞ思ふ（『古今和歌集』羇旅歌《きりょか》・四〇九番）

と、ほんのりと明けていく明石の浦には朝霧がかかり、海上を行く船は徐々に遠ざかって島の陰に隠れていくという情景歌です。

この歌が、著名な歌人たちの心をとらえました。

紀貫之（八七二～九四五ころ）は最初の勅撰和歌集『古今和歌集』（九〇五年奏上《そうじょう》）の序文で紹介し、藤原公任《ふじわらのきんとう》（九六六～一〇四一）は、『和歌九品《わかくほん》』（一〇〇九年以後成立）で「上品上《じょうぼんじょう》　詞《ことば》たへにして余りの心さへあるなり」と和歌の最高位に位置づけました。

ただし、この歌が有名になったのは、藤原公任（九六六～一〇四一）が、「この歌は、ある人のいはく柿本人麿が歌なり」の左注《さちゅう》を付け、紀貫之《きつらゆき》が柿本人麻呂を「歌聖《うたのひじり》」で「人麻呂なくなりにたれど歌のこと留まれるかな（人麻呂は亡くなってしまったが和歌は残っている）」と称えて以降、「ほのぼのと明石」歌は人麻呂の歌として、多くの歌集や歌学書に収められ古今伝授のテキストとなったことによります。

その後、藤原顕季《ふじわらのあきすえ》（一〇五五～一一二三、歌道家の流派の一つ六条藤家の祖）は人麿像に「ほのぼのと明石」歌を讃にした軸を掲げた人丸影供《ひとまるえいぐ》（柿本人麻呂を歌聖として祭り、和歌を献じて供養する歌合わせ・歌会）を始め、柿本人麻呂は歌神として祀《まつ》られるようになります。

そして、夢のなかで大和石上《やまといしがみ》（現奈良県天理市）と播磨明石の墓所で、人麿の霊と対面した西行《さいぎょう》（一一一八～一一九〇、武士・僧侶・歌人）の話（『和漢朗詠集和談集《わかんろうえいしゅう》』応永十二年／一四〇五成立、僧玄棟《そうげんとう》『三国伝記』応永十四年）のように、和歌の上達を願う人たちが、人麻呂の夢をみたという話が語られ始めます。

中世の秘説を伝える『源氏物語一部之抜書幷伊勢物語』では、光源氏が明石の「御ひょう（廟）」で人麿と対面したと記されています。

日本最古の物語『竹取物語』に描かれた明石

さらに、明石は、日本最古の物語『竹取物語』の舞台にもなっています。

『竹取物語』は、月の世界で罪を犯してこちらの世界に落とされたかぐや姫が、竹取の翁《おきな》夫婦に育てられ、人間の感情を理解できるようになったころ、罪を許されて月に帰っていく物語です。

かぐや姫の美しさを耳にして大勢の求婚者が、かぐや姫の家の周りをうろつきますが、屋敷の守りは頑丈《がんじょう》で、全く歯が立たないことを悟って求婚者の多くが引き上げていき、残ったのはいずれも甲乙つけがたい五人、翁はこのうちの誰かと結婚するようかぐや姫に説得しますが、結婚する意志のないかぐや姫は、それぞれに難問を与えて、かぐや姫が求めるものを持ってきたものと結婚すると提案します。その提案を快諾《かいだく》した五人は、それぞれの特技を活用して難問を解決しようと奮闘《ふんとう》努力するものの、いずれも失敗に終わります。

その後、強引に後宮《こうきゅう》（天皇の后《きさき》や、その子どもが暮らす場所）にあがるよう詰め寄った帝《みかど》の意志にもかぐや姫は背《そむ》き、文を交わすだけの関係を続けるうちに、八月十五日の夜、月からの迎えが来て、この世界での記憶を全て失って月に戻っていきます。

この『竹取物語』は京の都が舞台ですが、五人の求婚者のうち、龍《りゅう》の首の玉を要求された大納言大伴御行《おおとものみゆき》にまつわる章のみ、舞台は京都を離れます。

かぐや姫から龍の首の玉を求められた大納言大伴御行は、難波から船出して筑紫《つくし》の国（九州、福岡あたり）を目指していたときに大暴風雨に遭遇。住吉明神《みょうじん》をはじめとする海の神々に、龍の首の玉を取ろうとした自分は浅はかだったと詫び、ひたすら命乞《いのちご》いの祈禱《きとう》を続けた結果、嵐は止み、良い風が吹いて瞬《また》く間に大伴御行を乗せた船は無事に浜に乗り上げます。

大伴御行は南海の小島に漂着したと思ったのですが、実は播磨国《はりまのくに》の明石の浜で、スモモのように、目が腫れあがってしまっている大伴御行を見て笑う播磨国の国司が用意した輿《こし》に乗って、都に帰るという話です。

この章は、かぐや姫が登場しない、大伴御行とかぐや姫の和歌の交換もない、その代わりに異界に住む龍や海の神、地方役人である播磨国の国司が登場して窮地の大納言を救い、他の求婚者が難問の回答に失敗したあともかぐや姫への未練を断ち切れないなか、大伴御行は家臣に「かぐや姫は悪人である。今後一切の関与を禁止する」と、かぐや姫との関わりを断つことを求めるという、独特の展開になっています。

このように、日本最古の歌集と最初の勅撰《ちょくせん》和歌集、そして日本最古の物語で、畿内と畿外の境界、人間界と異界の境界に位置している場所、海の神が支配している場所に面しているところとして強く印象づけられた明石は、日本最古の長編物語『源氏物語』の舞台としても採用されることになります。

◇　◇

また、畿内と畿外の境界である明石の浦は、人間界と異界とが混ざり合っているところだという発想は、明石覚一《あかしかくいち》本「平家物語」灌頂《かんじょう》巻にも継承されています。

栄華栄誉《えいがえいよ》を誇った平清盛《たいらのきよもり》が病で亡くなった治承五年（一一八一）から四年後の元暦二年（一一八五）、壇ノ浦《だんのうら》の戦いに敗れた平家は滅亡します。

壇ノ浦から京に船で戻る途中の建礼門院《けんれいもんいん》徳子が明石浦あたりでうたた寝をして、昔の内裏《だいり》よりも、はるかに立派なところで、素晴らしい装束に身を包んでいる平家一門の夢をみる箇所があります。

徳子が「ここはどこですか」と尋ねると「龍宮城《りゅうぐうじょう》」との返事。「めでたいところですね。苦はありませんか」と尋ねると、「龍畜経《りゅうちくきょう》のなかにみえるでしょう。後世《こうせい》を弔《とむら》ってください」との答え。京都に戻った徳子は、一層、経を読んで念仏して菩提《ぼだい》を弔った、という内容です。

龍宮城という正のイメージで捉えがちなところで、龍畜になって苦しんでいる平家一門の人々は、徳子に供養を頼むもので、藤原俊成《ふじわらのとしなり》の家来だった僧に、自らの供養を依頼した忠度の話と共通するものがあります。

播磨国《はりまのくに》には、海神を祀る住吉神社が、かなり広大な所領地をもっていたことも関係しているのでしょうか。

『源氏物語』に描かれた明石のイメージ――『竹取物語』との共通点

日本最古の長編物語『源氏物語』には、日本最古の物語『竹取物語』との共通点が多くあります。

紫式部は「物語のいできはじめの祖《おや》なる『竹取の翁《おきな》』」（『源氏物語』第十七帖「絵合《えあわせ》」の巻）と紹介した『竹取物語』を、『源氏物語』において重要な役割を果たす明石一族に重ね合わせた感があります。

『竹取物語』に登場する竹取の翁の住まいを明石の浦に置き換えて、竹取の翁は明石入道、かぐや姫は明石の君、かぐや姫に求婚すべく翁邸《てい》に押し掛けたけれども、断念するしかなかった求婚者は、光源氏の臣下で父親が播磨守の良清《よしきよ》。良清は明石の君に求婚し続けたのですが、明石入道に遮《さえぎ》られて会うことすらできませんでした。光源氏が明石の君に会いに行くのをためらったのは、良清の気持ちを知っていたからです。

暴風雨に遭い、海の神にひたすら祈り続け、播磨明石の浜に漂着した大納言大伴御行《だいなごんおおとものみゆき》は、須磨で暴風雨に遭って海の神に祈り続け、明石入道の手引きで瞬く間に明石の浦に到着した光源氏に、また、仮の世界では誰とも結婚しないと決めているかぐや姫は、流謫《るたく》生活中は謹慎して読経し、浮気はしないと決意していた光源氏にも通じます。


明石入道の手引きで、光源氏が初めて岡辺の宿に明石の君を訪ねたときの描写は、竹取翁《たけとりのおきな》の手引きで、帝がかぐや姫のもとを訪れたときの描写と瓜二《うりふた》つです。

「光るもの」にこだわり続けたかぐや姫と、光り輝くような美男子だった光源氏。

月を見て泣くかぐや姫と、月をみて遠く離れた紫の上を想い感傷に浸る光源氏。

かぐや姫が置いていった不老不死の薬を、帝の命によって日本で一番高い山、富士山に登って燃やした家臣と、光源氏に遠い富士山まで行かなくても、播磨明石の景色は美しいと進言する家臣。

このように『源氏物語』には『竹取物語』を準拠《じゅんきょ》にしていると思われる箇所がたくさんあります。


また、源氏物語には「ほのぼのと明石」歌も、さりげなく挿入されています。

例えば、「ほのぼのと明石」歌では、船に乗っている旅人は西に向かうけれども、明石の君と姫君と共に京都へ転居することになった明石の尼君は、「船に乗って明石の浦を漕ぎだすときは西に向かうときだと思っていたのに、はからずも東に向かうことになってしまった」と独り言を言い、尼君を見送る明石入道は「昔の人も感慨深く見送ったものだけれども、明石の浦の朝霧のなかを遠ざかっていく船を見送るのはたいそう物悲しいと思う」という具合です。

「ゆほびかなる明石」の解釈《かいしゃく》について

『源氏物語』で「明石」が初めて登場するのは、第五帖「若紫《わかむらさき》」巻です。

播磨守の息子の良清が、富士山のような遠いところまでいかなくても、

「播磨の明石の浦こそなほことにはべれ。何のいたり深き隈はなけれど、ただ海のおもてを見わたしたるほどなん、あやしく他所に似ずゆほびかなる所にはべる。（「都に近い所では、播磨の明石の浦、これがやはり格別でございます」）」

と言う場面です。

ここで、明石の浦を表現している「ゆほびか」には、どんな意味があるのでしょうか。

『源氏物語』の注釈書では、「ゆほびか」とは、「ひろびろとゆったりしているようす」という、明石の浜が海辺にむかって広がっている地理的なようすを表わす意味だと記されています。

「ゆほびか」という言葉が使用されている古文は、『源氏物語』のほかには「古今和歌六帖《こきんわかろくじょう》」にある、

み吉野の大川水のゆほびかにあらぬものから波の立つらむ

という歌だけです。

この和歌は、「吉野の大川はゆほびかではないので波が立っている（吉野の大川は渓谷を流れているので波が立っている）」の意味ですから、「ゆほびか」とは「ひろびろとしたところ」を表現するという解釈と一致しています。

近年では、
①明石入道一家の生活や人間性にみられる、京の都にいるかのような錯覚を起こさせる「みやびやか」な営みをさすとする説
②「詩経関雎篇《しきょうかんしょへん》」（詩経の第一篇「関雎《かんしょ》」）の「窈窕《ようちょう》」の訓読「ユホビカナル淑女ノヨキヲトメ」から、明石の君のように従順でありながら自尊感情のある女性をさすとする説が唱えられています。
①は、細木郁代さんが提唱されている説です。
「みやび」の対義語は「鄙《ひな》」です。

貴族が住む京の都が「みやび」「みやびやか」な世界なら、京の都のような人工的な美を持たない地方は「鄙びた」世界になります。「ひなび」には否定的な要素が隠されています。成長して、中宮になる（明石の姫君、国母《こくぼ》になることは間違いありませんが、そこまで『源氏物語』は描いていません）女の子の母親（明石の君）の出身地は、一地方だけれども「格別なところ」である必要があります。

播磨の明石の浦を「ひなび」と表現するわけにはいきません。そこで「みやびやか」に対応す

る美意識の表現方法として「ゆほびか」という言葉を用いたのではないか、との指摘です。

②は、細木さんが原田芳起さんの「窈窕」の訓読は「ユホビカナル淑女ノヨキヲトメ」という指摘を受けて、「ゆほびか」が「良き乙女」「淑女」を意味する「窈窕」だったならば、明石入道の娘に対して光源氏が淑女の幻影を抱く場面にふさわしい言葉となるとの解釈です。

なお、原田さんは「窈窕」はどちらも穴とかくぼみとかの深いさまを示す文字で、峡谷・山道などが果てしなく深く遠く続くさまを表すときに使うが、『源氏物語』では陸地は決して広くもゆったりともしていないけれども、海上に向かって展望が遠く深く開けている明石の地を表現するために「ゆほびかなる」と形容したのではないか、と指摘されています。

第二節　『源氏物語』のあらすじ――「明石」を軸に

「明石」巻では、どのようなことが描かれているのでしょうか。ここでは、「明石」を軸に物語をたどってみようと思います。（資料1―1，1―2，1―3を参照してください）

『源氏物語』の成立

紫式部が『源氏物語』を書いたのは、十一世紀初めの平安時代です。

紫式部が記した日記とされる『紫式部日記』には、寛弘《かんこう》五年（一〇〇八）に『源氏物語』と思われる物語の冊子作りを行ったという記述があります。全五四帖仕立ての現在の内容に整理されるのは、鎌倉時代になってからです。

紫式部が書いた当時から大人気だった『源氏物語』は、多くの人たちによって書写されて流通しましたから、写し間違いや写し手の主観などが入り混じって、さまざまな内容の『源氏物語』が出回っていました。

そのため、鎌倉幕府や藤原定家《ふじわらていか》らが、それぞれ数多くの筆写本を収集して、約三〇年もの歳月をかけて内容を調査・分析して、鎌倉幕府は「河内本《かわちぼん》」と呼ばれる正本、藤原定家らは「青表紙本」と呼ばれる正本を作成しました。

鎌倉時代は幕府が作成した河内本が流通していましたが、室町時代に入ると、完成当初から文章が美しく、紫式部が書いたであろう内容に近いと考えられていた青表紙本が流通し始め、正本として現在に至っています。

物語の舞台を紫式部は、紫式部の時代から一〇〇年くらい遡《さかのぼ》った九〇〇年代ころの後醍醐天皇の時代あたりに設定しています。

主人公は、帝の第二皇子に生まれて、帝としての素質を充分に備えていたにも関わらず、帝になることができず、臣下として帝を支えつつ、帝以上に権勢を誇った光源氏で、物語は彼の一生と彼が亡くなったあと、彼の息子（薫、女三宮との子）の時代まで対象にしています。

呼称から見る「明石一族」身分の壁――「明石の君」の描かれ方

そのうち、明石が登場するのは、第五帖の「若紫」巻、そして十三帖「明石」巻以降です。地名としての「明石」の頻度《ひんど》は少なくなりますが、人名としての「明石」は最後まで頻繁《ひんぱん》に登場します。

『源氏物語』全五四帖のうち、巻名に地名が使われているのは須磨と明石しかなく、人名に地名が使われているのは明石だけです。

『源氏物語』の登場人物は四〇〇人を優に越えますが、いずれもその登場場面における役職名や居住する建物名、登場人物間の相互関係などによって呼称が変わります。全巻通じて一つの呼称が使われた人物は明石入道だけで、明石の君は「明石御方」とも表現されていますが、基本的には「明石の君」で、明石の君の母は明石を離れて京都に移る場面以降「明石尼君《あまぎみ》」で統一されています。

明石の君の娘は、やがて紫の上の養女となるのですが、その後も「明石の姫君」のままで、入内《じゅだい》して「明石女御《にょうご》」になり、第一皇子《みこ》が東宮《とうぐう》（皇太子の居所、転じて皇太子）となって以降は「明石中宮」と身分による敬称の変化はありますが、「明石」が外されることはありません。

『源氏物語』は登場人物の身分関係について、厳格な区別をしています。

後見人となる人物の家柄が重視されていた時代、光源氏の正室《せいしつ》だった葵《あおい》の上や、光源氏の生涯の伴侶《はんりょ》だった紫の上と違って、明石の君は受領《ずりょう》階級出身のため、「上」と呼ばれる資格がないのです。

明石の姫君が女御として入内できて、中宮、国母となる資格を持っているのは、紫の上の養女となっていたからです。それでも、「明石女御」、「明石中宮《ちゅうぐう》」との呼称であって「弘徽殿《こきでん》女御」や「藤壺女御」といった住居名で呼称される場面はありません。

生まれも育ちも都の超一流の平安貴族との間には、ガラスの壁があったことを呼称の違いが示しています。明石の君は常にへりくだった態度をとり、着用する衣装にも気を配っていますし、六条院《ろくじょういん》（光源氏の邸宅）での住まいも、一番身分の低い者が入る「冬の町」が割り当てられていて、紫の上や明石の姫君（明石女御）の住む「春の町」とは比べ物にならないくらい質素でした。

波乱に満ちた光源氏の前半生

さて、主人公 光源氏の人生ですが、前半生は、波乱万丈に満ちています。

実母の桐壺更衣《きりつぼのこうい》は桐壺帝の寵愛《ちょうあい》を一身に受けたために、右大臣の娘であり、第一皇子《みこ》の母である弘徽殿女御（桐壺帝の女御）からにらまれ、その他数多くいる女御や更衣《こうい》の嫌がらせに耐え兼ねて病気になり、光源氏が三歳のときに亡くなります。母のいなくなった光源氏は、内裏《だいり》（帝の住まい）の外に出て祖母（桐壺更衣の母）と暮らしますが、五歳のときに桐壺更衣を忘れることができない桐壺帝によって内裏に連れ戻されて、父のもとで養育されます。

父は容姿端麗《ようしたんれい》で才能豊かな光源氏をどこに行くにも連れていき（弘徽殿《こきでん》女御の邸にも連れて行き、御簾《みす》のなかに入ることができた幼い光源氏は女性たちに可愛がられています）、周囲に光源氏の存在を認めさせ、後継者として即位させる可能性を模索しますが、高麗人《こまびと》の占いや宿曜《すくよう》（占星術）の告げを聞いて、元服《げんぷく》と同時に臣籍《しんせき》降下させる決断を下します。

こうして十二歳で皇族の身分を離れ、元服と同時に左大臣の娘、葵《あおい》の上を正室に迎えて左大臣を後見人にします。

若き日の光源氏最大の見せ場「青海波《せいがいは》の舞」。そして、都を去り須磨へ

年上の葵の上との関係はしっくりこないまま、十八歳のときに父の女御で母親（桐壺更衣）にそっくりな藤壺《ふじつぼ》女御を懐妊《かいにん》させてしまいます。この藤壺が産んだ皇子《みこ》が、後に即位して冷泉帝《れいぜいてい》となります。

このころ、光源氏はわらわ病を患い、病気療養に出かけた北山のなにがし寺の裏山で、「ゆほびかなるところ明石」に住む明石入道父娘の話を知ります。また、生涯の伴侶となる紫の上（当時は十才ばかりの女の子）を見つけて養育し始めるのもこのころです。

藤壺女御懐妊中の一〇月一〇日過ぎに朱雀院行幸《すざくいんぎょうこう》（朱雀院は上皇御所。ここにお住まいの桐壺帝の父先帝のもとに桐壺帝が居所から外出）があり、光源氏と頭中将《とうのちゅうじょう》（左大臣の息子で、光源氏の親友）は青海波を舞います。

龍宮《りゅうぐう》から来た海龍王《かいりゅうおう》が乗り移ったかの如く美しい艶やかな光源氏の舞姿に、人々の目はくぎ付けになりました。帝にはなれなかったけれども、最終的には「准太上天皇《じゅんだいじょうてんのう》（太上天皇になずらふ御位）」として名実ともに天皇を凌《しの》ぐ存在となっていく、若き日の光源氏最大の見せ場で、その後の巻でも引用される名場面です。

その後、光源氏は二一歳で父、桐壺帝と死別。二二歳でやっと気持ちを通じあえそうになった

妻の葵の上は、物の怪《け》に取りつかれて一人息子（夕霧）を残して先立ってしまいます。

二六歳のときには、右大臣の娘で朱雀帝（桐壺帝を継いだ帝。光源氏の異母兄）の女官《にょかん》である朧月夜《おぼろづきよ》との密会現場を右大臣にみつかり、右大臣家の奸計《かんけい》から逃れるために、自ら都を去る決断をして、須磨に蟄居《ちっきょ》（謹慎）します。

光源氏、明石へ

都では、罪を犯して都を離れた光源氏との接触を断つよう圧力がかかります。都との音信が途絶え、読経《どきょう》や詩作、絵画をして過ごしていた光源氏のもとに、頭中将（三位中将）が圧力をものともせず訪ねてきます。土地の料理を食べ、歌を詠み、催馬楽《さいばら》の飛鳥井《あすかい》を歌い、一晩中語り明かした翌朝、帰途につく頭中将に見事な黒馬を贈ります。妙なものを、と思うだろうけども、風が吹いたときにあなたのそばで嘶《いなな》くと思うから、と言って。

三月上巳《じょうし》の日、海辺で上巳の祓《はら》いをしていた光源氏は、雷を伴う暴風雨に見舞われます。ひたすら神仏に救いの祈りをささげていた光源氏の枕元に桐壺帝が現れ、「ここを去れ」という桐壺帝の夢を見ます。その翌日、住吉の神の導きだといって訪ねてきた明石入道の言葉に従って、明石に移る決心をします。こうして移り住んだ明石は、人の往来が多そうなところを除けば、光源氏の心を癒《いや》すに最適な環境でした。

静かで穏やかな夕月の明るい晩には、一面に遠くまで見わたすことができるうえに、淡路島《あわじしま》が目の前にあって、昔の人が「あはれ」といって眺めた風情を追体験できる、春や秋よりも夏の木陰に風情があり、水鶏《くいな》がたたくように鳴く声は「誰が門さして」いるみたいでしみじみとした味わいがある、と光源氏は四季折々の変化を楽しみます。

明石入道

「若紫」や「須磨」の巻では「ひがもの（ひねくれた人物、変わり者）」と表現された明石入道は、「明石」の巻では、「勤行《ごんぎょう》のために、痩《や》せ細っているのがいかにも好ましく、人柄が気品高いせいか、偏屈者《へんくつもの》で老い惚《ぼ》けているところがあるけれど、故実《こじつ》をよくわきまえていて、むさ苦しい感じがなく、身についた教養もある」と紹介されます。

また、更衣《ころもがえ》の衣類や御帳《みちょう》にも心配りをし、光源氏の世話に余念がないので、光源氏は「こうまでしてくれなくても」と思いつつ、「入道のあくまで気位を高く持している人柄の気品に免じて、見過ごし」、明石入道の昔話に耳を傾けます。

そして、「このような地にやってくることもなく、またこのような人に出会うこともなかったとしたら、やはり残念だっただろう」と、明石の地に来て明石入道と出会ったことに感謝します。

「雅な都の生活」の体験者ゆえに「都から来た客人」をもてなす術を知っている人物がいる場所、琴や琵琶《びわ》の腕前を互いに褒《ほ》めあえることができ、京の都での出来事にまつわる昔話をしてくれる人物がいる場所、そのような場所として播磨国《はりまのくに》明石は設定されています。

酒やお菓子でもてなし、琴と琵琶を弾きあうなかで、明石入道と光源氏の距離は縮まっていき、明石入道は十八年も前から住吉の神を信仰し、毎年春と秋の二回、住吉大社に参詣《さんけい》していること、親は大臣まで務めた家柄だが、自分の代でただの田舎者に成り果ててしまったこと、けれども娘を都の高貴な方に縁づかせたいと決意していること、もしこのまま自分が先立ってしまったら海の中に身を投じよ（第五帖「若紫」巻では、「海龍王の后となれ」）といっていることを語ります。

臣下で父親が播磨守の良清《よしきよ》から、娘の話を聞かされていた光源氏は、入道の話からも気だてや姿かたちも並々の人ではなさそうだと心惹《ひ》かれ、浮気心をおこします。

明石の君

高貴な身分のものに縁づかせたいと願っていた明石入道の手引きで、娘と交際する機会を与えられた光源氏は、最初は胡桃色《くるみいろ》の高麗《こま》の紙に、流れるような文字で「あなたをお慕いする心に、こらえきれなくなりました」と、念入りに趣向を凝らした手紙を明石の君に送ります。それで効果がないと知ると、次は薄葉《うすよう》（葉のように薄い紙）の紙に美しい文字で「やりばのない気持ちで思い悩んでいる」との手紙を書きます。

明石の君の心をなびかせるためには紙の素材や文字運び、さらに、文を届ける時間にも気を遣《つか》う光源氏の細やかな所作。帝の息子で才智に富む容姿端麗《ようしたんれい》の貴公子は、一つ一つの立ち居振る舞いが雅やかで、どんな服装で、どんな格好をしていても絵になります。

これで女心が揺るがないはずはありません。身分不相応だと、気を許そうとしなかった明石の君もだんだんと心変わりをしていきます。

明石の君が光源氏の子を宿したことがわかったころ、光源氏は許されて都への帰還命令が下ります。光源氏は形見の品にと、琴を明石の君に残して都へと去っていきます。

侘《わび》しい隠遁《いんとん》生活を描く十二帖「須磨」の巻とはあまりにも対照すぎるほど美しく切なく、恋多き光源氏を主人公とする『源氏物語』の本領を発揮する帖（巻）となっています。

住吉大社にて　第十四帖「澪標《みおつくし》」

続く第十四帖「澪標」巻は、住吉大社に舞台を移します。

明石の君は、娘の五十日の日を祝うために訪れてくれる人もいない寂しさもあって、明石入道一家が年に二回は欠かさず行っていた住吉大社参詣を思い立ち、母と幼い娘の三人は住吉参詣に出かけます。

船を着岸させようとしたとき、内大臣に昇進して帝の後見人として権勢を誇っている光源氏の一行が住吉参詣をしているところに遭遇します。

明石で見知った人たちが、あの日とは打って変わって華やかなようすで何の憂《うれ》いもなさそうにしておられる、大殿腹《おおとのばら》の若君（葵の上が産んだ光源氏の子）は十人の美しい衣装をまとった童随身《わらずいしん》を引き連れている、別世界の人として及びもつかないほど立派にみえる、父親は同じなのに我が娘は人数のうちにも入らない、ほかにも月日はあるのに、これほどまで評判になっていた今日の御参詣のことを知らずに、なぜこの日に来てしまったのか、と、彼我《ひが》の差を思いらされて、明石の君はいたたまれなくなるのです。

明石の君が、その日の住吉参詣をあきらめて住吉を去ったことを知った光源氏は、明石の君を不憫に思い手紙をしたためます。

みをつくし恋ふるしるしにここまでもめぐり逢ひけるえには深しな

（身を尽くして恋い慕うかいがあって、澪標のあるこの難波までやってきてめぐりあったのです。あなたとの宿縁《しゅくえん》は深い）

との文に、明石の君は、

数ならでなにはのこともかひなきになどみをつくして思ひそめけむ

（人数にも入らぬ身の上で、何の生きるかいもないこの私なのに、どうして身を尽くして君を思いはじめてしまったのでしょう）

と返しました。

このようなことがあって、明けても暮れても情けない身の上を嘆く明石の君のもとに、光源氏から使者が到着します。「近いうちに京に迎えよう」という知らせでした。

既に正室の葵の上との間に夕霧、藤壺女御との間に後の冷泉帝が誕生している光源氏は、父の桐壺帝が、宿曜《すくよう》から、光源氏には「御子《みこ》は三人、帝、后《きさき》が必ずそろってお生れになるでしょう。そのうちの低いお方は、太上大臣《だいじょうだいじん》として人臣の位をきわめるはずです」との予言を得ていたことを知ります。

そして、光源氏は、将来、后《きさき》になる明石の君が産んだ女の子を、明石のような田舎で育てさせるわけにはいかない、都で最高級の環境で育てなければならないと思い、「近いうちに京に迎えよう」と知らせを送ったのでした。

別れ

秋のある日の辰の刻（朝八時）、明石君と姫君、明石君の母の三人は明石入道に別れを告げ、明石の浜から船出します。

昔の人もあはれと言ひける浦の朝霧隔たりゆくままに、いとものの悲しくて、入道は心澄み果つまじく、あくがれ眺めゐたり。ここら年を経て、今さらに帰るも、なほ思ひ尽きせず、尼君は泣きたまふ。

かの岸に心寄りにし海人舟の背きし方に漕ぎ帰るかな

昔の人も「あわれ」と言った明石の浦の朝霧のなか、明石入道の妻（明石尼君）と娘（明石の君）、そして孫（明石姫君）を乗せた船が遠ざかっていくのを明石入道は見送ります。

転居先は、光源氏の住む二条院ではなく、明石尼君の祖父が持っていた京都の大堰《おおぜき》にある別荘です。光源氏が時々顔をのぞかせるようになり、大堰での暮らしにも慣れてきたころ、明石の君は光源氏から、新たな申し出を受け狼狽《ろうばい》します。姫君を紫の上の養女にして育てたい――。

光源氏の言葉に抵抗する明石の君に、明石の尼君は諭します。

娘を手放すまいとするのは間違っていますよ。あなたは姫君の母として姫君が最も幸福になることを考えなければなりません。光源氏が帝の第二皇子に生まれ、帝としての資質を備えていたにもかかわらず、帝になれず臣籍《しんせき》に下らなければならなかったのは、母が更衣《こうい》だったから。自分たちの身分は論外、この姫君は身分の高い女君方に姫君が生まれた途端、すっかり忘れられてしまう存在なのです。ですから、あちらにお任せして、どれほど尊重されているか、どれほど立派にしてくださるか、そのようすをきくことで満足しなくてはなりませんよ。

ようやく、明石の君は、姫君を光源氏と紫の上に預ける決心をします。

明石の君が、明石の姫君と再会できたのは、姫君が東宮（皇太子）のもとに入内（中宮となるべき人が内裏にはいること）したあと、姫君の後見人役を、紫の上が明石の君に譲ると光源氏に申し出たことによるものでした。

後の国母をうみだす地として想定された「明石」

明石女御となった明石姫君が第一皇子《みこ》を出産したとき、明石入道から手紙が届きます。明石の君への手紙には、

わがおもと生まれたまはむとせし、その年の二月のその夜の夢に見しやう、みづから須弥の山を、右の手に捧げたり。山の左右より、月日の光さやかにさし出でて世を照らす。みづからは山の下の蔭に隠れて、その光にあたらず。山をば広き海に浮かべおきて、小さき舟に乗りて、西の方をさして漕ぎゆくとなむ見はべし。

と、ありました。

明石入道は、「あなたが生まれてくる年の二月某日の夜、私自身は右手に須弥山《しゅみせん》をささげ、その山の左右から月と日の光がさしてあたりを照らしている。私には山の陰影《かげ》が落ちて光のさしてくることはない。私はその山を広い海の上に浮かべ置いて、自身は小さい船に乗って西の方をさして行くので終わった」夢を見たのでした。

明石は、淡路島を真ん中にして東西の空に太陽と月を見ることができます。「日」と「月」を合体させると「明」という漢字になり、「舟にのって西の方をさして消えていく」明石入道の姿は、「ほのぼのと明石」歌で詠まれた光景です。

近衛中将（明石入道が京にいたときの官職）がその職を返上してまで地方官僚となり、都の高貴な方に縁づかせたいとの決意を抱き、娘を育てるために住みつく先は明石しか想定できないでしょ、と作者の紫式部は、言いたかったのでしょう。

夢から覚めて、いろんな書物や仏典を調べた結果、夢を信じていいと考え、あなたを物質的に不足ない環境で育てるために、京の生活をやめて地方官になったこと、多くの願を立てていたこと、あなたはそのお礼参りが無事できるような願通りの運勢に巡りあわれたこと、明石女御（明石の姫君）が国母となった暁《あかつき》には、住吉の神をはじめ多くの神仏にお礼参りすること、私は大願が叶ったので、今はただ阿弥陀の来迎を待つだけ、水も草も清らかな山国で勤行する、私の寿命が尽きた日を知る必要はないことなどが綴《つづ》られていました。

明石女御は、明石入道や明石の君の愛を深く知ったことでしょう。

明石の尼君には簡単に「なほ思ひしやうなる御世を待ち出でたまへ。明らかなる所にて、また対面はありなむ（あなたは、やはり望みどおりの御代になるのをお見届け下さい。極楽浄土で、再びお会いしましょう）」と書かれていました。

明石の君が、その手紙を明石女御に見せていたとき、光源氏が入ってきます。

「なぞの箱。深き心あらむ。懸想人《けさうびと》の長歌詠みて封じこめたる心地こそすれ（何の箱ですか。恋する男が、長い歌を詠んで封じて来たもののような気がする）」と尋ねると、

「あな、うたてや。今めかしくなり返らせたまふめる御心ならひに、聞き知らぬやうなる

御すさび言どもこそ、時々出で来れ（まあ、いやですわ。今風に若返りなさったようなお癖で、合点のゆかないようなご冗談が、時々出て来ますこと）」と言いつつ、悲しい顔をしているのを光源氏は見落としません。

首をかしげている光源氏に明石の君は、

かの明石の岩屋より、忍びてはべし御祈りの巻数、また、まだしき願などのはべりけるを、御心にも知らせたてまつるべき折あらば、御覧じおくべくやとてはべるを、ただ今は、ついでなくて、何かは開けさせたまはむ

と、明石の岩屋から届いた明石入道からの手紙と祈祷《きとう》の巻数、願解《がんほど》きをしていないものなどが入った箱だと説明します。

光源氏は、明石入道はどんな高僧よりもりっぱな僧だと思いつつ、「変に偏屈者で、無闇《むやみ》に大それた望みを持っていると人も非難し、また自分ながらも、よろしからぬ結婚をかりそめにもしたことよ、と思ったのは、この姫君がお生まれになったときに、前世からの宿縁だと深く理解したが、目の前に見えない遠い先のことは、どういうものかよく分からぬとずっと思い続けていたのだが、それでは、このような期待があって、無理やり婿に望んだのだったな。無実の罪によって、酷い目に遭い、流浪したのも、この人一人の祈願成就のためであったのだな。どのような祈願を思い立ったのだろうか」との思いから手紙に目を通します。

権勢誇る光源氏一行の住吉参詣。明石女御、明石の君、明石の尼君も同行

それから四年後、光源氏は住吉参詣を思い立ちます。冷泉帝（光源氏と藤壺女御の子）が退位し、今上帝《きんじょうてい》（朱雀帝の第一皇子《みこ》）が即位、明石女御の産んだ第一皇子が東宮に立った年のことです。明石女御は男の子を四人出産しており、彼女が国母（帝の母）になるのは確実となっていました。

一〇月二〇日、明石から京に生還したあとも幸運が続く一門の武運長久を祈願する参詣の日、光源氏は簡素を心がけますが、しきたりに則《のっと》って、身分にふさわしい大掛かりな参詣とならざるを得ません。光源氏の車には紫の上と明石女御、次の車には明石の君と明石の尼君、女御の乳母が乗っています。尼君が同行しているのは、光源氏の提案によります。

参詣を終えて車に戻った光源氏は、

誰れかまた心を知りて住吉の神代を経たる松にこと問ふ

（わたしの外に誰がまた昔の事情を知って住吉の神代からの松に話しかけたりしましょうか）

という歌を懐中紙に書いて尼君に遣わします。

尼君は

住の江をいけるかひある渚とは年経る尼も今日や知るらむ

（住吉の浜を生きていた甲斐がある渚だと、年とった尼も今日知ることでしょう）

と返し、

昔こそまづ忘られね住吉の神のしるしを見るにつけても
（昔の事が何よりも忘れられない。住吉の神の霊験を目の当たりにするにつけても）
と独り言をいいます。

回り道の末にたどり着いた桐壺帝の意志描く

明石の君が我彼の違いを思い知らされた住吉参詣の日から十七年、明石の君にも感慨深いものがあったはずですが、『源氏物語』は何も記していません。この場面の主人公は、尼君です。

明石尼君と明石入道が見届けたかったもの、光源氏と明石尼君だけが知っている住吉の神の霊験とは、帝のもとに入内した按察使大納言《あぜちだいなごん》の娘（桐壺更衣。按察使大納言は桐壺更衣の父で、明石入道の叔父にあたる。明石入道は桐壺更衣といとこ）が皇子を産み、その皇子が皇位を継承して、娘は国母となって帝の一家を支える光景です。

ちょっと時間はかかって遠回りしたけれども、桐壺更衣が産んだ皇子（光源氏）は桐壺一族の一人である明石入道の娘（明石の君）との間に一人娘をもうけ、その娘（明石の姫君）は皇子を四人も産んで、桐壺帝の血を引く皇統を正統な血筋とすることに成功しました。

この皇位継承の系譜に光源氏の名は記されないけれども、住吉の神の霊験、異界に住む海龍王（海の神）の力を得なければ、この成功はなかっただろう、と、尼君や光源氏は回顧するのです。

そして、この光源氏と明石尼君が夢見た光景は、桐壺帝の意志でもありました。

桐壺帝は最愛の女性だった桐壺更衣と同じ血をひく皇子を皇位につけること、政変で一生が狂ってしまった先帝（朱雀院《すざくいん》）や、中務宮《なかつかさのみや》家（桐壺帝と兄弟関係。明石入道の妻は中務宮の孫娘）の血をひく皇子を皇位につけて、天皇親政の体制を守ることでした。

『源氏物語』には描かれていませんが、『源氏物語』の前提として、先帝と桐壺帝は親子関係にはなく、本来は即位するはずではなかった桐壺帝が即位したのは、先帝の時代に何らかの政変があったという前史が想定されている、という研究成果があります。

冷泉帝は子どもに恵まれなかったので、先帝の血をひく皇統を存続させたいと願う桐壺帝と、光源氏親子二代にわたる願望をかなえることは出来ませんでした。でも、光源氏は父の桐壺帝が最も望んだだろう最愛の人（桐壺更衣）の血をひく皇統の存続には成功しました。桐壺更衣の父親は先帝の時代に按察使《あぜち》大納言だった人物で、本来なら桐壺更衣は「女御」として入内する資格をもっていた女性です。それが「更衣」だったのは、父親が亡くなっていたからです。政変に巻き込まれた結果だとも推測されています。この桐壺更衣といとこ関係にある明石入道が、近衛中将という職を返上して播磨守になるのも、先帝の退位、桐壺帝即位に絡む政変に関わっていたからでしょう。明石入道の妻は、桐壺帝と兄弟関係にある中務宮《なかつかさのみや》の孫娘です。

光源氏は、明石尼君は元皇女だと知っていたからこそ、住吉参詣にも強引に参加させ、明石尼君とのみ通じる歌を交換するのです。

明石の浦は心にくかりける所かな　第五二帖「蜻蛉《かげろう》」

こうして順風満帆に見えた光源氏の一生に、かげりが生じるのは、病気がちの朱雀帝（桐壺帝を継いだ帝。光源氏の異母兄）から十三歳になる娘、女三宮の降嫁話をもちかけられたときからです。四〇歳になろうとしていた光源氏にとって、女三宮はあまりにも幼すぎました。また、正室がいないことで保たれてきた六条院（光源氏の邸宅は二条院から六条院に移っています）の秩序に狂いが生じました。女三宮は紫の上や明石の君とは十六ほど年下になりますが、光源氏の正室なので立場は一番上になります。

光源氏が主催した最後の催しは、朱雀院の五十賀《ごじゅうのが》（五十歳の祝）で、明石女御は箏の琴、女三宮は琴の琴、紫の上は和琴、明石御方は琵琶を演奏した女楽でした。

『源氏物語』五二帖「蜻蛉《かげろう》」巻は、光源氏も紫の上も亡くなっています。光源氏が遺した六条院という巨大な御屋敷で、光源氏や紫の上を偲ぶ法華八講《ほっけはっこう》や季節ごとの催しをするのは、女御から中宮になっている明石中宮（明石姫君）です。冬の町に住んでいる明石の君は、明石中宮のいる春の町にも自由に行き来して、孫たちの面倒をみています。

六条院は明石中宮母子や、夕霧（光源氏の正室である葵の上が産んだ子）らが集う空間になっていて、女三宮の息子である薫の居場所は、六条院にはありません。

かつては、誰もが光源氏の後継者は薫だと思い、女三宮と薫のもとに集まっていたのです。

そのようなことを回想しながら、薫は、

　わが母宮も劣りたまふべき人かは。后腹と聞こゆばかりの隔てこそあれ、帝々の思しかしづきたるさま、異事ならざりけるを。なほ、この御あたりは、いとことなりけるこそあやしけれ。明石の浦は心にくかりける所かな」など思ひ続くることどもに、「わが宿世は、いとやむごとなしかし。まして、並べて持ちたてまつらば」と思ふぞ、いと難きや。

と、母は明石の君より身分は高かったのだ。なのに、母は出家して尼になり、紫の上や光源氏が亡くなったあとの六条院は、明石一族が席捲《せっけん》している。まったく、明石の浦というところは、何というところなのか……、と呟《つぶや》いてしまうのです。

光源氏は、帝（桐壺帝）の秘蔵っ子で帝の素質がありながら帝になれなかったけれども、着実に昇進をして、帝の後見人となり権勢をふるいました。その光源氏のまわりには、紫の上をはじめとする身分の高い女性たちが多くいましたが、その誰も、光源氏の遺産を継ぐことはありませんでした。

受け継いだのは、国母となることが確実となった明石中宮です。

六条院という空間で、源氏でもなく、摂関家でもなく、「明石の浦」の一族は独自の系統を築いて占拠している。薫のつぶやきは、そんな明石一族の出身地である「明石の浦」というところは、何という妖《あや》しいところなのか……。明石の浦は、海龍王などの異界に住む者と人間が共存していて、それらの力の加護を得て、明石一族は都に入りこみ六条院を占拠している、何と不気味なところであることよ、明石の浦というところは……、との気持ちの表れでしょう。

この『源氏物語』が多くの読者を得、『源氏物語』に挿入された多くの歌が和歌の手本とされて、明石は名所としての地位を確立し、歌枕の地となり、多くの歌に詠まれるようになります。「明石」が「夜を明かす」や「月明かし」の「あかし」と掛けることができたのも功を奏しました。明石に「文学好きの殿様」、「なかでも『源氏物語』が大好きだった」お殿様が作ったとされる『源氏物語』にちなむ石碑や風物があっても、なにも不自然ではないのかもしれません。

では、松平忠国は、いつ、どこで、どのようにして『源氏物語』と出合ったのでしょうか。そもそも忠国とは、どんな一生を過ごした人だったのでしょうか。

資料が少なく、謎に包まれ研究が進んでいない「松平山城守忠国」。

その経歴と人物像について、次の章でみていきたいと思います。

第二章　松平忠国の経歴と人物像

松平忠国とはどんな人物だったのか

松平（藤井）忠国系譜（資料2-1）

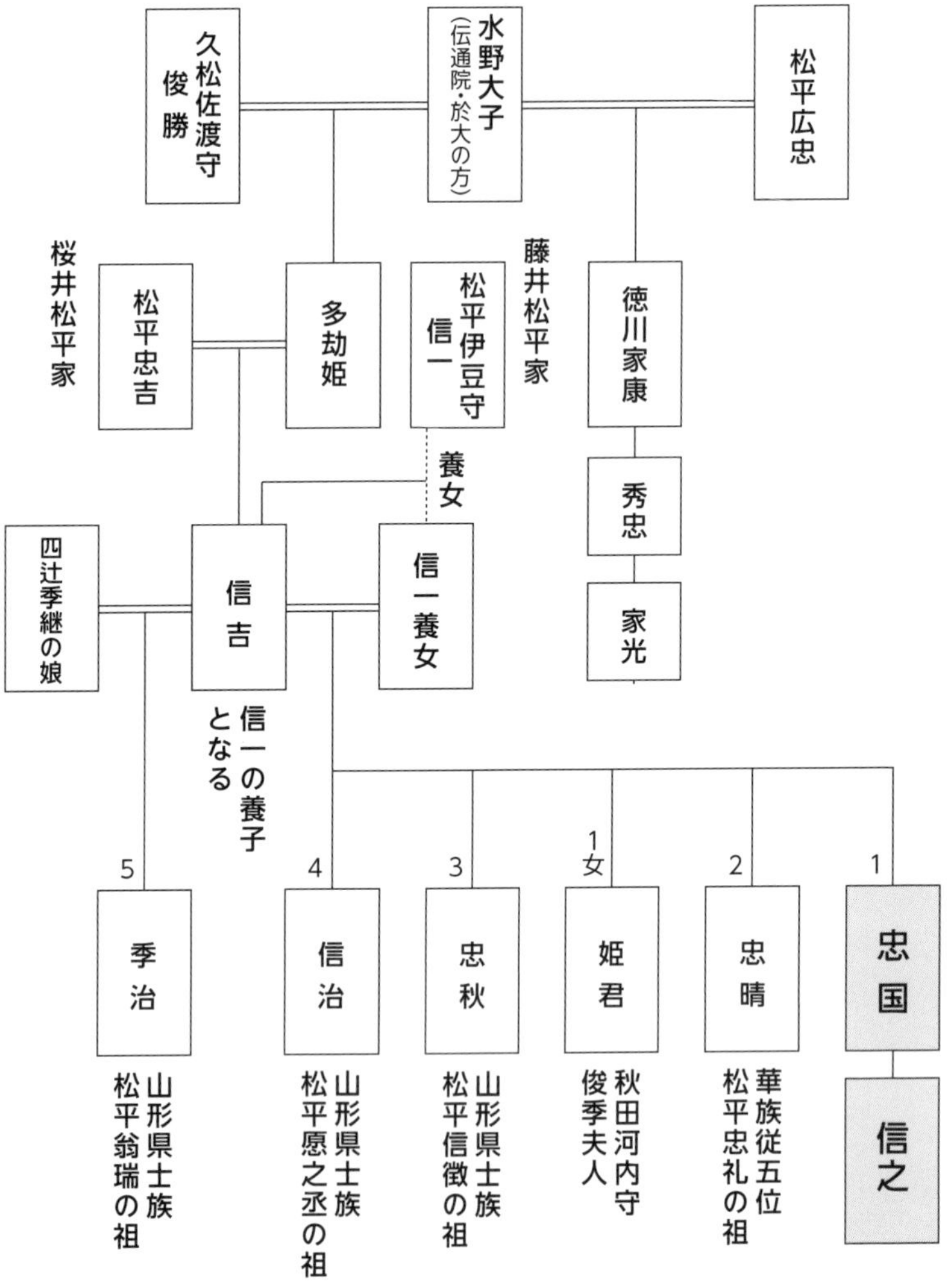

忠国と交友の八条宮家系譜（資料2-2）

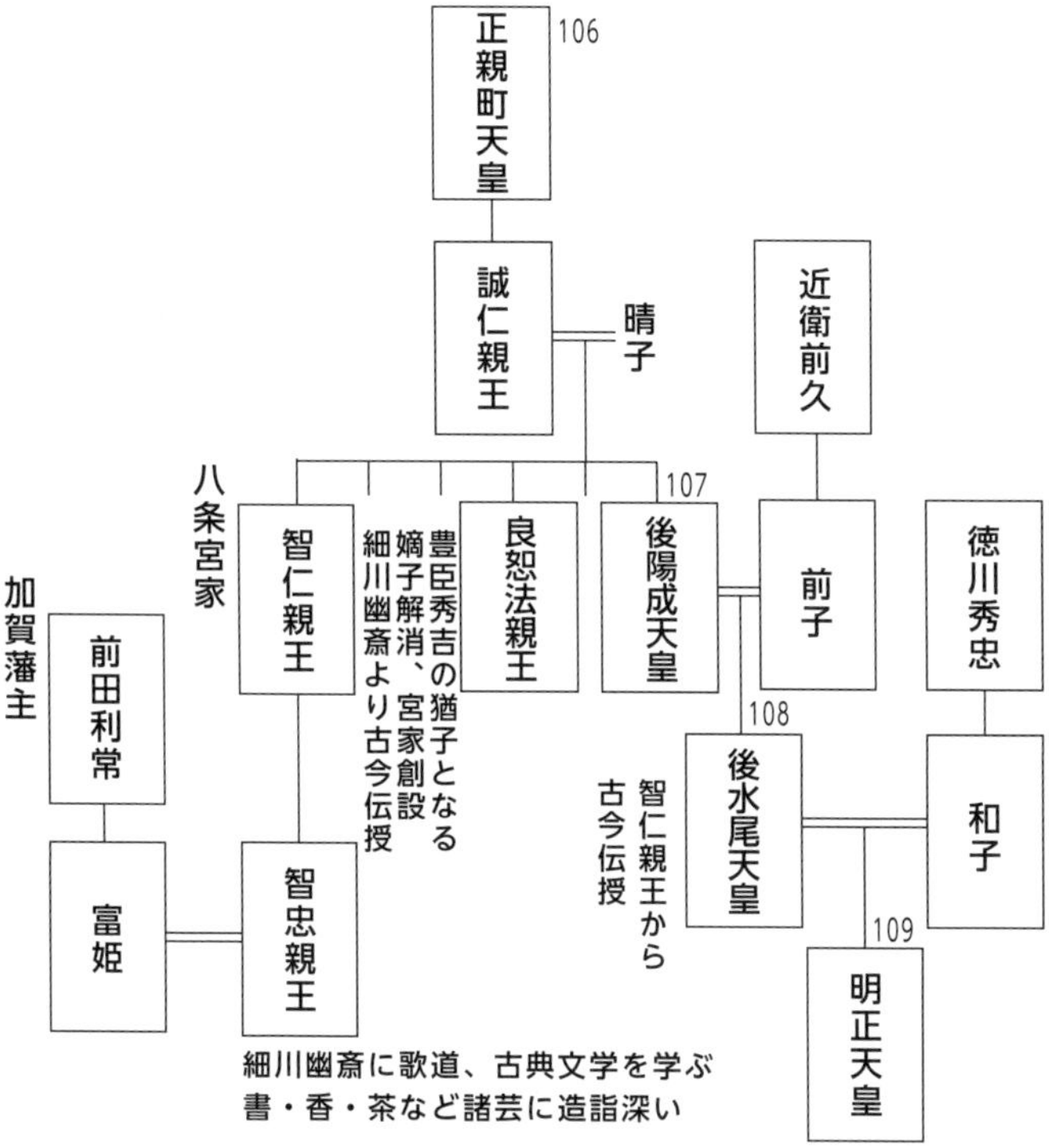

【智仁親王】

天正 14（1586）　豊臣秀吉の猶子《ゆうし》

天正 17（1589）　秀吉に鶴松誕生。猶子解約。秀吉の奏請により、八条宮家創設

天正 19（1591）　親王宣下　元服

慶長 5 （1600）　細川幽斎から古今伝授

元和 6 （1620）　家領の下桂村に別業造営（桂離宮）

寛永 2 （1625）　後水尾天皇に古今伝授

寛永 6 （1629）　薨去《こうきょ》、51 才

★里村 紹巴《じょうゆう》から連歌《れんが》学ぶ

松平忠国略年譜（資料2-3）

和暦（西暦）	満年齢	できごと
慶長2（1597）	0	8月17日、松平信吉の長子に生まれる
慶長12（1607）	10	初めて東照宮（家康）、台徳院（秀忠）に拝謁
慶長14（1609）	12	12月22日、台徳院の前で元服し、御諱字を賜り「山城守忠勝」と称し、包永の御腰物を賜う
慶長19（1614）	17	正月、従五位下に叙す
		正月２日、柳営謡曲始の式。左は忠国、小笠原兵部大輔秀政、松平外記忠実、松平河内守定行、藤堂和泉守高虎、牧野駿河守忠成等
元和元（1615）	18	5月7日、大坂夏の陣で父と同じく先手に進んで天王寺口にして首級を獲、台徳院の感を蒙る
元和6（1620）	23	6月18日、和子入内の時、行列右傍の首につらなる。供に白丁４人、舎人２人、鞭持1人、烏帽子持6人、沓持1人。後水尾天皇より屋形号を賜る
元和7（1621）	24	6月18日、東福門院（和子）入内の時、騎馬にて供奉し、右方の第一を務める
		父、信吉卒。遺領を継ぐ
元和8（1622）	25	2月26日より有馬玄番頭豊氏に代わって丹波国福知山の城番を務める。8月20日、岡辺内膳正長盛に引き渡す
元和9（1623）	26	8月27日、大猷院（家光）の将軍宣下拝賀として参内のときも左方行列の上首となり騎馬にて属従する。供に長刀、鞭沓、圓坐、傘持各1人、侍6人従う

和暦（西暦）	満年齢	できごと
寛永元（1624）	27	2月、翌年の両御所上洛と二条城行幸に備えて城中殿閣の修繕を18諸侯とともに命じられ、石塁助役を務める
寛永3（1626）	29	上洛 9月6日、二条行幸に際して、大猷院御迎えとして参内の供奉に列する。供に長刀持、烏帽子着3人、馬副3人、白丁2人、傘持1人、このとき、御水尾院より日の丸の纏を勅賜される
寛永9（1632）	35	台徳院薨御、遺金として銀500枚を受領
寛永10（1633）	36	2月22日、参観*
		12月17日、駿河大納言忠長卿の家臣松平隼人忠久及びその子数人、川井善兵衛正信をめし預けられる
寛永12（1635）	38	大猷院新造の安宅船、品川にて台覧。諸侯各伊達の衣装を着して舞曲を奏す
寛永13（1636）	39	12月10日、川井正信は罪を許される
寛永15（1638）	41	9月15日、江戸増上寺にて崇源院13回忌があり、白銀3枚を献じる
寛永16（1639）	42	7月9日、参観*
		8月11日、江戸城火災
寛永17（1640）	43	3月27日、将軍徳川家光の日光社参に際して、江戸にとどまり西城（西丸・紅葉山・山里）を守衛
		4月6日、江戸城修復、御移りの祝賀として挟箱2個を献上
寛永18（1641）	44	8月9日、竹千代君（厳有公）の御七夜を祝して、来国長の刀を献じる

和暦（西暦）	満年齢	できごと
寛永19（1642）	45	2月9日、竹千代君の紅葉山御宮参詣に際して大紋を召して供をする
		4月3日、大猷公（家光）日光山発輿に際して、喰違中仕切警衛をする
		5月9日、参勤交代の制度が譜代大名にまで拡大され、忠国も来年2月より交替で封地の政務を計らうよう命じられる
寛永20（1643）	46	参覲＊
正保元（1644）	47	正月24日、台徳公（秀忠）13年周忌の法会が増上寺で行われ、大猷公（家光）の参拝があり、勤番を命じられ、拝謁する
正保2（1645）	48	大猷公（家光）の伊井掃部頭直孝邸への御成りに際して、忠国・松平周防守康映・本多能登守忠義は直孝邸四方の警備を命じられる
正保3（1646）	49	正月、常憲院（綱吉）誕生により、箆刀の役を務める。14日、その賞として白銀50枚、時服3襲を給う
		6月6日、徳松君（綱吉）山王社参詣に際して、白銀と一種一荷を献じる
慶安元（1648）	51	8月20日、福知山城主稲葉淡路守紀通失心し、みだりに無罪の者を殺害、或いは塀の内より旅人を砲殺、又は城内の樹木を伐採の情報を得、家士石川文左衛門正豊を遣わし偵察、紀通自殺のよしを聞き篠山に帰る。京都所司代板倉周防守某へ城地接収の自書を送り、同意を得て福知山に出馬。21日、城を攻める。台命（幕府の命令）を待たないで卒爾の計らいとの評議もあったが、大猷院が譜代諸侯を国々に配置しているのは、このような変事の緩急に備えるためと御感あり、御書たまわり、君と織田上総介信勝に城番を命じられる
慶安2（1649）	52	4月11日、福知山城を松平主殿頭忠利に引き渡す
		7月4日、篠山から明石城に移る。2万石加増の明石郡・美嚢郡の7万石を領有
		8月2日、就封の暇をもらい、徳松君（綱吉）より脇差を受領する
		8月26日、封地に到着

和暦（西暦）	満年齢	できごと
慶安3（1650）	53	大納言の君（厳有公、家綱）西城迂りを賀して、屏風3隻を奉る
慶安4（1651）	54	参観＊
明暦元（1655）	58	6月24日、朝鮮通信使の対応を命じられる 8月21日、朝鮮通信使の道中鞍馬皆具を出して護送するよう命じられる。吉田より三島までの往復 10月7日、朝鮮通信使柳営に際して、鞍馬皆具を出すよう命じられる
明暦2（1656）	59	10月22日、内藤飛騨守忠政弟忠晴とともに本城修理助役命じられる。
明暦3（1657）	60	正月18日、本郷4丁目本妙寺より出火して、日比谷の江戸屋敷類焼 12月3日、明春三縁山において台徳公（秀忠）27回忌法会の勤番を命じられる。本堂警衛を担当する
万治元（1658）	61	3月29日、正月の台徳公（秀忠）法会による大赦行があり、堀美作守親昌に預けられていた徳川大納言忠長（駿河殿）御付の天野傳右衛門清宗の子6人が忠国と弟の忠晴、美作守親昌に下される 7月11日、忠国は忠晴、植村右衛門佐家貞、北条出羽守氏重、九鬼孫次郎隆昌、真田右衛門幸道とともに本城構造の助役を命じられる
万治2（1659）	62	病気すぐれず、京都壬生御屋形にて保養中の2月20日、京都において卒。浄源院殿前城州霊譽崇安道覺大居士と号す。 葬地は祖父や父と同じく京都西陣枕町の称念寺、遺骸は高野山の御真院に葬る 武道を好まられ、又和歌を嗜み、東海寺沢庵（沢庵和尚）と親しくつきあい、御詠草も少なくない。明石忠度町に薩摩守忠度の墓あり。和歌を詠み、これを刻んだ石を建てられる。此御歌は人々の間に膾炙する所である

【出典】
堤和保著、上山市史編さん委員会 編『藤井御伝記（上山市史編集資料；第1集）』上山市、1972年
『寛政重修諸家譜』続群書類従完成会、1967年
『譜牒余録下』国立公文書館内閣文書、1973年
『徳川実録』吉川弘文館、1964年
※参観…参観交替（参勤交代）のこと

第一節　松平忠国の家系――『源氏物語』さながらの現実

「文学好きのお殿様」と『源氏物語』との関連で語られることの多い忠国。しかし、資料が少なく、その実像は謎に包まれていました。第一節では、忠国の家系をたどり、人物像に迫っていきます。（資料2―1，2―2，2―3を参照してください）

家康は大伯父　名門・藤井松平家の当主　松平忠国

三河国《みかわのくに》（愛知県東部）の戦国大名だった松平家康（のちの徳川家康、一五四三～一六一六）は、永禄《えいろく》九年（一五六六）に松平姓を徳川と改姓します。

慶長《けいちょう》八年（一六〇三）に将軍宣下を受けて幕府を開き、同十年には将軍職を子の秀忠に譲って、将軍職を徳川氏が世襲する体制を固めます。このころ、徳川氏を称していたのは家康と秀忠、それに家康の末の男子三人に限られていて、他の親族は松平家を称していました。その後、徳川姓を名乗ることができるのは徳川将軍家の後継者となれる家だけで、その場合も嫡子《ちゃくし》（跡継ぎ）以外はすべて松平姓を名乗らせる制度が確立します。

忠国が生まれた松平家は、三河国碧海郡《へきかいぐん》藤井（現在の愛知県安城市藤井町）を領したことから、藤井松平家と称します。

忠国の父・信吉《のぶよし》は、文禄《ぶんろく》二年（一五九三）に藤井松平家二代当主信一《のぶかず》の養子になり、信一の養女と結婚しています。信吉の生家は、藤井松平家が領有していた藤井と隣接する三河国碧海郡桜井（現在の愛知県安城市桜井町）を領有していた桜井松平家です。天正《てんしょう》八年（一五八〇）に松平忠吉《ただよし》と多劫姫《たけひめ》の間に長子として生まれました。

母の多劫姫の父は久松佐渡守俊勝《ひさまつさどのかみとしかつ》、母は水野大子《みずのたいこ》（通称、於大の方《おだいのかた》）といいます。最初、松平広忠の正室でした。この二人（於大の方と広忠）の間に生まれたのが家康です。於大の方は天文十三年（一五四四）、水野家と松平家の関係が悪化したため、於大の方は広忠から離縁されます。家康の父は天文十八年（一五四九）に亡くなるので、家康は一才で母と引き離され、六才で父と死に別れたことになります。

実家に返されていた於大の方は、同十六年（一五四七）に、兄の水野信元の意向で久松俊勝と再婚しますが、永禄《えいろく》三年（一五六〇）の桶狭間《おけはざま》の戦いで、今川氏から独立し織田氏と同盟した家康から、母として迎えられます。天正《てんしょう》十五年（一五八八）に俊勝が亡くなったのち剃髪《ていはつ》して伝通院《でんづういん》と号しますが、慶長《けいちょう》七年（一六〇二）六月には上洛《じょうらく》して、高台院《こうだいいん》や後陽成天皇《ごようぜいてんのう》に拝謁《はいえつ》して豊国神社《とよくにじんじゃ》に詣《もう》で、徳川氏は豊臣氏に敵意がないことを示すなどの活躍を重ね、同年八月、家康が滞在する伏見城で七五歳の生涯を閉じています。

つまり、忠国の祖母である多劫姫《たけひめ》は、家康と母を同じくする唯一の存在であり、曽祖父《そうそふ》の久松俊勝は七歳で実父を亡くした家康の継父にあたります。

忠国からみて家康は大伯父、秀忠《ひでただ》はいとこおじにあたります。於大《おだい》の方が婚家と実家が不仲になったために離縁され、再婚していたことで家康の異母妹（多劫姫）が生まれ、久松松平家の娘が桜井松平家に嫁ぎ、その長子である信吉が藤井松平家の養子になったことで藤井松平家は存続しています。

松平宗家の徳川家と藤井松平家の信吉・忠国親子の代になると血縁関係は薄れますが、忠国には名門・藤井松平家の当主という認識があったことでしょう。

慶長二年（一五九七）生まれの忠国は、満十歳だった同十二年十二月二〇日に、初めて徳川家康と征夷大将軍《せいいたいしょうぐん》である秀忠に拝謁《はいえつ》の機会を与えられ、数え十三歳の同十四年十二月二二日、秀忠の前で元服し、御諱字《おんいみな》「忠」を賜り「山城守忠勝《やましろのかみただかつ》」と称することになります。このあとの文中では、忠勝時代も含め忠国と表記しますが、「忠勝」から「忠国」に改名したのか、別名として両方を用いていたのか、現時点では確定できていません。花押も時代によって異なります。

大坂夏の陣の最後の決戦に父とともに出陣

忠国は、元和《げんな》元年（一六一五）、大坂夏の陣の最後の決戦となった五月七日の天王寺口の戦いに父とともに出陣しています。これは、豊臣方五万五千人に対して、徳川幕府軍十五万五千人が激闘を繰り広げた空前規模の戦いで、翌八日、大坂城は落城、豊臣秀頼《ひでより》は自害し豊臣家は滅亡。応仁の乱以来一五〇年に及ぶ戦国時代の最後の戦でした。

戦が終わると、徳川幕府は戦後処理に着手します。豊臣方に与《くみ》した武将を捕らえるための落人《おちうど》狩りを執拗《しつよう》に行う一方、天王寺・岡山の戦いで失態をした徳川家譜代《ふだい》大名や旗本の処分などをし、功績のあった武将には領地の加増などを行います。

忠国は実際に経験した唯一の戦で、戦国時代というものの無慈悲さ、戦とは落城と自害では終わらず、容赦《ようしゃ》ない戦後処理までを指すものと学んだのではないでしょうか。

忠国、次々と重要な行事、任務にかかわる

その後、忠国は、元和《げんな》六年（一六二〇）六月に行われた、秀忠の娘で十四歳の徳川和子《まさこ》（出家後は東福門院《とうふくもんいん》和子、一六〇七～七八）の御水尾天皇《ごみずのおてんのう》（一五九六～一六八〇、在位一六一一～二九）へ女御《にょうご》としての入内《じゅだい》（元和九年に中宮）や、寛永《かんえい》三年（一六二六）九月に行われた後水尾天皇の寛永行幸《ぎょうこう》（二条行幸、行幸とは天皇が皇居から他所へ出行すること）行事にも関係しました。

『寛政重修諸家譜《かんせいちょうしゅうしょかふ》』（高柳光寿・岡山泰四・斎木一馬編集顧問『寛政重修諸家譜　第二』続群書類従完成会、昭和五八年第五刷）には、忠国は、和子入内のときは、白丁《はくちょう》四人、舎人《とねり》二人、鞭持《むちもち》一人、烏帽子《えぼし》侍六人、沓持《くつもち》一人を供にして、行列の右側に連なり、後水尾天皇と和子の二条行幸にあたっては、行幸に先立って行われた二条城拡幅工事（秀忠は天皇を迎えるにふさわしい城にするため、城域を西に大きく拡張して本丸造営、行幸御殿、中宮御殿、女院御殿を新築、二の丸御殿には狩野探幽をはじめとする絵師による障壁画を描くなどの大改修を命じています）にかかわったと記されています。

二条城と御所との距離はおよそ二・六㎞ですが、和子の入内行列はその先頭が御所に到着しても、後尾はまだ二条城内にいたといわれるくらい長い絢爛豪華《けんらんごうか》なものだったと言われ、「東福門《とうふくもん》入内図屛風《じゅだいずびょうぶ》」として描かれています。徳川家の威信をかけた、金に糸目を付けない行列でした。

寛永三年の後水尾天皇の二条行幸（寛永行幸）も、「二条行幸図（洛外洛中図《らくがいらくちゅうず》）」に描かれるように、行幸の行列は参列者が九千人、馬五四〇頭、牛舎十二台、輿《こし》四七〇基が連なり、こちらもまた、先頭が二条城に到着しても、最後尾はまだ御所を出発していなかったといわれています。

『源氏物語』で描かれた青海波《せいがいは》の舞を再現した権力者たち

徳川の威信をかけて再現　後水尾《ごみずのお》天皇の寛永行幸にて（一六二六）

後水尾天皇が滞在した五日間、二条城では雅楽、舞楽、能楽、蹴鞠《けまり》、和歌、乗馬など平安時代の貴族文化を彷彿《ほうふつ》とさせる催しが行われました。

この一連の催しのなかでクライマックスとなったのが、天皇以下、宮廷の構成員を総動員する形で上演された「青海波《せいがいは》」の舞《まい》です。

興福寺《こうふくじ》の雅楽家である狛近真《こまのちかざね》が撰述《せんじゅつ》した日本中世の楽書《がくしょ》「教訓抄《きょうくんしょう》」（天福《てんぷく》元年／一二三三／成立。楽曲の口伝・由来や楽器の奏法を記す）には、舞楽《ぶがく》「青海波」は、「龍宮《りゅうぐう》の舞」を意味すると書かれています。

この演目のためだけに誂《あつら》え《え》た衣装を着用した二人が、寄る波と引く波をゆったりと袖を振りながら舞う優美な舞で、青海波を舞う二人のほかに、輪台《りんだい》（「青海波」を後段として、前段に舞う演目）の舞人四人、さらに笙《しょう》・篳篥《ひちりき》・竜笛《りゅうてき》・琵琶の演奏者のほか、「反鼻《へんび》（「扁皮」とも）」という楽器を受け持つ人など「垣代《かいしろ》」とよばれる人たち四十人が、舞台の後ろに立って列や輪をつくるという大がかりで贅沢な催し物です。

つまり、青海波の舞は、将軍家の権威発揚《けんいはつよう》の要素が多分にある演目なのです。

そして、天皇行幸に際しての最大の催しとすることのルーツは、『源氏物語』第七帖「紅葉賀《もみじのが》」の朱雀院《すざくいん》行幸にあります。二条行幸における青海波の舞は、この『源氏物語』で光源氏最大の見せ場となった青海波の舞を完全再現したものでした。

清盛全盛時代の青海波の舞　後白河院《ごしらかわいん》の五十賀《ごじゅうのが》にて（一一七六）

この二条行幸よりも過去の時代に青海波の舞を再現した事例として有名なものに、安元《あんげん》元年（一一七六）に高倉天皇（一一六一～八一）が主催した後白河院《ごしらかわいん》（一一二七～九二）の五十賀《ごじゅうのが》（五〇歳を祝う行事）があります。青海波を舞った平維盛《たいらのこれもり》（平清盛の嫡子平重盛の嫡男、一一五九～八四）についての『安元御賀記《あんげんおんがのにっき》』は、「足の運びや袂《たもと》を振って舞う姿は、この世にまたとないようすで、入日の影にいちだんと美しく映えて見えた。それはほかに比べる者もないほど艶やかだった」と『源氏物語』の「紅葉賀」巻そのままの文章を載せています。

主催者の高倉天皇のもとに平清盛《たいらのきよもり》（一一一八～八一）の娘である徳子《とくし》が入内したのは承安《じょうあん》元年（一一七二）で、翌年に中宮となっています。

後白河院の五十賀の祝宴は、「平家にあらずんば人にあらず」と言ったという清盛政権全盛期に行われた催しで、その最たるものが青海波の舞でした。

足利義満　空前の規模で再現　後小松天皇の北山行幸にて（一四〇八）

その次に青海波の舞が再現されたのは、足利義満《あしかがよしみつ》（一三五八～一四〇八）が主催した応永《おうえい》五年（一四〇八）の後小松天皇《ごこまつてんのう》の北山行幸においてです。

北山行幸では、長らく続いた南北朝の争乱を終息させ、日明貿易による利益によって経済的安定をほこる義満が、再び平和な時代になったことを告げる豪華な宴の場に仕立て、童舞《わらわまい》御覧や和歌、連歌、蹴鞠、女院義御所行啓などのさまざまな催し物が盛大に行われました。

青海波の舞を再現したのは、義満が造営した北山第（金閣寺はその一部）で、その場所は、もともと西園寺家の邸宅がありました。

西園寺公経《さいおんじきんつね》（藤原公経、一一七一～一二四四、関東申次《かんとうもうしつぎ》として鎌倉幕府と朝廷との間の調整に尽力。歌人としては『小倉百人一首』の「花さそふ嵐の庭のゆきならでふりゆくものは我が身なりけり」が有名）は、元仁《げんにん》元年（一二二四）、北山に家名の由来となる西園寺を建立、一帯を邸宅として整備しました。

『増鏡《ますかがみ》』には「公経のおほきおとと、其かみ夢みたまへることありて、源氏の中将わらはやみましなひ給ひし、北山のほとりに、世にしらすゆゆしき御堂を建てて」と、『源氏物語』「若紫」巻に登場する「北山のなにがし」の舞台となった場所を選定して、『源氏物語』の「北山のなにがし」を再現したとあります（井上宗雄『増鏡／上』講談社、昭和五四年）。『源氏物語』ゆかりのもの第一号といえるでしょう。

この場所を、義満は西園寺家から購入し、朱雀院行幸に際して二三二年ぶりとなる青海波の舞を、空前の規模で再現したのでした。

徳川将軍家の思惑と青海波の舞

徳川将軍家が主催した後水尾天皇の二条行幸は、この足利義満の政策を範にしていました。戦国の世が終わり徳川による平和な時代が到来したこと、将軍家が政権を担うことを告げるために設けられた豪華な宴だったのです。

江戸幕府は、慶長《けいちょう》十八年（一六一三）に、公家の風儀《ふうぎ》（ならわし）を幕府の権力をもって取り締まることとする「公家諸法度《くげしょはっと》」五カ条を発布、元和《げんな》元年（一六一五）には、二条城で前関白二条昭実《にじょうあきざね》・将軍秀忠・大御所家康の三名が連署して十七条からなる「禁中幷公家諸法度《きんちゅうならびにくげしょはっと》」を制定し、朝廷がもつ権威を制約、朝廷に政治介入をさせないで、幕府が優位にたって政治を執り行う政策を展開してきました。

とはいえ、徳川将軍家の全ての思惑が『源氏物語』のように叶ったわけではありません。

後水尾天皇とともに二条城で青海波の舞を観覧していた中宮和子《まさこ》は、三人目の子どもを懐妊中でした。

桐壺帝と一緒に観覧していた（第七帖「紅葉賀」、朱雀院行幸にて）懐妊中の藤壺女御が、皇子を出産したように、和子も徳川家の血を受け継ぐ皇子を産むことが期待されていました。

そして無事に皇子を出産。将軍家を母に、天皇家を父に持つ皇子が誕生したことで、朝幕関係のせめぎ合いに疲れ果てていた後水尾天皇は、皇子の成長を待つことなく、寛永《かんえい》六年には皇子に譲位したいとの意向を示し、幕府も了承します。

ところが、皇子は一歳半で病死、譲位の話は宙に浮いてしまいます。

寛永五年に生まれた皇子も十日足らずで夭逝《ようせい》、寛永六年には懐妊中の和子が皇子を出産する可能性があったにもかかわらず、その子の成長を待って退位するなど考えられないほど心身ともに憔悴《しょうすい》していた後水尾天皇は、幕府の許可を得ることなく退位、七歳の第二皇女の即位を決行します。


平安時代からおよそ千年ぶりに誕生した女性天皇である明正天皇《めいしょうてんのう》は、中宮和子が産んだ子どもで、徳川家は天皇の外祖父にはなりましたが、皇子を産み、その子が天皇となって徳川将軍家の血が入った皇統譜を受け継ぐという思惑はここで潰《つい》えました。

京都では
又かくし題には、御局衆のはらに宮様達いかほども出来申候を、おしころし、又は流し申し候事、事の外むごく、御無念に思し召さる、由候。いくたり出来申し候とも、武家の御孫よりほかは、即位には付け申すまじくに、あまりあらけなき儀とふかく思し召さる、由候
（『細川家史料』　寛永六年十二月二七日付書状）

という噂話がされていると、茶人としても有名な細川三斎《ほそかわさんさい》（細川幽斎の嫡男の細川忠興、正室は明智光秀の娘の玉子、通称細川ガラシャ）は、息子の細川忠利《ただとし》に手紙を送っています。

そのような噂話が本当にあったのか、噂話にあるようなむごいことが本当にあったのかどうかを確認する術はありません。ただ、和子の入内話が進行していた最中の元和《げんな》四年に、後水尾天皇の女官である四辻公遠《きんとお》の娘（通称およつ）が第一皇子を、翌五年に第一皇女を出産したことが発覚したとき、将軍・秀忠は激怒して和子の入内を延期させませした。

そして、「公家中行儀法度」に逸脱する行為として、天皇の祖母の実弟や、およつの兄などを流罪とするなど六人の公家衆を処罰しています。

後水尾天皇の最愛の女性であるおよつが産んだ皇子が後継者になるのでは、将軍家の娘を入内させる意味がないという判断だったのでしょう。『源氏物語』において、右大臣の娘であり第一皇子の母である弘徽殿女御《こきでんにょうご》が、桐壺帝は、最も寵愛《ちょうあい》する桐壺更衣が産んだ第二皇子を後継者にするのではないか、と常に危惧し続けたように。

その後、およつが後水尾天皇から引き離されたのか、女官として仕え続けたのかは定かではありませんが、およつの産んだ第一皇子は六歳で病死しています。

そして、明正天皇即位以前には生まれなかった皇子が、即位後には幾人も生まれ、最終的に、後水尾天皇には四〇人近い皇子皇女が生まれています（男女各十三人の二六人が成人、明正天皇のあとは、この皇子らが即位しました）から、京都の噂話が生まれる余地はあったのでしょう。

徳川秀忠の娘　和子《まさこ》の生き方と重なる『源氏物語』

これらの皇子皇女のうち、和子は光子《てるこ》（後水尾天皇の第八皇女）の子で輪王寺門跡《りんのうじもんぜき》となる今宮を、生後一カ月のときに養子に迎え十一歳まで育てます。また、第四皇子（後光明天皇《ごこうみょうてんのう》）・第八皇子（後西天皇《ごさいてんのう》）・第十九皇子（霊元天皇《れいげんてんのう》）を養子に迎えたあと即位させています。

生母よりも養母が優位に立ち、養母が後見人となることで経済的にも困窮しないという仕組みは、『源氏物語』で紫の上が明石の姫君を養女にした話と軌を一にしています。

こうして、和子は延宝《えんぽう》六年（一六七八）に亡くなるまでのおよそ五十年にわたって、国母の地位にあり、およつの娘、梅宮の処遇にも配慮し、良好な朝幕関係の維持に努めました。

徳川秀忠の娘・和子の誕生から入内、後水尾天皇の即位と譲位、明正天皇の即位にまつわる話は、『源氏物語』の桐壺更衣の死や桐壺帝の譲位、右大臣家との軋轢《あつれき》と重なります。

また、後光明天皇、後西天皇、霊元天皇を自分の子として即位させ、富姫《ふうひめ》（加賀藩主前田利常の四女）を養女にして八条宮家に縁組させるなど、和子の計らいは、明石の君の娘（明石の姫君、明石中宮）を養女にして、慈しみ育てた紫の上の姿と重なります。

和子と梅宮の関係には、紫の上と明石の君の関係を重ねることもできます。

後水尾天皇の女官（通称およつ）との間に、第一皇女として生まれながらも、政変に翻弄された梅宮。その人生は「幸い人」と称される明石の君のようなものにはならなかったけれども、内裏の外に一人放り出されて路頭に迷うこともありませんでしたし、和子は梅宮を冷遇しませんでした。

梅宮のひっそりとした人生は、光源氏が心に止めて世話をしなかったら、蓬《よもぎ》の生い茂る物《もの》の怪《け》屋敷のようなところで、一生を過ごすことになっただろう末摘花《すえつむはな》を思い出させます。（第十五帖「蓬生《よもぎう》」）

和子は光源氏でもありました。

生まれたときから「国母《こくぼ》」になることを期待されていた和子は、子どもが生まれることを知ったときから、住吉明神に願掛けをした明石入道に育てられた明石の君や明石の姫君と同じ立場です。

明石の君が産んだ姫君は、紫の上の養女として十三歳で入内し、皇子を四人もうけました。

『源氏物語』には彼女が国母となるところまでは描かれていませんが、薫《かおる》に「明石の浦は心にくかりける所かな」と言わしめるほどに、明石中宮の繁栄は揺るぎないものになっています。

和子に期待されていたのは、明石姫君のように後水尾天皇の皇子を幾人も産み、徳川家の血を皇統譜《こうとうふ》に流入させること、徳川将軍家が朝廷よりも優位であるために、徳川家が外戚としての地位を確保することでした。

もし和子が産んだ皇子が恙《つつが》なく成人して、皇統譜を繋《つな》いでいたら、皇統譜には徳川家と織田家（和子の母・お江与の父は織田信長）の血が流入したものになったのです。

けれども、その期待は外れました。

和子以外の女官が産んだ皇子が、後水尾天皇の跡継ぎとならないよう、『源氏物語』の弘徽殿《こきでん》女御を筆頭とする女御や更衣が、桐壺《きりつぼ》更衣にしたこと以上に、厳しい仕打ちをしたにもかかわらず。

忠国は、光源氏の子どもに恵まれることはなかったが、紫の上が明石の姫君を慈しんで育てたように、和子が、後水尾天皇の女官が産んだ子どもたちに接し、前田家の富姫《ふうひめ》を自らの養子にしたのちに、八条宮家の智忠親王に縁組をさせ、後水尾天皇の人生に寄り添い、公家社会における自分の立場を理解して生きている、そういう時代に生きています。

『源氏物語』を政治的な視点から読み解いていたのは、和子も同様だったのでしょう。

若き日の忠国は『源氏物語』さながらの現実を目の当たりにしていたのです。

武家政権に政治利用されていく『源氏物語』

朝廷や公家にとっては貴族文化全盛期の遺産である『源氏物語』は、貴族の生活に重要な有職故実《ゆうそくこじつ》の事例を事細《ことこま》やかに記した貴重な史料でした。

一方、朝廷にかわって政権を掌握し、自己の存在を正統化しようとする武家政権にとって『源氏物語』は、光源氏がそうであったように、「帝にはなれなくても、「准太上天皇《じゅんだいじょうてんのう》（太上天皇になずらふ御位）」の位について政治を行うことが正当化される物語」として非常に重要な資料、理想の前例となりました。

平清盛、足利義満、徳川家康、徳川秀忠、徳川家光といった武家政権を正統化するために苦心しなければいけなかった人たちとって、『源氏物語』は政治的な視点で読み、解釈する書物として理想の書物でした。

煌《きら》びやかな平安王朝を彷彿《ほうふつ》とさせる『源氏物語』さながらの和子入内行列や、後水尾天皇の二条行幸の裏には、『源氏物語』を政治利用して、『源氏物語』さながらの政権抗争が進行している現実を、忠国は肌で感じていたはずです。

黒神馬の絵馬

話を、忠国の経歴に戻しましょう。

和子入内から二カ月後の元和《げんな》六年（一六二〇）八月、忠国の父信吉は京都屋敷で息を引き取り、忠国は家督を相続、篠山城主になります。その後も、家光の日光社参警衛《にっこうしゃさんけいえい》や、秀忠十三周年忌法要の際の勤番など、将軍家の行事に関わる役目を担っています。

二万石を加増されて丹波篠山城《たんばささやまじょう》から播磨国明石城《はりまのくにあかしじょう》に転封《てんぽう》となったのは、慶安《けいあん》二年（一六四九）です。

この転封に際して、忠国は春日神社（丹波篠山市）に黒神馬の絵馬を奉納しています（MAP10）。

絵馬には、

　奉掛絵馬
春日御神前
緒願成就
皆令満足
　祈所
慶安二年　己丑
七月吉祥日　源朝臣松平山城守忠国

と記されています。

「諸願が成就して、皆を満足させせられますように」

忠国の真意はわかりませんが、『源氏物語』の舞台となった播磨明石城主になって丹波篠山を去るにあたっての心境を『源氏物語』の頭中将に黒馬を贈った光源氏の故事にならったのかもしれません。

「私はどこに行っても、この丹波篠山のことを忘れません。風が吹いたときには、この黒馬が嘶《いなな》くでしょう」との思いをこめて。

「諸願成就、皆満足」とは、明石中宮が皇子を出産したとの知らせを受けて、明石入道が記した手紙の内容とも似ています。

忠国は、明石に三基の石碑を建立し、「松平山城守忠国《まつだいらやましろのかみただくに》」という明石城主がいた痕跡《こんせき》を残して万治《まんじ》二年（一六五九）二月二〇日、京都屋敷で息を引き取ります（MAP15・16）。

享年六三才。明石城主だったのは十年間にすぎません。

第二節　京都屋敷を拠点にした寛永文化の受容

藤井《ふじい》松平家は、京都に屋敷を持っており、忠国は、そこで幅広い交友関係を築いていきました。第二節では、京都での忠国の政治的な活動を追ってみたいと思います。

（資料2―1、2―2、2―3を参照してください）

藤井松平家の京都屋敷

江戸時代初期、日常的には江戸が政治的中心地でしたが、寛永《かんえい》年間頃《ころ》までは、禁中并公家諸法度《きんちゅうならびにくげしょはっと》や武家諸法度の公布や、将軍の代替《だいが》わりの場合など、政治的に大きな動きがある場合は将軍家が京都に移動していたため、京都は政治的都市としての機能を担っていました。

そのため、多くの大名が、

①政治的な情報交換《こうかん》の場とする
②朝廷《ちょうてい》との交際
③贈答《ぞうとう》や儀礼《ぎれい》で重要な役割を果たす呉服や奢侈《しゃし》品の購入
④大名貸による商人からの資金調達
⑤京都での医療《いりょう》を期待

など、さまざまな理由から京都に屋敷を所持していました。

京都屋敷は幕府からの拝領地ではなかったので、各藩《かくはん》が密接な関係をもつ呉服商などの商人を土地の名義人にして、個別に町人地を買得していました。

藤井松平家《ふじいまつだいらけ》も、信吉《のぶよし》の時代から京都屋敷をもっていました。『藤井御伝記《ふじいごでんき》』には、信吉は「京師壬生《みぶ》の御邸《おやしき》に卒去《そっきょ》」、病気がすぐれなかった忠国は「御ゆるしありて御上京壬生御屋形に御保養ありしが、終《つい》にこの日卒去」と記されています。

しかし、「寛永後萬治前洛中絵図《かんえいごまんじぜんらくちゅうえず》」（京都大学附属図書館所蔵、中井家絵図、一六四二年）や「平安城東西南北町幷之図《へいあんじょうとうざいなんぼくまちならびのず》」（京都大学附属図書館所蔵、図版）には、四条大橋がかかる四条通りを真っ直ぐ西に進み、四条通《しじょうどおり》・東洞院通《ひがしのとういんどおり》・錦小路通《にしきこうじどおり》・高倉通に囲まれた区画、江戸時代は「平安京左京四条四坊四町《へいあんきょうさきょうしじょうしぼうよんちょう》」と呼ばれた場所に「松平山城守《やましろのかみ》御宿」とあります。

藤井松平家の京都屋敷は壬生ではなく、現在は大丸京都店が建っているところにあったことがわかります。

大丸京都店の錦通り側入り口にある京都文化博物館が作成した銘鈑《めいばん》によると、この場所は、平安時代後期には近衛《このえ》天皇の里内裏《さとだいり》にもなった「四条東洞院第《しじょうひがしのとういんだい》」の跡で、室町時代の永和《えいわ》四年（一三七八）の祇園会《ぎおんえ》では、将軍足利義満《あしかがよしみつ》が世阿弥《ぜあみ》とともに四条東洞院に設けられた座敷《ざしき》で祭りを見物するなど繁華《はんか》な場所だったようです。

忠国は、二条城や御所《ごしょ》にも近く、徳川家康が前例として踏襲《とうしゅう》していた足利義満にもゆかりのある場所で、徳川将軍家に仕える武士として、前述した五項目《こうもく》（政治的な情報交換の場、朝廷との交際、贈答や儀礼で重要な役割を果たす呉服や奢侈品の購入、大名貸による商人からの資金調達、京都での医療を期待など）の幅広《はばひろ》い活動をしていたと思われます。

寛永文化が花開く——八条宮家　智仁親王サロン

前述した二条行幸《にじょうぎょうこう》（第一節）は、朝幕関係の融和を図り、徳川家の天下支配を誇示する壮大な政治演出を目的とするものでしたが、後水尾上皇《ごみずのおじょうこう》・東福院門和子《とうふくいんもんまさこ》を中心とする宮廷や、相国寺《しょうこくじ》などの僧侶、上層の町衆などさまざまな知識人・文化人たちがサロンを形成し、お互いに交流することで作り上げられた寛永文化《かんえいぶんか》が花開く端緒《たんしょ》ともなりました。

寛永二年（一六二五）に八条宮家の智仁親王《としひと》（後水尾天皇の叔父、一五七九～一六二九）から古今伝授《こきんでんじゅ》を受け継いだ後水尾院（後水尾天皇）は、一万二千余首の和歌を集めた勅撰和歌集《ちょくせんわかしゅう》『類題和歌集』（三一巻）の編纂《へんさん》を命じたほか、積極的に『源氏物語』『伊勢物語』などの研究をして、古典文学や宮廷文化の復興に貢献しました。

古今伝授とは、勅撰和歌集である『古今和歌集』の解釈を、秘伝として師から弟子に伝えることです。

八条宮家とは、天正《てんしょう》八年（一五八〇）に、豊臣秀吉が智仁親王のために創設した宮家です。秀吉は後陽成《ごようぜい》天皇の弟の智仁親王を天正《てんしょう》十四年（一五八六）に猶子《ゆうし》（実親子ではない二者が親子関係を結んだときの子）にしますが、天正十七年に秀吉待望の実子が誕生したため猶子縁組を解き、八条宮家を創設しました。

慶長三年（一五九八）には病気の後陽成天皇が智仁親王に譲位を決意しますが、周囲の反対にあい沙汰止《さたや》み（中止）となったことで、智仁親王は幼少の頃から親しんでいた文学に傾倒していきます。

慶長五年（一六〇〇）には、智仁親王は、当代一流の文化人の細川幽斎《ほそかわゆうさい》から古今伝授を受け、同六年には『源氏物語』の注釈書「珉江入楚《みんごうにっそ》」の著者中院通勝《なかのいんみちかつ》から源氏物語の講釈を聞き、同九年に開始された後陽成天皇の源氏物語講釈を聴講、同十一年には自らの源氏物語研究について記した「源氏物語聴講聞書」をまとめました。

その後も、里村昌琢《さとむらしょうたく》や中院通勝《なかのいんみちかつ》の講釈を聞き、同十五年には細川幽斎から源氏物語の切紙伝授《きりかみでんじゅ》（奥義とする秘説を切り紙に記して伝授すること）を受けています。

智仁親王は、細川幽斎の古今伝授資料を書写して、名実ともに細川幽斎の古今伝授の継承者になった人物です。

智仁親王が造営した開田御茶屋《かいでんおちゃや》や下桂御茶屋《しもかつら》（現在の桂離宮）も、この寛永文化の拠点として、重要な場所でした。

特に、下桂御茶屋造営に際して、智仁親王は、『源氏物語』第十八帖「松風」巻の「桂殿《かつらどの》」のモデルの跡地を探し求め、一六一五年頃に入手したといわれています。

選んだ場所は、平安時代には藤原道長の山荘「桂家《かつらや》」があったところ（『御堂関白記《みどうかんぱくき》』）で、室町時代の一五三五年に下桂庄は近衛家の所領（「近衛家文書」）になり、一五七〇年には細川幽斎の支配地となっていたところでした。

智仁親王はここに『源氏物語』の「紅葉賀《もみじのが》（第十七帖）」の一幕を連想させる狛《こま》のわたりを設けて「瓜畑《うりばたけ》のかろき茶屋」とよび、親しい客人らを招いて、舟遊びや月の宴詩歌・管弦を楽しんだそうです。智仁親王のサロンは連歌会や和歌会といった詠歌や外遊、能楽などの活動が中心で、これらは単独で実施されるわけではなく、花見の際には歌会や宴、踊りの鑑賞を伴っていました。

智仁親王サロンの参加者は智仁親王に古今伝授を行った細川幽斎や中院通勝、里村昌琢《さとむらしょうたく》や里村玄仲《さとむらげんちゅう》といった連歌師《れんが》、良恕法親王《りょうじょほうしんのう》や興意法親王《こういほうしんのう》といった皇族、相国寺をはじめとする五山僧、八条宮家に出入りしていた町人もいて、貪欲に諸学問を学ぼうとする人たちが身分差を超えて集まっていたサロンでした。

忠国は、このサロンの常連で、智仁親王とも親しい関係にあったようです。それを示す書状が残されています。

八条宮家にあてた忠国の書状に見る交流の深さ

宮内庁書陵部《しょりょうぶ》所蔵の八条宮家あて忠国の書状は、全部で二三通あります。うち、年代が確定できるのは六通です。ほかは年代の特定ができません。（図版Cは二三通のうちの一通『桂宮文書』松平忠国書状』宮内庁書陵部所蔵）

年代が確定できるものとして、閏《うるう》二月の日付がある書状が三通あります。書状の内容から、寛永六年の書状です（忠国の時代に「閏二月」があったのは慶長二十年と寛永六年の二回）。

五日付書状では「八条様、若宮様御機嫌よくなされ」で始まり、下屋敷で焼き出した茶碗や花入れ、水指目録をお渡しするので見繕ってしかるべく取り計らってほしい旨が記されています。

この時代は、小堀遠州《こぼりえんしゅう》（大名茶人、一五七九～一六四七）が活躍していて、茶道具に歌銘を付けたり、床に和歌に関連するものを掛けるなど、のちに「きれい寂《さ》び」と呼ばれるようになる茶の世界に典雅《てんが》な宮廷文化を導入されていた時代でもあります。下屋敷に皇族や公家に贈ることのできる茶道具を造ることのできる窯《かま》を持っていたことは、忠国の焼物に関する造詣《ぞうけい》も深かったことを示しています。なお、「八条様」とは智仁親王、「若宮様」とは智仁親王の第一皇子智忠親王のことです。

二十日付書状では「桂の御所」にて、馳走になり前後不覚になるほど泥酔して迷惑をかけたことを詫び、二五日付書状でも馳走になったことの御礼と前後を覚えないほどに泥酔してしまったことを詫びるとともに、焼物を「八条様御方の御所様」へ差上げてもらったことの御礼を認めています。

これら三通の書状から、忠国は下屋敷（京都屋敷のことか）に茶道具などを焼く窯をもっていること、その窯で焼いた製品の目録を作成して八条宮家に渡して贈呈先を依頼できる関係にあること、智仁親王の別荘である桂の御所で泥酔して、前後不覚になれるほど智仁親王と近しい関係にあったことがわかります。

智仁親王は、この一カ月ちょっと後の四月七日に亡くなっていますから、忠国は病気見舞のために智仁親王のもとに足繁く通っていたのかもしれず、二五日が最後の宴だったかもしれません。

忠国、信之親子二代で完成させた『百椿図《ひゃくちんず》』の華麗なるサロン交流

とはいえ、そこで八条宮家との交流が途切れてはいません。

八月二五日付の書状では「椿の巻物　忝《かたじけな》く、然《しか》るべきよう」と「椿の巻物」の取り扱いを依頼、十二月十四日付の書状では、椿の詠歌をもらったことに対する礼が認められています。

どちらも年号の記載はありませんが、後者の本文中に「九州之儀追付落着可申旨」と記されていることから、寛永十四年十月に始まり、十二月ころには沈静化できるかに思われたものの、翌十五年に持ち越した島原の乱を指していると考えられます。

智仁親王は寛永六年に亡くなっていますから、この書状は智忠親王（一六一九～一六六二）に宛てたものです。

智忠親王は元和九年（一六一九）生まれ、寛永元年（一六二四）に後水尾天皇の猶子《ゆうし》になり、同三年親王宣下を受けて、同六年二月に元服、四月には父の智仁親王薨御《こうぎょ》により八条宮家を継承しました。

智忠親王は父の影響を受けて学問を好み、細川幽斎に歌道や古典文学を学びました。父同様に書・香・茶など諸芸の造詣が深く、江戸時代初めの宮廷社会を代表する文化人として知られています。

この智忠親王あて書状の目的は、島原の乱が年内に落着すれば、出京して「国母様」に伺候して御礼を申し上げたいということなので、忠国は国母（東福門院和子）とも面識があったことが判明しますし、書状の本文としてではなく、追伸にあたる部分で椿の詠歌の礼を認めることが許される親しい関係にあったことが、この書状から読み取れます。

さらに、「椿の絵巻」とは、現在は根津美術館が所蔵している『百椿図』を指していると考えられます。これは、百種類以上の椿の絵に、皇族、公家、大名、連歌師、俳人、僧侶など四九人が和歌や俳句、漢詩の賛を添えた二巻からなる巻物です（図版A）。

林羅山の『羅山詩集』巻七十には、松平山城守忠国の求めによって「牡丹椿」と「酒呑童子椿」の賛を書いた旨が記されていること、器物に松平家の家紋である丸にカタバミの家紋を描いた作品があること、最後の賛が忠国であることから、この巻物の発注者は忠国であり、忠国の没年と計算が合わない人達が含まれているので、信之の代になっても引き継がれたのだろうと、推測されています。この絵巻の「ならして」という椿には、智忠親王の、「八千とせの椿とは　このはならしてに　とりみるもさかり　久しき」が、「霜ふり」には良恕法親王《りょうじょほうしんのう》の賛があります（図版A）。

二通の書状から『百椿図』は忠国の発注で、寛永十四年には始まっていて、忠国の依頼で智忠親王が賛を寄せ、智忠親王のサロンの参加者である皇族や公家、僧侶が賛を寄せたと推測できます。

ほかにも、智仁親王と智忠親王のどちらに宛てた書状なのかは判明しませんが、忠国が八条宮に和歌の添削を求めている書状のほか、八条宮から元日の歌を受け取ったことや、公家家の短冊を給わりたいこと、依頼のあった絵ができたことや「鉄砲の歌」ができたので届けるといった八条宮からの依頼で、絵や歌の取次をしたり、八条宮から蝋燭《ろうそく》や素麺《そうめん》を拝領《はいりょう》したり、八条宮に塩・松茸・曲物ならびにわかさぎの粕漬《かすづけ》一箱を差上げたり、といった贈答品のやり取りがあったことがわかる書状が残されています。

また、先日の「当地焼失」に際しては八条様よりの書状 忝《かたじけな》く、「無事に江戸に在り申」と、智忠親王から火事見舞いの書状が届き忝く思ったことや、「来年は御暇」いただけるよう伺候するとの旨を認めた書状は、忠国の江戸屋敷が全焼した明暦三年（一六五七）の大火があった年に、智忠親王に宛てたものと考えられます。

忠国は智仁親王と智忠親王の二代、およそ三〇年の長きにわたって八条宮家と交流を続け、寛永文化華やかなりし時代の京都の智忠親王のサロンで、源氏物語をはじめとする古典文学や茶、香、絵画など諸芸の造詣を深めたと考えられます。

二条城拡幅工事と寛永行幸（二条行幸）のどちらにも関わった忠国は、徳川家に仕える譜代大名として、政治的な視点で『源氏物語』を解釈するという視点と、皇族や公家の古典文学研究という視点から『源氏物語』に対する知識を蓄積する機会に恵まれていた大名でした。

古典回帰ともいうべき雅な寛永文化を享受できる環境にいたことや、八条宮家と大変親しい関係にあったことが、忠国流の『源氏物語』理解を可能にしたといえるでしょう。

第三節　明暦の大火の爪痕が語る忠国の江戸屋敷

平成二五年（二〇一三）、有楽町一丁目遺跡の発掘調査によって、藤井松平家の江戸屋敷跡に関する遺構や遺物が多数出土しました。第三節では、それら出土品や交友関係を示す資料から忠国の人物像を探っていきたいと思います。（図版F～Kを参照してください）

豊臣系城郭にみられる五七桐紋入り金箔瓦を転用した瀟洒《しょうしゃ》な建物があった忠国の江戸屋敷

現在の東京ミッドタウン日比谷ショッピングモール

大名江戸屋敷とは、大名が徳川家に恭順《きょうじゅん》を誓って江戸に参府《さんぷ》した褒美《ほうび》として与えられた屋敷地です。そこは、江戸における藩主の居住空間であり、藩の政務を執り行う場所であり、藩主たちが交流する場でしたから、藩主家族の住む御殿、藩士の長屋、諸役所、倉庫、厩《うまや》、学問所、武道場、中間部屋や牢屋などがあったといわれていますが、年代や藩による違い、立地などさまざまな理由によって内部の構造は異なっています。

江戸に大名屋敷が増え始めるのは、幕府が大名に参勤交代と、妻子の江戸居住を義務づけた寛永期以降です。初期のころは所領の大小や外様、普代などの区別はありませんでした。慶長・元和・寛永と年代を経るに従って移動や再配置が行われました。

藤井松平家が江戸屋敷を拝領した時期は不明ですが、慶長十三年（一六〇八）作成と言われている「慶長江戸絵図」には、大名小路《だいみょうこうじ》とよばれる一角の東南角、日比谷御門のすぐ近くに「松平伊豆守《いずみのかみ》」と忠国の祖父である信一の名が記載された六〇間四方（約三六〇〇坪）の屋敷地があります。寛永の絵図では「松平山城《やましろ》」と忠国の名が、延宝三年の絵図では「松平日向《ひゅうが》」と信之の名が記載されていますから、藤井松平家の江戸屋敷は、慶長年間の拝領以来、延宝九年に龍之口にある板倉内膳正《いたくらないぜんのしょう》の旧邸を下賜《かし》されるまで、この場所にあったことがわかります。

忠国の江戸屋敷は、現在は千代田区有楽町一丁目、東京ミッドタウン日比谷ショッピングモール（都立日比谷公園の道をはさんで東側）になっています。

平成二五年（二〇一三）に実施された埋蔵文化財発掘調査でも、慶長期の建物址《あと》は確認されず空閑地として利用されていたらしいこと、寛永期に建造された建物址が三基確認されたことから、本格的な使用が始まったのは忠国の代になってからだと判明しています。

元文三年（一七三八）の幕府の規定では、江戸屋敷の面積は一～二万石で二五〇〇坪、五～六万石で五〇〇〇坪、十～十五万石で七〇〇〇坪です。信一が江戸屋敷を拝領したときは、三万五〇〇〇石の大名でしたが、忠国の時代には七万石に加増されています。延宝九年に信之が酒井雅楽頭家《さかいうたのかみけ》に引き渡したときの面積は五〇七六坪とあります。

道路だった西側を取り込んだり、東側の九鬼家との境界を塀だけに拡張したりして、徐々に敷地の拡大を図ったのだと思われますが、幕府が参勤の従者の数を抑制するよう命じたのは享保六年（一七二一）で、各藩の財政事情の悪化から、江戸詰め藩士の抑制を図るようになるのもこの頃からです。万治元年（一六五八）に下屋敷を品川に拝領するまで、大名小路にある屋敷で全てをまかなっていましたから、忠国の時代は随分と手狭だったと思われます。

発掘調査で出土したもの

有楽町一丁目遺跡は、日比谷三井ビル建て替え工事に伴う埋蔵文化財調査に伴って行われた発掘調査によるもので、藤井松平家屋敷に関する資料三一九点が千代田区指定文化財に指定されています。

忠国時代の江戸屋敷跡から、「松平山城守」と墨書された木札（図版F）のほか、江戸遺跡では、検出例が極めて少ない十七世紀前葉のものと思われる一〇〇枚以上の金箔瓦《きんぱく》（図版G）と、黒漆塗装をした板に金箔を貼りつけた装飾部材が出土しています。

金箔瓦は、織田信長が安土城で初めて使用した瓦で、豊臣秀吉の聚楽第《じゅらくだい》や伏見城など織豊期《しょくほう》（織田信長と豊臣秀吉が中央政権を握っていた時代）の城郭で使用されましたが、江戸時代には使われなくなりました。

織田信長系の金箔瓦と豊臣秀吉系の金箔瓦のどちらも、朝廷から許された五七桐《ごしちきり》紋を使用している点では共通していますが、織田信長は織田家の者にしか金箔瓦の使用を認めず、瓦の凹《おう》部分に金箔を丁寧に施した最高級の瓦に仕上げたものを使っているのに対して、豊臣系の金箔瓦は、秀吉が織田信長の後継者であることの象徴として、金箔瓦を用いた城郭を短期間で数多く作る必要があったことや、豊臣系大名にも使用を許可したことから、織田信長の金箔瓦に対して質が悪く、凸部分に金箔を貼りつけているという違いがあります。

忠国が江戸屋敷で用いた三六枚の金箔瓦は五七桐紋入りで、豊臣系の金箔瓦と同じ特徴を持ち、一般にみられる金箔瓦のほぼすべての瓦種（軒丸瓦、軒平瓦、輪違瓦、小菊瓦、鬼瓦、鯱瓦、棟飾瓦の七種類）を網羅していることから、本来は霊廟《れいびょう》か表門といった建物に使われていたものと推定されています。

黒漆塗装に家紋に金箔を貼った装飾部材とは、通常は門や堂などの頭貫《とうかん》部材として一間柱間《いっけんはしらま》に貼りつけられているものです。

出土した黒漆に金箔を貼りつけた家紋入りの装飾部材は、推定長さ二〇〇㎝×幅五〇㎝の板材で、中央に五七桐紋、その左右に直径十五㎝ほどの菊紋の金箔木彫りがソケット状に装着されていた可能性が高く、類例としては豊国《ほうこく》神社唐門《からもん》や二条城唐門があります。

現存する建造物としては金箔貼桐菊文木彫が施された、京都の醍醐寺三宝院の三間一戸平唐門の勅使門《ちょくしもん》の仕様が参考になります。忠国の屋敷跡から出土した部材は一間柱間なので、比較的小規模な門か、堂建造物に用いられていたものと推測できます。

豊臣系の金箔瓦を驚くような方法で活用した忠国の江戸屋敷

このように、大坂夏の陣で豊臣家を滅亡させた徳川家の家臣でありながら、豊臣系の建造物を思わせる建造物があったことが、忠国の江戸屋敷の最大の特徴です。

ただし、忠国はこれらを本来の姿のまま活用したのではなく、二次加工して、家紋入り金箔瓦は瓦敷（玄関のタタキのようなもの）に、装飾部材は下水溝の蓋用に転用しています。

建物址《あと》を示す木組溝の木材も転用材なので、忠国は不用になった建造物を再利用して、建物址の規模なども考慮すると、瀟洒《しょうしゃ》な茶室を造ったようなのです。

豊臣秀吉の権威の象徴だった金箔瓦が転用された瓦敷を通らないと、茶室に入れない仕組みは、かつて秀吉の家臣だった大名には、踏み絵のような感覚を抱かせるに十分だったかもしれません。ただ装飾部材は、大変ていねいな扱いをされていたことが判明していますから、足蹴《あしげ》にすることが目的ではなかったように思われます。

茶室に入ると、足元で漆黒《しっこく》の五七桐紋や菊紋が入った瓦に貼られた金箔が、ほのかな光りを反射して輝くようすは、さざ波ゆれる海上に、明るい月の光が反射しておこすハレーションのように幽玄な世界を醸《かも》し出していて、客人の目を奪ったはずです。単に金箔瓦の美を生かすだけではなく、足蹴にしているふうに装う造りにした茶室にしたことで、豊臣家に敬意を表して活用しているのではないと、何とでも言い逃げできるよう危機管理していたのかもしれません。

忠国は、一〇二万五〇〇〇石の加賀前田藩のように、江戸中の金箔《きんぱく》を買い尽くしても足らず、京都や大坂まで人を遣わして金箔を買い尽くして江戸屋敷を造ることも、「江戸図屏風」に描かれている仙台藩伊達家（屏風は「松平陸奥守」）のような豪壮な御成門《おなりもん》（将軍の御成、来訪を迎える門）を造ることもありませんでした。そんな財力はなくても、月明りに反射して光る金箔瓦の美しさを生かしたなら、たとえ本来の使い方をしなくても、その美を再現して活用できると発想できる人だったのでしょう。

外見は何の見栄えもしない「江戸図屏風」にも描かれない屋敷の持ち主でしたが、桃山文化時代の名残のある金箔瓦を多用して、さまざまな方向に光が煌《きら》めく空間を作り出すことのできる美的感覚を持った大名だったのです。

忠国の江戸屋敷における宴と好文大名との交流

出土した陶磁器が示す賓客のもてなし

そして、この狭いけれども、桃山文化時代の名残をもつ茶室のある忠国の江戸屋敷には、大勢の人達が集っていたようです。有楽町一丁目遺跡の忠国時代の遺構から出土した陶磁器・土器類は九三一二点（内、磁器八五八四点）で、屋敷内のある場所に保管された状態で火災にあって、棚や建物が倒壊したために一括して廃棄されたものです。

国産磁器（肥前磁器）の生産量や流通量が、中国磁器のそれを越える時代に入っているにも関わらず、肥前磁器よりも中国の明《みん》末の景徳鎮《けいとくちん》磁器の方が多く、同一器形・同装飾の「揃い」が多数含まれているという特徴があります。

十七世紀前半の江戸では景徳鎮が長崎ルートで入っていたので、藤井松平家特有というわけではありませんが、肥前磁器より中国磁器の量が相当数を占める構成は特異なものです。このような傾向を示す事例としては、江戸城明暦罹災《めいれきりさい》資料に類する「武家の高級食器群」があります。

また、獅子《しし》が描かれた動物文皿は、江戸城明暦罹災資料と同一製品、鹿紋の動物文皿は同一器形で柄違い、見込双鶴《みこみそうかく》文の青花皿の鶴の意匠も、江戸城明暦罹災資料群に類似の意匠のものなど、将軍の好みの色絵祥瑞《いろえしょんずい》や古九谷製品も多く含まれていて、忠国は将軍の好みなどの影響を受けた食器群を揃えていた可能性があります。

口径四八四㎜、底径二五四㎜、器高一〇八㎜ある蓮池水禽《れんちすいきん》文の芙蓉手《ふようで》大皿は、江戸遺跡出土の芙蓉手大皿の中ではかなり大型の皿になり、これに比肩《ひけん》する出土例は加賀藩上屋敷（本郷邸、文京区・東京大学本郷構内の遺跡、推定年代十七世紀前半）から出土した一例だけです（図版I、上段左端）。

ほかにも、口径が四〇〇㎜以上の大皿が二枚、三〇〇㎜以上が六枚（うち一枚は三九七・五㎜）あります。大皿の標準寸法は九寸（二七〇㎜以上）ですから、藤井松平家が所蔵している大皿はかなり大きいことがわかります。よほど大勢の客人をいっときにもてなしていたのでしょう。

鉢類では、景徳鎮窯のチョコレートカップ形をしている小坏《こさかずき》（図版K）が三点出土しています。口径七三㎜、底径三五㎜、器高五〇・五㎜で、異国風の人物や風景、花などが描かれています。二九枚「揃い」で出土した丸文の色絵祥瑞《いろえしょんずい》の磁器皿（図版H）も景徳鎮窯製です。また、龍泉窯青磁《りゅうせんよう》で手桶型の水指《みずさし》（口径　復一四〇㎜、図版J）は、手桶型の製品は中国磁器には珍しいものなので日本からの特注ではないかと考えられています。

龍泉窯青磁は中国浙江省《せっこうしょう》龍泉市で焼かれたものです。古いものでは、足利義満が朝貢貿易《ちょうこうぼうえき》によって明皇帝から入手したものを有力大名に下賜《かし》したと思われるものが出土しています。唐物を所有して飾ることがステータス・シンボルとなっていたのです。さらに、織田信長の時代になると、名物茶器は「政治的調度品」としての価値が創られ、豊臣秀吉、徳川家康へと、唐物名物を継承することで、その権威と権力を継承したことを宣言する武家の正統性を示すアイテムとなっていました。その価値は江戸時代にも継承され、大名家の愛用品・室内装飾品となりました。

大名家には、元旦や上巳《じょうし》、端午《たんご》、氷室、七夕、盆・中元、お月見、重陽《ちょうよう》、玄亥《げんちょ》、煤払《すすはらい》などの年中行事や、宮参り、着袴《はかまぎ》、官位昇進、家督相続、元服、婚礼、葬儀などの人生儀礼、大名家への訪問、藩邸の上棟式、藩主の引越など、行事や儀式がありましたから、これら景徳鎮窯や龍泉窯の磁器というような高級磁器は、そのような武家儀礼の場や賓客をもてなすために買い揃えられ、実際に使用されていたと考えられます。

忠国は、景徳鎮窯で焼かれた高級食器で多くの賓客をもてなしながら、京都屋敷でしていたように政治的な情報の交換や文化的な交流を楽しんでいたのでしょう。

桃山文化時代の名残をもつ茶室で、龍泉窯製の茶器を使い、時には自分の屋敷で焼いた茶碗でお茶をたて、客人をもてなしたことでしょう。

忠国時代の遺構からは、無銘の陶磁器も多く出土していますし、丹波産の擂鉢《すりばち》や鉢、関西産の土器焼塩釜、在地の火鉢など国内産の生活用品も多く含まれています。日常生活で使用するものと賓客をもてなすときに使用するものは明確に区別され、「武家儀礼」で必要なものは一括して一つの建物で保管されていたと、思われます。

忠国がもてなした賓客との文化的交流

では、忠国がもてなした賓客には誰がいたのか、残念ながら史料が残っていないのでわからないのですが、忠国と信之が親子二代で完成させたとされる『百椿図』（図版A）に忠国の依頼で賛を描いたという林羅山は江戸在住ですから、羅山はその一人だったことでしょう。

また、『藤井御伝記』には、山下門近くの堀で萩《はぎ》を刈り取っている男がいたので捕まえて厳しい仕置きをしたところ、松平陸奥守《むつのかみ》忠宗（仙台藩主伊達忠宗）の使用人だと判明。憤《いきどお》った忠宗が抗議の使者を差し向けてきたことから争論に発展、それぞれの一族が、それぞれの家に加勢し、大事になりかけたところ、老中の仲裁で事なきを得たとの記述があります。

事の真相はわかりませんが、このとき忠国方に加勢した人物として、松平右衛門佐《えもんのすけ》光之の名が挙がっています。松平右衛門佐光之とは筑前福岡藩主、黒田光之《くろだみつゆき》のことで、祖先を遡《さかのぼ》ると黒田孝高《よしたか》（官兵衛《かんべえ》）に行き当たります。光之の江戸屋敷は外桜田門の霞ヶ関にありますから、伊達忠宗の江戸屋敷の前を横切って、忠国の江戸屋敷に加勢に駆け付けたことになります。黒田光之が、忠国の江戸屋敷の賓客だったと考えて差し支えないでしょう。

面白いことに、光之は儒学者の貝原益軒《かいばらえきけん》を召し抱えていて、「黒田家譜」などの編さんをさせているのですが、そのなかに、孝高（官兵衛）の母は明石氏で、隠居して「明石正風《あかししょうふう》」と名乗り、京都の近衛家に師事して和歌を習い、明石の浦に庵を結んで和歌三昧の日々を送ったという話がまことしやかに記されています。

信憑性《しんぴょうせい》が低いとして、幕府編さんの『寛政重修諸家譜《かんせいちょうしゅうしょかふ》』にも採用されなかった話ですが、連歌師の西山宗因とも交流のあった光之らしい話です。光之が孝高の母に明石氏と和歌三昧の祖先を設定したあたりにも、光之は『源氏物語』の舞台になった明石に親近感をもち、忠国と交流していたと考えてもよいのではないでしょうか。

なお、播磨姫路城主榊原忠次《さかきばらただつぐ》の詠歌には、忠国や青山大蔵少輔幸成《おおくらのしょうよしなり》、石川主殿頭忠総《とのものかみただふさ》、石川主殿頭昌勝、池田伊勢守綱政、井上河内守正利、徳川光圀《みつくに》、脇坂《わきざか》淡路守安元《やすもと》の名があります。姫路城主榊原忠次が、林鵞峰《はやしがほう》や松平忠房などの蔵書家から本を借りていたように、こういった好文《こうぶん》大名と忠国も蔵書の貸し借りや文芸活動、宴を楽しんでいたのではないでしょうか。

寛永の大火と明暦の大火

家光、家綱時代の老中・大老 酒井忠勝から忠国にあてた書状

忠国の江戸屋敷を訪問した人物についてはは推定しかできませんが、忠国が訪問して交流していた大名に、若狭小浜藩主の酒井讃岐守忠勝《さぬきのかみただかつ》がいたことがわかります。

酒井忠勝は領知高十二万三五〇〇石の小浜藩主ですが、元和六年（一六二〇）に二代将軍秀忠の命で世継の家光付きとなり、寛永元年（一六二四）に土井利勝《どいとしかつ》と共に本丸年寄（老中）、同十五年から明暦二年まで大老を務めていたため、国元へ帰ることはほとんどありませんでした。

寛永十九～二〇年ころの絵図とされる「江戸全図」（臼杵市教育委員会所蔵、図版E）には、忠勝の上屋敷は忠国の江戸屋敷と同じ大名小路にあり一㎞ほどしか離れていませんが、主な屋敷は牛込矢来《うしごめやらい》下屋敷（新宿区牛込矢来町）で、将軍家光の来邸は一四〇回を超えるほど、将軍家光の信頼が厚かった人物です。

この酒井忠勝から忠国（この当時は「忠勝」を名乗っています）あて八月十三日付けの書状を、上山城《かみのやまじょう》郷土資料館（山形県上山市）が所蔵しています（「松平忠国宛酒井忠勝書状」図版B）。

酒井忠勝から「見事な生鯛」へのお礼書状。細やかな心遣いの忠国

書状には見事な生鯛を送ってもらったことの御礼、せっかく訪問してくれたのに登城していて会えなかったことのお詫び、今回の火事で忠国にも普請が命じられるだろうから、そのときは粛々とその任にあたりなさいといったことが記載されています。

年代は記載されていませんが、忠勝が江戸城に常時詰めなくもよくなるのは大老になってから（大老は重要な任務があるときだけ登城）ですから、寛永十五年以降だということが、まずわかります。また、「このたびの火事」は、八月十三日という書状の日付から寛永十六年（一六三九）八月十一日の江戸城本丸火災を指していると考えられます。

幕府が本丸殿舎の再建を計画し、総奉行《ぶぎょう》と二名の奉行、四名の作事奉行を決めたのは八月十四日です。大老の酒井忠勝は、焼失した本丸御殿の善後策を講じるために登城していたのでしょう。忠国は、その忠勝を慰労するために「見事な生鯛」を送ったと思われます。酒井忠勝への心遣いは、光源氏に忠実に従順に尽くしていた明石入道の姿と重なります。

寛永期の江戸を描いた「江戸図屏風」（国立歴史民俗博物館所蔵）の魚市の光景には、鯛と思われる大きな赤色の魚を陳列している店があります。人々の嗜好が鯉から鯛に変わりつつあり、鯛が魚の王者の座を鯉に取って代わろうとしていたのが寛永期でした。

屋敷に戻り「見事な生鯛」を目にした見た忠勝は、さぞかし感激したことでしょう。

忠勝が単なる礼状にとどまらず、「何事も仰せつけられたように、なさるのがよろしいでしょう。詳しいことはまた各々へも相談したいと思っている」との情報を提供したのは、忠勝と忠国には常日頃からの交流があったからこそではないでしょうか。

なお、江戸城普請が終わったあとの各大名からの幕府への献上品を書き上げている「玉露叢《ぎょくろそう》」一三巻には、忠国が挟箱《はさみばこ》を二つ献上と記されています。

江戸の歴史上未曾有《みぞう》の大惨事──明暦の大火

それから十八年後の明暦三年（一六五七）、一月十八日・十九日・二十日の火災で、江戸城を含む中心市街地のかなりの部分が焼失します。

明暦の大火と呼ばれる江戸の歴史上未曾有の大惨事で、忠国の桃山文化時代の豊臣系の城郭からの転用材で造っただろう瀟洒《しょうしゃ》な建物や、賓客を歓待するために揃えた高級食器を収納していた建物などを含めて全焼、もしくは全焼に近い状態になりました。

明暦の大火で家財や蔵書を焼失した林羅山は、落胆のあまり火災から四日後の正月二十三日に病死しました。享年七五歳でした。

六一才の忠国にとって、屋敷や江戸市中が焼土と化した上に、羅山が亡くなったことの衝撃は大きかったでしょう。

忠国が智忠親王に宛てた書状は動揺に心乱れ

江戸にいて明暦の大火に遭った忠国は、本来なら国元の明石に戻る予定だったのを中止したことは、先に述べたように、明暦三年（一六五七）の大火があった年に、智忠親王に宛てたと推測できる書状に書かれていたとおりです。

この八条宮智忠親王に宛てた書状には日付もなく、通常なら「松平山城守」と記載される署名は「松山城守」と略され、花押は右下がり、文面も走り書きのように乱れており、寛永十四年の島原の乱の最中にあって多忙を極めている折に、八条宮智忠親王に送った書状と似ていて、非日常生活を送っていたことが伝わってきます。寛永十六年の江戸城本丸火災後に、大老の酒井忠勝に生鯛を送ったような余裕は感じられません。

どんな状況でも、歌に思いを託す好文大名の矜持

明暦三年二月二九日には、幕府の命によって諸宗山回向院（東京都墨田区）が創建されます。市中の六割以上が焼土と化し、死者十万人以上との説もある、身元や身寄りのない人々の亡骸《なきがら》を手厚く葬るためでした。

幕府から土地が提供され、「万人塚」という墳墓を設けて、遵譽上人《じゅんよしょうにん》が無縁仏の冥福に祈りをささげる大法要を執り行い、念仏を行じる御堂が建てられました。

大名屋敷の割替《わりかえ》の風聞が出始めたのは二月で、三月になると幕府は大規模な屋敷替を発令します。以後、五年の歳月をかけて屋敷の拡張や屋敷の割替が実施され、街区の形状が変わっていきます。慶長期から寛永年間にかけて造られたような豪勢な屋敷を造ることは禁止、簡素な造りの屋敷が要求され、大名屋敷の景色も変化していきます。

榊原忠次《さかきばらただつぐ》の江戸屋敷は明暦の大火の罹災を免れましたが、その地を山王権現《さんのうごんげん》の社地とするため、万治二年（一六五九）に屋敷を常盤橋《ときわばし》内に移されます。

このとき忠次と交友関係にある肥前島原城主松平忠房（一六一九〜一七〇〇）は、

今宵そといやおしまるゝ秋の空なれしすみかの月の名残ハ

との歌を送り、

忠次は、

おしむなと又こむ秋のこよひしも宿にをとらぬ月ハ見るへき

と返したとの記録があります。

忠次の屋敷は罹災しなかったとはいえ、明暦の大火後の生活は怒涛《どとう》の日々であったことには変わりなかったはずです。好文大名の矜持《きょうじ》は、どんな状況にあっても、歌を詠むことを忘れない、歌に思いを託すことを忘れないことです。

焼け跡にたたずみ、変わりゆく時代に忠国は何を思ったろうか

忠国には、そのような記録はありませんが、八条宮智忠親王からの火事見舞の書状に、戦場にあっても歌を詠んでいた平忠度や明智光秀、細川幽斎の面影を思い浮かべていたかもしれません。

大名当主のなかには肥前佐賀藩の鍋島勝茂のように五七年前の関ヶ原の戦い、四二年前の大坂夏の陣、十九年前の島原の乱といった戦乱の時代を知っている七八才にして現役の大名もいましたが、多くの大名家では世代交代が進み、改易になった大名家も少なくなく、戦場の現実や『源氏物語』を政治の手段とした駆け引きが行われていた現実を知る大名が、政治の表舞台からの退場を始めていました。

将軍は四代家綱で、寛永十八年（一六四二）生まれの十七才。将軍家も大名家も、大事な政治的変化があるときは、将軍家は京都に赴くことが当然視されていた時代は遠い過去の話になっていました。武断政治の時代から、文治政治の時代に変わっていくのも、このころからです。

そんな人間界の変化とは無関係に、金箔瓦で造った瓦敷と、黒漆に金箔を貼った家紋入りの建築材で造った下水溝の蓋は、陽の光を浴びてキラキラと光っていたことでしょう。

忠国が唯一経験した戦、大坂夏の陣で豊臣家は滅亡したけれども、無用の長物となった豊臣系大名の城郭の部材を転用して造った瓦敷は、明暦三年の大火もくぐり抜けて光を放っていることに、焼け跡にたたずんで忠国は、「石で造ったものはそう簡単になくならない、歴史を伝えることができるものだ」と確信したのかもしれません。好文大名の矜持として。

やがて、金箔瓦で造った瓦敷や下水溝の蓋はそのまま、他の廃棄物とともに埋め、その上に新しい江戸屋敷が造られました。

忠国のあとを継いだ信之が造った江戸屋敷の庭園は、「森戟園《しんげきえん》」と名付けられ、林鵞峰《はやしがほう》（林羅山の三男）が「森戟園記《しんげきえんき》」という庭園記を著し、鵞峰の子の鳳岡《ほうこう》も「松平日向守《ひゅうがのかみ》信之之森戟園八景之二」という副題をつけた八編の漢詩を作り、その庭園の優美さを賞しました。『百椿図』の賛者には、彼等の名前を確認できます。

忠国が築いた人間関係や仕事を、信之は継承し発展させていたのです。

第四節　忠国の墓碑　藤井松平家の供養塔

万治二年（一九五九）、享年六三才でその生涯を閉じた忠国。第四節では、ひっそりと建つ墓や供養塔を紹介し、彼が「石碑」に込めた思いについて考えてみたいと思います。

（資料2—1、2—2、2—3を参照してください）

「松平山城守忠国」は、播州明石城主として存在したことを証明する文言

松平山城守忠国の墓は菩提寺《ぼだいじ》である京都の称念寺《しょうねんじ》にあります（MAP16）。

また、供養塔《くようとう》は明石市大久保町松陰新田の大林寺《だいりんじ》（MAP19）と和歌山県の高野山金剛峯寺《こんごうぶじ》奥之院（MAP20）の二カ所にあります。

京都の称念寺は、父の信吉が菩提寺として建立したのでしょう。軒丸瓦には藤井松平家の家紋である輪にカタバミ紋が使われています。藤井松平家の墓は二基で、西向きに建つ墓には信吉の戒名と忌日、南向きに建つ墓には忠国の戒名「浄源院殿前城州霊譽崇安道覺大居士」と忌日「万治二己亥暦二月廿日」が刻まれています。

そして、忠国の墓の前には、戒名も忌日も判読できず、家紋も入っていない小さな墓が建っています。『藤井御伝記』には「御家士山下宗兵衛殉死せり」とありますから、もしかすると山下宗兵衛の墓なのかもしれません。

苔むした供養塔が刻む明石城主として生きた証

大林寺の供養塔は、松陰新田村を開発した藩主の死を悼んで、松陰新田村の人たちが建立したものです。「道覚《どうかく》さん」と親しみを込めて忠国を祀《まつ》っているのは、忠国の戒名に由来します（MAP19）。

高野山奥之院にある供養塔は、高野山の一の橋から弘法大師御廟《ごびょう》に続く奥の院参道の二四町石から北東の一画にあります（MAP20）。

参道をはさんで南側に明智光秀の墓所に通じる道、北側に石段があります。その石段を三〇段ほど登ったところの東側に、三基の供養塔が並び、その奥一段高くなったところに二基、合計五基、藤井松平家の供養塔が建っています。

手前の三基が並んでいる真ん中の一基は、「本国三州今者播州明石城主松平山城守源朝臣忠勝為　□□□□崇龍院殿□□定尼　承応二癸巳六月廿三日」と読み取れます。

「崇源院」とは承応二年（一六五三）六月二三日に没した忠国の生母の戒名です。

その向かって左側の供養塔の文字は、断片的に「本国三河今者［　］城主松平」「大居士」、右側の供養塔の文字は「城主」「大姉」「万治二己亥」と判読できます。

万治二年八月二九日に忠国の長女が亡くなっていますから、右側の供養塔は忠国の跡を継いだ信之が彼女の供養塔を建立したものかもしれません。『藤井御伝記』には忠国の弟の忠秋（信吉三男、承応元年七月二〇日没）と信治（信吉四男、正保四年正月二九日没）を高野山に葬送とあります。

左の一基は、忠秋か信治のどちらかの供養塔で、元々はもう一基、順番からすると、向かって左側の墓石が倒れている場所に、正保四年（一六四七）に亡くなった信治の供養塔が、建っていた可能性があります。

この三基の供養塔より一段高い場所に建つ二基の供養塔のうち、向かって右側の供養塔には、

貞享三丙寅年
萬昌院殿従四位前日州
窓轡江月圓榮大居士
七月二十二日

と刻まれています。松平日向守信之の供養塔です。

そして左側の、五基の中で一番大きい供養塔には、

播州明石城主前松平山城太守
源朝臣従五位下忠国公
淨源院殿前城州
（梵字）奉為霊誉崇安
道覚大居士菩提也
施主孝子源氏松平日向守信之
建之
萬治二己亥年二月廿日

とあります。在任期間はわずか十年でしたが、万治二年二月二〇日（一六五九年四月十一日）に亡くなった「松平山城守忠国」は、紛れもなく播州明石城主として存在したことを証明する貴重な文言が、この供養塔には刻まれています。

建立者は、忠国の跡を継いで明石城主となった松平日向守信之です。

忠国が亡くなってから三六五年、忠国の供養塔は苔むして家紋は見えなくなっていますが、「播州明石城主前松平山城守忠国」の名前は、今も朽《く》ちることなく残っています。

まさに、忠国が忠度墓に建てた石碑に刻んだ自詠歌「今はただ法（のり）のしるしに残る石の苔に刻める名のみ朽ちせず」そのものです。

近くには、武人であり歌人であった明智光秀の供養塔

藤井松平家の供養塔がある場所からは、本能寺の変をおこした明智光秀の墓が見えます。明智光秀は、天正十年（一五八二）六月、本能寺で主君織田信長を襲って自害させ、織田信忠を二条城で囲んで自害させましたが、山崎の戦で羽柴秀吉に敗れ、敗走の途中、小栗栖《おぐるす》で農民に竹槍で刺され、最期を遂げました。この明智光秀の供養塔を建立したのは、山崎から高野山に逃れていた光秀家臣の津田重久《しげひさ》だと言われています。

「反逆者」の烙印を押されている光秀ですが、将軍足利義昭と信長の間を取り持ち、公家との交渉にも手腕を発揮、教養もあり和歌・連歌を好み、茶湯を嗜《たしな》んだ人物としても知られています。細川藤孝（幽斎）とも親しい関係にありました。

細川藤孝の長男、忠興の妻は明智光秀の娘の玉子（細川ガラシャ）です。

天正六年五月四日、播磨へ出陣した光秀が、連歌の師匠である里村紹巴《さとむらじょうは》に、生田・須磨から「明石かた、人丸塚、岡辺の館」など和歌の名所を思いがけず見物したこと、細川藤孝と会っているかと尋ねる書状を送った一カ月後には、細川藤孝が、「播州御陣の時、所々見物の次《ついで》に明石の浦にて夜更けるまで月を見て」と題する歌を詠んだこと、そして、これらのいきさつをふまえて、忠国は岡の屋形歌を詠みます。

和歌の名所　明石の岡（岡辺の宿）を訪れていた明智光秀

藤孝が明石の岡（岡辺の宿）を訪れたとき、そこには松の木立があるだけで、里人に尋ねなければ「岡辺の宿」はどこだったのかわからなかったのです。忠国が明石城主になった一六五〇年代にはなおさら、荒廃していたことでしょう。

忠国が明智のことをどう思っていたのかはわかりませんが、武人であり歌人であった明智光秀の供養塔がすぐ近くにあることを意識していた可能性は否定できないでしょう。

一の橋から弘法大師御廟まで約二キロメートルの奥の院参道には、宗派や敵味方の関係なくあらゆる階層の人々の供養塔が建立されています。

忠国は、この一画を選んで生母や弟たちの供養塔を建立したことが、明石に三基の石碑を立てようという動機を喚起したのかもしれません。

忠国が残した石碑

忠度の墓に「石の苔に刻める名のみ朽ちせず」と詠んだ忠国は、若き日に父と出陣した大坂夏の陣の壮絶な戦や、明暦の大火で焼け落ちた江戸屋敷を目の当たりにして、木も紙も、そして人もやがて朽ちてしまう無情を感じていたことでしょう。しかし、石だけは残ること、屋外にあって多くの人々の目にふれ、記憶として残し続けることができることもまた、理解していたはずです。

そんな思いから、明石に三基の石碑を建立したのかもしれません。

石碑とは銘文を記すことに主眼を置いたもので、施設・設備（道標、方石など）、顕彰（功績、善行など）、記念（竣功・改修、史跡、旧跡、名勝など）、文学（歌碑、句碑）があります。

忠国が建立した三つの石碑は、何に該当するのでしょうか。

私たちの身の回りには何らかの記念碑がいたるところにあるので、記念碑があることをあたりまえのように思っていますが、史蹟碑・名勝碑・功徳碑・孝義碑など何らかの事柄を顕彰する記念碑が各地で建立され始めるのは一八〇〇年代からです。忠国が自詠歌を刻んだ石碑を建立した時期は、それよりも一五〇年近くも古いのです。忠国が『源氏物語』にゆかりのある場所に自詠歌を刻んだ石碑を建立した時期というのは、『源氏物語』のダイジェスト版や絵本などが出版されるようになる元禄年間（一六八八～一七〇四）よりも早い時期で、『源氏物語』を読むことができる人たちが限定されていた時期にあたります。


私たちは、そこに忠国の自詠歌が刻まれていたから「歌碑」だと受け止めていますが、本当に「歌碑」というとらえ方でいいのでしょうか。

石碑を建立するという行為そのものが極めて珍しい時代に、忠国が立てた碑は何に分類されるのか、第三章では、そこから出発したいと思います。

第三章　『源氏物語』と明石

忠国はなぜ、石碑を建てたのか。「文学遺跡」との関係は

松平忠国の歌3首比較（資料3-1）

通番	書名（作者・作成年代）	忠度塚	いにしへの	岡の屋形
1	摂津名所地図 （寛文7年／1667、図版○）	今もたゝのりのしるしにのこる石の こけにきさめる名のミ朽ちせす	いにしへの名のミのこりて有明の 明石のうへのおやすみしあと	記載なし
2	明石記 享保年間（1716〜36）	いまもたたのりのしるしにのこる石の 苔にきさめる名のミくちせす	いにしへの名のミ残りてありあけの 明石の上のおや住し跡	月かけの光君すむあと〻へは 岡のやかたにしけるよもきふ （「岡ノ屋形」の項）
2		—	—	月影の光君住あととへは 岡の屋形にしける蓬生 （「松本村」の項）
3	播磨鑑（全） （平野庸脩、自序、 宝暦12／1762製作、 歴史図書社、昭和55年）	今もたゝ法のしるしに残る石の 苔に刻める名のみ朽せず	いにしへの名のみ残りて有明の あかしの上のおや住しあと	月影の光る君すむあと〻へは 岡の屋形にしける蓬生
4	地蔵院縁起	—	—	□（月）影ノ光ル君住ム跡問ヘハ 岡ノ屋形□□□□（二茂ル蓬生カ） 松平山城守源忠国立□□而巳
5	播州名所巡覧図絵 （村上石田ほか著、塩屋忠兵衛 ほか3名、文化元年／1804）	今ハただのりのしるしに残る名（な）の こけにきざめる名こそ朽ちせね	—	—
6	播州名所巡覧図絵 （柳原書店、1974）	今ハただのりのしるしに残る名（な）の こけにきざめる名こそ朽ちせね	—	—
7	播州路道程書上	—	いにしへの名のミ残りて有明の あかしのうへの親すミし跡	—
8	采邑私記	—	—	—
8	碑文	—	いにしへの名のみ残りて有明の あかしの上のおや住みしあと	岡之屋形跡 月影の光る君住む跡とへは 星の屋敷にしける蓬生 明石潘五代潘主　松平［削除］ 慶長二年西歴一五九七年

明石における『源氏物語』関連の記述（資料3-2）

通番	時代	資料名	記載内容	出典
1	正保年間	播磨国明石城図	源氏松	明石市立文化博物館所蔵 『明石城関連絵図資料集』 平成28年
2	正保年間	正保国絵図（写）	源氏松	国立公文書館内閣文庫所蔵
3	正保年間 （1644～48）	播磨国明石城絵図 （正保城絵図）	源氏松	国立公文書館内閣文庫所蔵
4	不　明	播州明石城図 （日本分国絵図）	源氏松	国立公文書館内閣文庫所蔵 『明石城関連絵図資料集Ⅲ』 平成30年。 「正保国絵図」と同一内容
5	大久保季任時代 （寛永16～慶安2／1639～1649）	播州明石城図 （図版Ｌ）	源氏松	国立公文書館内閣文庫蔵 『明石城関連絵図資料集Ⅲ』 平成30年
			忠度墓	
6	承応2年 （1653）	西山宗因 「播州下向道記」	光源氏松	小磯純子『俳諧と紀行文学研究と資料』 勉誠出版、2008年
7	藤井松平時代 （慶安2～延宝7／1649～79）	播州明石城図	源氏松	小田原市立図書館所蔵 『明石城関連絵図資料集Ⅲ』 平成30年
			平忠度塚	
8	寛文7（1667）	摂津名所地図 （図版Ｏ）	あさがおの池　光源氏詠歌 （「秋風に波や……」歌）	神戸市立中央図書館所蔵
			忠度塚　忠国の歌は明暦3年	
			光源氏月見の松	
			善楽寺（明石入道の碑、明暦3年忠国の歌）	
			無量光寺（光源氏が入ったときは左菜義宮の前、源氏が月をみて詠んだので月浦山）	

<table>
<tr><th>通番</th><th>時代</th><th>資料名</th><th>記載内容</th><th>出典</th></tr>
<tr><td rowspan="7">9</td><td rowspan="7">松平直明時代（天和2～元禄14／1682～1701）</td><td rowspan="7">猪名入江より加古川迄絵巻（図版Ｐ）</td><td>忠度塚　忠国の歌</td><td rowspan="7">長田神社所蔵</td></tr>
<tr><td>あさがおの池　光源氏詠歌（「秋風に波や……」歌）</td></tr>
<tr><td>善楽寺（明石入道の屋敷）</td></tr>
<tr><td>清盛塚</td></tr>
<tr><td>蔦の細道</td></tr>
<tr><td>明石入道の塚に明暦3年忠国の歌</td></tr>
<tr><td>松平若狭守領内是迄</td></tr>
<tr><td>10</td><td>元禄以前（1688以前）</td><td>明石城下（「諸国居城図」）（前田育徳会尊経閣文庫）蔵</td><td>源氏松</td><td>『明石城関連絵図資料集Ⅲ』平成30年</td></tr>
<tr><td>11</td><td>貞享4（1687）</td><td>井原西鶴「傘持つてもぬるる身」（『男色大鑑二』二条通（京）：山崎屋市兵衛, 貞享4[1687]）</td><td>朝顔寺（「秋風に波や」歌）</td><td>早稲田大学図書館所蔵、https://www.wul.waseda.ac.jp/kotenseki/html/he13/he13_01753/index.html</td></tr>
<tr><td>12</td><td>元禄2（1689）</td><td>井原西鶴「一目玉鉾巻四」</td><td>朝顔寺（「秋風に波や」歌）、赤松石塔</td><td>『定本西鶴全集　第9巻』中央公論社、昭和26年</td></tr>
<tr><td>13</td><td>元禄9～15年（1696～1702）</td><td>元禄国絵図</td><td>源氏松</td><td>国立公文書館内閣文庫所蔵</td></tr>
</table>

通番	時代	資料名	記載内容	出典
14	元禄末年（1700年ころ）	太田小左衛門「采邑私記」	天王神社（天王松、老松、今はなし）	東大史料編纂所所蔵
			善楽寺（平清盛の五輪塔、養和2年）	
			善楽寺（明石入道の碑）	
			無量光寺（源氏月見屋敷）	
			光明寺（源氏月見池、堀河百首に似た歌）	
			忠度墓	
			腕塚	
			中ノ庄村（佐奈義神社、伊弉諾尊か伊弉冉を勧請するか、何れの神か知らず）	
			二星邑	
			松本村（岡辺の宿はこの村。今なお旧跡あり、村の人は岡の屋形と称す。忠国の小碑あり）	
15	享保年間（1716～36）	金波斜陽	善楽寺（平清盛の五輪塔）	個人所蔵
			善楽寺（明石入道の碑）	
			無量光寺（源氏月見寺、岡ノ屋形に通う蔦の細道 - 津田の細江か）	
			光明寺（源氏月見池、堀河百首に似た歌、本堂巽の方、以前は本堂下）	
			忠度墓	
			腕塚	
			岩屋明神牛頭天王社前（光源氏月見松）	
			辻堂（明石入道草創、享保3年再興、明石入道の子孫の二星氏の支配）	
			岡の屋形（明石入道の別業の地、明石入道を奥殿という）	

通番	時代	資料名	記載内容	出典
16	享保年間（1716～36）	明石記	善楽寺（平清盛の五輪塔）	東大史料編纂所所蔵
			善楽寺（明石入道の碑）	
			無量光寺（旧は伊弉冉神社辺、源氏月見屋敷、源氏月見寺）	
			蔦の細道（津田ノ細江を誤るか）	
			光明寺（源氏月見池、光源氏詠歌額（詳細わからず、堀河百首大同小異、本堂巽の方、以前は本堂の下）	
			岩屋明神牛頭天王社前（老樹）	
			忠度墓	
			腕墳	
			岩屋明神牛頭天王社前南に光源氏月見松	
			テツカミ屋敷	
			源氏屋敷	
			辻堂（明石入道草創、享保3年再興、明石入道の子孫の二星氏の支配）	
			岡の屋形（明石入道の別業の地、明石入道を奥殿という）	
17	宝暦年間（1751～64）	「播磨諸所随筆」三木通識 延享５戌年（1748）	忠度墓	神戸大学附属図書館所蔵『校訂　播陽萬寶知恵袋　名跡之部』播磨史談会、大正七年
			腕塚	
			清盛石塔	
			岡辺の宿	
		「播州古所跡略説」宝暦6丙子年（1756）仲秋 喬木堂	善楽寺（平清盛の五輪塔、明石入道の碑）	
			岡辺の宿（里人は「岡のや」という）	
		「増補播陽里翁説」喬木堂	平忠度塚	
			清水村に和泉式部の石塔	

通番	時代	資料名	記載内容	出典
18	自序宝暦12年(1762)	平野庸脩『播磨鑑』	岩屋明神 (廓外六座、牛頭天王社)	歴史図書社『播磨鑑（全）』昭和50年
			忠度墓（忠国の小碑）	
			腕墳	
			善楽寺（平清盛の五輪塔）	
			善楽寺（明石入道の碑）	
			無量光寺（旧は伊弉冉神社辺、源氏月見屋敷、源氏月見寺）	
			光源氏月見松 (岩屋明神の坤牛頭天王社)	
			源氏屋敷 (光源氏の屋敷という)	
			蔦の細道 (津田ノ細江を誤るか)	
			テツカミ屋敷	
			槿の井 (城下にあり、源氏に出たるところ)	
			月見松 (光源氏月見、牛頭天王の少し南)	
			光明寺 (源氏月見池、光源氏詠歌額：詳細わからず、堀河百首大同小異、本堂巽の方、以前は本堂の下)	
			明石入道のこと (胡月抄にいわく…)	
			岡越の松 (光源氏岡の屋形へ通う道)	
			岡の屋形 (明石城下より1里15丁亥子の方、明石入道の別業、昔は四丁四方、今はわずかな森、岡の屋形を奥殿と称す、明石入道を奥殿入道という、忠国の歌)	
			恋橋（光源氏、岡の屋形の明石の上を想う云々）	
			辻堂 (明石入道草創、享保3年再興、明石入道の子孫の二星氏の支配、明石西本町札場より1里15丁、子の方)	
			槿の井 (城下の町裏、源氏に出たる所)	

通番	時代	資料名	記載内容	出典
19	松平但馬守直常 （元禄14～寛保3 1701～1743）	中国行程記	明石忠度塚石塔之由来	山口県文書館所蔵。 橘川真一『播磨の街道　「中国行程記」を歩く』 （神戸新聞総合出版センター、2004年）掲載、口絵写真。
			真宗光明寺（行平月見の池）	
20	文化元年 （1804）	秦（村上）石田編 中井藍江画 「播州名所巡覧図絵」	忠度墓 （昔、遺骸をおさめた後に松を植えたとか。大碑は梁田蛻巖吊文井序）	国立国会図書館所蔵
			腕塚	
			槿寺 （光明寺、光源氏の故事によりこの名あり、其の詳細は不明）	
			月山 （河口の西。この山の下を波戸崎といい明石の浦の景色はここが一番	
			牛頭天王社（岩屋社の廓外）	
			善楽寺 （平清盛の五輪塔、明石入道の碑）	
			無量光寺 （光源氏が月を弄んだので月見寺）	
			無量光寺の南に源氏屋敷	
			月見の松	
21	松平左兵衛督 （越前大野松平時代）	播州路道程書上	忠度塚	岡山大学池田文庫所蔵 明石民俗文化財調査団 『明石の宿場―「宿場と人々のくらし」―』 （平成29年3月）7頁所収
			朝顔光明寺 （月見の池、月見の松、「秋風に波や……」歌）	
			善楽寺（明石入道古跡五輪石塔、朝嵐・夕嵐という琵琶あり、松平山城守歌（明暦2年）	
22	天保9年 （1838）	天保国絵図	源氏松	国立公文書館所蔵
23	文久3年 （1863）	明石町旧全図	忠度ハカ	神戸市立中央図書館所蔵 『明石城関連絵図資料集Ⅱ』 平成29年
			月見池	

通番	時代	資料名	記載内容	出典
24		明石名勝略記	忠度塚（忠国の碑と蛻巖の碑）	国書データベース https://kokusho.nijl.ac.jp/biblio/100334922/2?ln=en 桜谷忍『明石郷土史料』（歴史図書社、昭和53年所収、215～221頁
			腕塚	
			両馬川	
			月山	
			善楽寺 （浜の館、源忠国朝臣は自詠歌を刻んだ明石入道の碑を寺内に建立）	
			無量光寺（光源氏月見の地ゆえ月見寺ともいう）	
			寺の南を源氏屋敷という	
			畑のなかにある松１本を月見の松とも源氏松ともいう、昔は塚だったが今は畑になって松だけ残っている	
			琴橋 （高津橋の古名。光源氏が浜の館から岡の辺の宿へ通うとき小川の流れに琴を橋にして渡ったという）	
			岡越の松 （琴橋の少し北、古松あり）	
			鬢か渕 （光源氏が岡の辺の宿に通うとき鬢をそそけて撫でた渕）この3ヶ所は城下よりおよそ1里	
			岡ノ屋形（松本村、源氏物語にいえる岡辺の宿）	
			岡の屋形跡に忠国が自詠歌とともに建てた碑あり。月影の光る君すむあととへば岡の屋かたにしげる蓬生	
			岡越松	
25	大正7年 （1918）	藤澤衛彦編 『日本伝記　明石の巻』	てつかみ屋敷、源氏屋敷、槿の井、光源氏月見松、平清盛の墓、明石入道の館、源氏月見寺、光源氏月見池、両馬川、忠度塚、源氏岡越の松、岡の屋形	日本伝説叢書刊行会

【注】宮本博編集『明石城関連絵図資料集』（明石葵会、平成28年）、宮本博編集『明石城関連絵図資料集Ⅱ』（明石葵会、平成29年）、宮本博編集『明石城関連絵図資料集Ⅲ』（明石葵会、平成30年）は編集者、出版社を省略

男色大鑑	猪名入江より加古川迄絵巻	采邑私記	明石記	播磨鑑	播州名所巡覧図絵
井原西鶴		太田小左衛門撰		平野庸脩	秦石田彙輯
貞享4（1687）	天和2～元禄14（1682～1701）	元禄末（1700年代初頭）	享保年間（1716～36）	宝暦12（1762）	享和3（1803）
	○ 歌あり	歌の記述なし。源氏物語明石巻に所謂入道の居は此の辺なり。故に此の挙有りと云ふ	○ 歌あり	○ 歌あり	明石入道の塚（絵）
		○	○	○	○
			○		○
	○		○ 津田の細江か	○ 津田の細江か	
	○		○	○	
○ 「秋風に波や…」歌紹介	○	○根拠伝えず、堀河院百首、顕季の槿の歌に大同小異	○	○	○ 光源氏の故事、つまびらかならず
		○	○	○	
	○	○	○	○	○

明石市内と神戸市西区松本の『源氏物語』と「忠度塚遺跡」を記述する文献（資料3-3）

	名称	場所	明石城郭之図	播州下向道記	摂津名所地図（図版○）	俳諧大句数
				西山宗因		井原西鶴
			大久保季任 時代 （1639～1649）	承応2 （1653）	寛文7 （1667）	延宝5 （1677）
1	浜の館（はまのたち）	法写山善楽寺 戒光院				
2	明石入道の碑	善楽寺戒光院			○ 歌あり	
3	光源氏 明石浦之浜之松	善楽寺戒光院				
4	源氏屋敷・源氏月見屋敷・源氏月見の寺	無量光寺				
5	源氏稲荷	無量光寺				
6	光源氏月見の松 源氏松	無量光寺				
7	蔦の細道	無量光寺 山門前の道				
8	光源氏　月見の松 白浪の松	岩屋神社 牛頭天王社南	○ 源氏月見松	○	○	
9	光源氏　月見の池	朝顔光明寺	○ 朝顔之池		○	○ 「秋風に波や…」 歌紹介
10	岡辺の宿・岡辺の家 岡辺の館	神戸市西区 櫨谷町松本				○「あかしの岡をくづす身代」
11	忠度塚		○ 平忠度之墓		○	

第一節　石碑建立の時期「明石入道の碑」

江戸時代、明石藩領だった地に、忠国は自詠歌《じえいか》を刻んだ「平忠度《たいらのただのり》の碑」「明石入道《あかしにゅうどう》の碑」「岡の屋形《やかた》の碑」と、三基の石碑を残したとされています。第一節では、「明石入道の碑」の建立時期について、資料をもとにたどっていきます。（資料3―1、3―2、3―3を参照してください）

いにしへの名のみのこりて有明《ありあけ》の　明石のうへのおやすみしあと

忠国が自詠歌を刻んだとされる「明石入道の碑」は、法寫山善楽寺戒光院《ほうしゃさんぜんらくじかいこういん》（以下、善楽寺、MAP4）にあります。本書で『忠国さんと『源氏物語』の謎を追う旅」を始めるきっかけとなったこの石碑は、いつ建立されたのでしょうか。

忠国が建立した三基の石碑のうち、「明石入道の碑」については、その建立時期を記載する史料が三点あります。

(A)神戸市立中央図書館所蔵「摂津名所地図」（図版O）
(B)長田神社所蔵「猪名入江《いないりえ》より加古川迄絵巻」（図版P）
(C)岡山大学附属図書館所蔵池田文庫「播州路道程書上」

です。

(A)は、猪名川河口《いながわ》（現在の尼崎市内）から明石まで、(B)は、猪名川河口（現在の尼崎市内）から加古川（現在の加古川市）までの西国街道《さいごくかいどう》沿いにある名所旧跡を歴史上の事柄、万葉集や古今和歌集など著名な和歌集に載っている和歌を網羅《もうら》しており、和歌愛好家が実際に現地を訪ね歩く際に活用しただろう道中絵巻で(A)と(B)はほぼ同じ内容です。

(C)は岡山藩が参勤交代《さんきんこうたい》の道中にある地名や名所、宿所など国元《くにもと》と江戸を往復するにあたって必要な事項を記したものなので、(C)だけ作成目的が異なります。

(A)の末尾には「寛文七年正月十六日」と記載されているので、作成されたのは寛文七年（一六六七）一月十六日とわかります。

(B)は作成年の記載がありませんが、「人丸《ひとまる》」の右下に延宝四年（一六七六）に第六代城主松平信之が再興した休天神《やすみてんじん》の絵と「度々御越砌《みぎり》御腰ニ掛候石有、あすかいとの縁起有（飛鳥井殿《あすかい》の縁起《えんぎ》によると、菅原道真《すがわらのみちざね》が度々お越しのときに腰かけられていたという石がある）」という謂《いわ》れ、藩領の境界にあたる場所に「松平若狭守《わかさのかみ》領内ここまで」との記載があり、「松平若狭守」が領主だった時代、すなわち越前大野から転封してきた松平若狭守直明《なおあきら》（一六五八～一七二一）が明石城主だった時代（一六八二～一七〇二）の作成と推測できます。

(C)も作成年代は判明しませんが「城主　松平佐兵衛督《さひょうえのかみ》」との記載がありますから「左兵衛督」という官名の松平直純《まつだいらなおすみ》が、第一〇代明石城主になった元禄十四年（一七〇一）から、第十四代斉韶《なりつぐ》が城主だった天保十一年（一八四〇）までの期間に作成、と判明します。

なお、(A)は「楠兵衛塚　積ル年明暦三年迄三百弐拾壱年ニ成」、「来迎寺　執政清盛開基　応保元年七月十三日より明暦三年迄凡四百九拾七年ニ成」の記述があることから、「明暦三年」に作成された絵巻を寛文七年に写した絵巻で、(B)は楠兵衛塚（楠木正成塚）や来迎寺（築嶋山清盛入道開基）の建立年に清盛石塔の建立年「弘安九年二月」を記載、そこから明暦三年までの期間を記述する点では(A)と共通していることから、作成された時期は(A)よりも十五年以上後になりますが、(A)と(B)が下敷きにしたもとの絵巻は明暦三年作成のものと考えられます。

資料に書かれた「石碑」の建立時期

忠国が建立した「明石入道の碑」について、(A)と(B)は「明暦三年ニ城主忠国公石碑を御立なされ、其御歌」と記述されていることから明暦三年（一六五七）だと考えられます。

(C)は善楽寺に関する記述で「明石入道古跡五輪石塔　朝嵐夕嵐ト云枇杷《びわ》有　右ノ枇杷《びわ》明暦二丙申年三月松平山城守歌ニ　いにしへの名のみ残りて有明のあかしのうへの親住みし跡」と記載されているので、明暦二年三月となり、(C)だと(A)や(B)よりも一年早い明暦二年の建立になります。

十干十二支と月まで記述する(C)ですが、この記述からは、朝嵐と夕嵐という銘の琵琶《びわ》（「枇杷《びわ》」

は「琵琶」のこと）を明暦二年に松平山城守が奉納したという意味にも解釈ができ、本来は「明暦二丙申年二月」と「松平山城守歌」との間に一行か二行あったはずの文言が書き写されず、抜けてしまっている可能性があること、加えて、大蔵谷村（明石城下の東側）にある忠度塚が、大路町近く（明石城下の西側）に、西樽屋《たるや》町と明石川の間に記載すべき善楽寺が、大蔵谷村の大倉八幡宮《はちまんぐう》よりも東側に記載されていることから、忠国の石碑建立を明暦二年とする根拠とするには、抵抗がある史料です。

そこで、ここでは、「明石入道の碑」建立時期を、明暦二年もしくは、同三年と推定するにとどめておこうと思います。

二つの絵巻比較。時代や目的で異なる描写

先に述べたように、(A)も(B)も明暦三年の絵巻を下敷きにしており、よく似た内容です。しかし、村名や一里塚《いちりづか》（主な街道に一里ごとに設置された塚）の位置、描かれる対象が異なっています。

全体の情報量は(B)の方が(A)よりも多いのですが、(A)にある情報が(B)にはなかったり、(B)の情報が(A)より簡素だったりします。

たとえば、(B)には前述したように休天神社《やすみてんじんしゃ》が描かれていますが、(A)では絵巻の最後に記載される

四項目の追加事項の一つとして、「大蔵谷村天神ノ社官相丞させんの時御こしかけられるにつき社のいわれ申由を伝候（大蔵谷村にある天神社には菅原道真が太宰府に左遷《させん》される道中に腰かけたと伝えられている）」と記載するにとどまり、絵巻のなかには天神社（休天神社）の絵は記載されていません。

これは(B)の作者が作成したときには存在した天神社が、(A)の作者が寛文七年に訪れたときにはまだ再興されていなかったからです。

このことから、この場所には天神社が再興されるよりも前から、菅原道真が太宰府《だざいふ》に左遷されるときに腰かけたという石があると伝えられていたこと、松平信之はその場所を選んで天神社を再興したことがわかります。

「石碑の建立は忠国」の記録を残す意図が読み取れる(A)「摂津名所地図」

(A)も(B)も、忠度塚についても描かれています。

忠度塚については、第二節で詳しく述べますが、(A)では、民家数軒の間に一本の松の木と五輪塔《ごりんとう》、数本の木の絵に「忠度最期所は摂州駒林ニ有、森長源八死骸を大蔵谷へ上ルト清水記ニ有候、大蔵谷忠度塚ノ上ノ石塔六拾年前ニ有之候、生駒甚介殿船上ニ城御取立ノ節退転仕候、明暦三年ニ城主忠国公石碑ヲ御立成され、その歌……（忠度が最期の場所は摂州駒林だが、森長源八がその遺骸を大蔵谷へ運んだと清水記に記されている。大蔵谷の忠度塚の上にある石塔は六〇年前にはあったが、生駒甚介が船上城主に取り立てられたときによそへ移されたという。明暦三年に城主忠国公が石碑をお立てになった。その歌は…）」と、その謂《いわ》れを詳しく記述しています。

船上城《ふなげじょう》（林ノ城）は、永禄年間（一五五八～七〇）に三木城別所氏の支城として築かれ、天正六年（一五七八）の三木合戦や羽柴秀吉の播磨国征圧を経て、同八年には蜂須賀正勝《はちすかまさかつ》が城主になっていますが、同十三年四月には、生駒甚介《いこまじんすけ》内八条弥助正次が金輪寺《こんりんじ》（明石市魚住町）に田地を寄進していますから、このころは生駒甚介が城主だったことがわかります。

生駒甚助は同十一年四月の賤ケ岳《しずがたけ》の戦いで小寺官兵衛（黒田孝高、通称 黒田官兵衛）や明石則実《のりざね》と五番備えを務めた豊臣秀吉の家臣です。

天正十三年には高山右近《うこん》が六万石で明石に入っていますから、生駒甚助が城主だったのはごく僅《わず》かな期間だったと思われます。寛文七年もしくは明暦三年の時点で、このような事情を入手できる人物はかなり限定されるでしょう。

この記述から(A)の作者は、明石藩の関係者で、豊臣秀吉時代の明石地域の事情に通じていた人物か、そのような人物から情報を得ていた人物で、忠国が石碑を建立した意図や、自詠の和歌を刻んだ石碑を建立したのは忠国だということを記録に残すという意図を込めて、この道中絵巻を作成した可能性を指摘できます。

一方、(A)の記述に対して、(B)の忠度塚の記述では、松の木一本と、忠国が詠んだ歌を記す簡単な描写にとどまっています。これは、あえて記録に残す意図が無かったのか、忠度塚に忠国が建立した石碑があることが当たり前で、疑問に感じない時代になっていたからなのでしょう。

絵巻に描かれ始める『源氏物語』ゆかりの地(B)「猪名入江より加古川迄絵巻」

善楽寺と「明石入道の碑」の場合は、(A)が多くの松の木に囲まれて建つ善楽寺と、五輪塔の絵に「明石入道之御座所、善楽寺ニ石塔これあり。寺号山号共に入道のつけられ候由、又、明暦三年に忠国公石碑を御立なされ、その御歌、いにしへの名のみのこりて有明の　明石のうへのおやすみしあと」の文言が記載されています。

善楽寺の開基《かいき》は明石入道で、寺号山号ともに明石入道がつけたもの、明暦三年に忠国が石碑を建立したという説明です。

それが(B)の「猪名入江より加古川迄絵巻」になると、五輪塔と笠付《かさづけ》方形型の碑を四角で囲んだ絵の周りに「明石入道屋敷の由、この内、平清盛公塚有、明石入道塚有、源氏通のつたほそ通有、明石入道ノ塚ニ松平山城守殿詠歌有、いにしへの名のみのこりて有明のあかしのうへのおやすみし跡　松平山城守源忠国公詠なり（明石入道の屋敷だった由。平清盛の塚と明石入道の塚があり、光源氏が明石の君の所に通うために通ったという蔦の細道がある、明石入道の塚の上には松平山城守忠国が詠んだ歌がある）」という記述に変化しています。

善楽寺には『源氏物語』に由来する明石入道の塚や石碑、蔦《つた》の細道があるということに関心が移っています。現時点では、(B)の絵巻が「蔦の細道」を記載する最も古い文献になります。

「蔦の細道」に関する話は後述するとして、ここでは作成年代や作成者の関心の違いから、下敷きにした史料は同じでも、そこに追加する情報が異なり、(A)の絵巻は忠国が石碑を建立した年や経緯を重視、(B)の絵巻は忠国が石碑を建立したことによって明石には『源氏物語』ゆかりの史跡があることを重視していたことがわかると指摘するにとどめます。

第二節　石碑建立の時期「平忠度《たいらのただのり》の碑」

第二節では、忠国が建立したとされる石碑「平忠度の碑」の建立時期について、資料をもとにたどっていきます。（資料3―1，3―2，3―3を参照してください）

今もたゝのりのしるしにのこる石の　こけにきさめる名のミ朽ちせす

忠国が建立したとされる「平忠度の碑」は、忠度塚（平忠度の墓、MAP18）にあります。住宅地の中に建つ忠度塚は、地元の人たちによって大切に守られてきました。平成七年（一九九五）の阪神・淡路大震災で被災後も、有志によって再建されています。

平忠度とは

「忠度塚」は、平安時代の平家一門の武将、平忠盛《たいらのただもり》の六男で平清盛の弟だった平薩摩守忠度（一一四四～一一八四）を祀《まつ》っています。

忠度に関する史料は少なく実像は判明しません。それなのに、忠度の名前が有名なのは、平家都落ち直前の寿永二年（一一八三）に後白河院《ごしらかわいん》の下命を受けて、藤原俊成《としなり》が撰《せん》にあたり、源平争乱終結の翌年、文治四年（一一八八）に編纂《へんさん》された勅撰和歌集『千載集《せんざいしゅう》』に、朝敵となったために「読み人しらず」として忠度の歌が採られたことに、端《たん》を発しています。

読本「平家物語」や「源平盛衰記」をはじめ、能・歌舞伎・浄瑠璃《じょうるり》などの演目では、いったん都を離れたものの、自分の歌を勅撰和歌集に入れてほしいと京都五条の藤原俊成《ふじわらのとしなり》邸を訪ねた忠度が、敗走する途中の駒ケ林《こまがばやし》（現神戸市長田区）で、源氏方の岡辺六弥太《おかべろくやた》に追いつかれた場面が描かれています。

六弥太は、相手が誰かわからないまま（敵であるとしかわからないまま）右腕を切り落とし、首を切ったあとで、箙《えびら》に結びつけられていた歌から、相手は武人として歌人として有名な平忠度だったことを知ります。（この故事から、忠度の腕を祀る腕塚《うでつか》神社があり、地元の腕塚自治会がお守りしています）

現在の忠度塚にある「旅宿《りょしゅく》の花」碑は、この箙に結びつけられていた「旅宿の花」と題する歌、

行《ゆき》くれて木《こ》の下かげをやどとせば　花やこよひのあるじまらなし

を刻んだものです。

室町時代に活躍した世阿弥（一三六三？〜一四四三？）の作品「忠度」は、俊成没後に出家した家来が、西国行脚《あんぎゃ》をしたところから始まります。

須磨の浦の一本の桜の木が立っている場所に辿り着いた僧は、汐汲《しお》みの老人が「ある人の亡き跡のしるしの木」である「ひと木の桜」に立ち寄って弔いの花を添える場面に出くわします。

その老人に一夜の宿を乞《こ》うと、老人はこの桜の下ほど良い宿はないといい、平忠度ゆかりの地であると説明をします。

桜の下で夜を明かす僧の夢枕に若武者の亡霊が現れて、俊成の子である藤原定家に「読み人知らず」とある歌に作者名をいれるよう訴え、自分は「あても無く行くうちに日も暮れて、もし木の下に宿をとるとするならば、桜の花が今宵の私を招いてくれる宿の主人となるでしょう」という歌を残した忠度の霊であるとほのめかし、忠度の弔いを頼んで消え去っていきます。

「旅宿の花」の「花」は桜を指し、桜の木は「ある人の亡き跡の印の木」を意味していることがわかります。現在の忠度塚の向かって右手に桜の木があり、左手奥に「旅宿の花」碑があるのは、この世阿弥の作品に拠っているのでしょう。

ただ、江戸時代の資料には、忠度塚に「旅宿の花」碑や桜の木はありません。

資料からみる忠度塚の歴史

宝暦八年（一七五八）成立の喬木堂《きょうぼくどう》「増補播陽里翁説《ぞうほばんようりおうせつ》」には「田地の中に平家忠度の塚あり、印に松樹しけり」（神戸大学附属図書館所蔵、天川友親編「播陽萬寳智恵袋」（宝暦一一年～）所収）と記しています。文久三年（一八六三）作成「明石町全図」（神戸市立中央図書館所蔵）には、「リヨバ川」の西に「ウデヅカ町」「タダノリ町」との町名や墓の横に松の木が三本立つ「忠度」が記載され、この絵図と同じ構図の「明石之図」（神戸市立博物館蔵）には、墓の横に松の木二本が立つ「忠ノリ塚」の絵が描かれています。

忠国が碑を建立したあとの忠度塚は、松と五輪塔、忠国の碑で構成されていました。

忠度塚には明石藩の高名な儒学者 梁田蛻巌《やなだぜいがん》の碑も

現在の忠度塚には、二つの古い墓石の後ろに、蛻巌が忠度塚について記した文言を刻んだ、立派な碑が立っています（平成七年／一九九五建立）が、この碑も後世のものです。

明石藩の儒学者だった梁田蛻巖（一六七二〜一七五七）の碑があるのは、忠度塚についての記述を残しているからです。

梁田象水《しょうすい》編『蛻巖集』（寛保二年／一七四二）には、忠国は延宝年間（一六七三〜八一）に忠度塚を創立したが、その後、荒廃して荒れ果てていたので、寛保二年（一七四二）に明石城主・松平直常（一六七九〜一七四四）の命により修覆、周囲に垣を巡らせた、とあります。

現在の忠度塚が垣でしっかりと囲まれているのは、このときに整備されたからなのでしょう。

梁田蛻巖の記録によると、忠国は万治二年（一六五九）に亡くなっているので、時代が合わなくなってしまいます。今後の研究が待たれるところです。

「明石に過ぎたるもの」といわれるほどの大学者 蛻巖は、その二百回忌を記念して梁田邦治氏より「梁田景徳館文庫」図書群一千冊が明石市に寄贈され、本立寺にて保管されています。

また、同寺には、蛻巖の墓を中心に代々の墓もあります。

忠度塚に現存する手水鉢《てみず》に刻まれた年

話を蜕巌の碑建立前の忠度墓のようすに、戻しましょう。

江戸時代は蜕巌の碑があった場所に、松平忠国が立てた碑、その前に大久保季任《すえとう》時代には既にあった五輪塔があったと思われます。

現在、忠度塚の一角には「正保三年（一六四六）十二月吉日 奉寄進 十二月吉日」と刻まれた手水鉢があります。

手水鉢は正保三年（一六四六）十二月吉日に、寄進されたものだという証拠です。残念ながら、寄進者の名前は判明しませんが、慶安二年（一六四九）に忠国が第五代明石城主になる前、第四代明石城主である大久保季任（一六〇四～一六七〇、一六三九～一六四九まで第四代明石城主）時代に既に、忠度墓は現在地にあったことを示しています。

また、大久保時代に作成された「播州明石城絵図」（小田原市立図書館所蔵、図版L）では、現在の忠度墓の場所は「養託寺《ようたくじ》」という大久保氏ゆかりの寺の名前、その西側に「忠度墓」と記載されていて、現在地とは若干異なりますが、同じく大久保時代のものと考えられている「明石城郭之図」（鍋島報效会所蔵）には、現在地に「平忠度之墓」との記載があります。

明暦三年、すでに存在していた忠度墓に、忠国は自詠歌を刻み石碑を建立

第一節で述べたように、寛文七年（一六六七）一月十六日の日付がある「摂津名所地図」（神戸

市立中央図書館所蔵、図版○）にも明暦三年（一六五七）に城主の松平忠国が石碑を立てて、「今もた丶のりのしるしにのこる石の　こけにきさめる名のミくちせす」と詠んだと記されています。

この記述から、忠国は明暦三年に、すでに忠度墓として石碑や松の木があったところに、自詠歌を刻んだ碑を立てたことが判明します。

忠国が詠んだという歌には、「摂津名所地図」に記載されている歌以外に、

いまもたたのりのしるしにのこる石の苔にきさめる名のミくちせす

「明石記」、享保年間（一七一六～三六）

今もた丶法のしるしに残る石の苔に刻める名のみ朽ちせす

平野庸脩『播磨鑑《はりまかがみ》』自序／宝暦十二年（一七六二）、歴史図書社、昭和五五年

今はただのりのしるしとのこる石のこけにきざめる名こそ朽ちせね

神戸大学附属図書館所蔵、喬木堂「増補播陽里翁説」宝暦八年（一七五八）、天川友親編「播陽萬寶智恵袋」（宝暦二年～）所収

今ハただのりのしるしに残る名《な》のこけにきざめる名こそ朽ちせね

秦（村上）石田編・中井藍江画「播州名所巡覧図絵」文化元年（一八〇四）

など、いろんなバージョンがあります。

これらは筆写時の誤記などによるのでしょう。「播州名所巡覧図絵《ばんしゅうめいしょじゅんらんずえ》」だけが復刻版も含めて、「残る石」を「残る名」にしています。

「今も」や「朽《く》ちせす」の箇所も小異がありますが、ここでは「残る名」ではなく「残る石」が本来の文句であることを指摘しておきます。

そして、「摂津名所地図」の内容から、一六六〇年代には、忠度が亡くなった場所は駒ヶ林、その遺骸が大蔵谷に運ばれて塚が作られたと理解されていたこと、そして、「両馬川《りょうまがわ》の戦い」で敗れた忠度を祀《まつ》るとか、このときに切り落とされた右腕を祀るという話はなかったことがわかります。

「播磨鑑」で生まれたか。明石の独自解釈「両馬川の戦い」

平忠度が岡辺六弥太に敗れたのは一ノ谷の戦いで、駒ヶ林で落命しているはずであるのに、明石では、読本の「平家物語」にも、謡曲の「忠度」や「俊成忠度」にもない「両馬川の戦い」で敗れたことになるのは、「播磨鑑《はりまかがみ》」の「大蔵谷」の項で「両馬川ト云　忠度　六弥太此所ニテ組討」と記載する宝暦年間（一七五一～一七六四）以降だと思われます。

現在では、両馬川説を謡曲「忠度」において「六弥太やがてむずと組み両馬が間にどうと落ち」と語られている部分の「両馬が間」を「両馬川」だと拡大解釈したからだと、言われています。

両馬川説は江戸時代からみられるものですが、忠国が碑を建立したときにはなかったと理解すべきでしょう。

日常に溶け込み親しみ続けられている現在の「忠度」

江戸時代の道中日記を読んでいると、西国巡礼や伊勢参宮などをする人たちは、読本の「平家物語」や謡曲「忠度」、「俊成忠度」などで「平忠度」が有名なことや、立地条件の良さも手伝って、忠度塚は人丸神社とセットで参拝ルートになっていることがわかります。

「名葦探杖《めいいたんじょう》巻之十」（井上元徳『摂津徴書所収』安永七年／一七七八）は、「忠度塚ハ明石にある事衆人の知る所也」と、駒ヶ林よりも明石の忠度墓が有名だと記しています。

衣斐蓋子《えびがいし》が延宝八年（一六八〇）に著した「海瀕舟行図《かいひんしゅうこうず》　上巻」（神戸市立中央図書館所蔵）には、「薩摩守忠則」と横書きされた五輪塔と「ウデヅカ」の記載があり、このころまでに「腕塚」も祀られていたことがわかります。安政六年（一八五九）以降に作成されたと思われる「播磨国明石図」（聖心女子大学図書館所蔵）には、「腕塚町　塚アリ」や「忠度町　塚アリ」の記載があります。忠度塚があることに因んで「忠度町」や「腕塚町」という地名ができたようです。

明石市には、「忠度町」という町名や「忠度公園」という、地元の子どもたちが幼いころから毎日のように遊ぶ住宅地内の小さな公園があります。

このことにより、平薩摩守忠度が、いつ何をした人物なのか、なぜ有名なのか、なぜ明石に墓（塚）があるのか、その由緒を知らなくても、私たちは「忠度」を「ただのり」と読むことができるのです。

忠国が自詠歌を刻んだ忠度塚の碑を立てたのは、武士として文学を嗜《たしな》む者として、忠度の優れた歌人であり、武人としても称賛される文武二道という人物像に引き寄せられるものがあったからなのかも知れません。

そして、まさに、

「今もたゝのりのしるしにのこる石の　こけにきさめる名のミくちせす」

忠度の名前は朽《く》ちることはなく、今に受け継がれています。

第三節　「明石入道の碑」の謎をたどる

第一節では、善楽寺に建立されている一基の石碑「明石入道の碑」が、いつ建立されたのかをたどってみました。第三節では、なぜ善楽寺に建てたのか、歌にはどんな意味が込められているのかなど、いくつかの謎をたどっていきます。（資料3―1，3―2，3―3を参照してください）

忠国が石碑を建立する前から『源氏物語』ゆかりの地　岩屋神社

「天王松」――「源氏松」――「光源氏月見松」

大久保季任《すえとう》時代（第四代明石城主）に幕府の命によって作成された正保元年（一六四四）作成「播磨国明石城絵図《はりまのくにあかしじょうえず》（正保城絵図《しょうほうしろえず》）」（国立公文書館所蔵、図版M）や、「正保国絵図《しょうほうくにえず》」には「源氏松」との文言があり、「播州明石城図《ばんしゅうあかしじょうず》」（小田原市立中央図書館所蔵岩瀬家文書、図版L）や「明石城郭之図」には岩屋《いわや》神社の南側あたりに、一本の立派な松の絵が描かれて「源氏月見松」と記載されています。

忠国と親交のあった連歌《れんが》師の西山宗因（一六〇五～一六八〇）も、承応二年（一六五三）に津山（岡山県）にある寂澄寺（現青木山寂静院聖徳寺）を訪問したときの紀行文「播州下向道記《ばんしゅうげこうみちのき》」において、

「かの浦にあかりて名にしおふ光源氏の君の月見の松の陰にまとゐす（明石の浦に上陸して、有名な光源氏の月見の松の陰で団らんをした）」と記しています。

これは、明石には忠国が「明石入道の碑」を建立したとされる明暦三年（一六五七）よりも前に、岩屋神社の南側あたりに「源氏松」や「光源氏月見松」という『源氏物語』にゆかりのある場所があったことを示しています。

この「源氏松」の場所を享保四年（一七一九）成立の地誌「明石記」は、「岩屋明神之坤牛頭天王之社前南ニ有」、「正保二年ノ古絵図ニ光源氏月見ノ松ノアト此所也」と記しています。

牛頭《ごず》天王社は岩屋神社の廓外六座（境内の外の六つの神）の一つで、地誌「金波斜陽《きんばしゃよう》」は、「本社の坤《ひつじさる》の方、松原の中に有」と記しています。

また、「岩屋明神社地境裁許《いわやみょうじんしゃちさかいさいきょ》の絵図面《えずめん》」（岩屋神社所蔵、寛政十二年作成、嘉永六年写）（図版Q）には、岩屋神社の境内から南西方向、浄行寺《じょうぎょうじ》から真っ直ぐ南に下ったところに鳥居と「牛頭天王社」が描かれています。

岩屋神社の敷地内だったこの場所は、今は官有地になっていて、その一角に高さ約五〇cm、幅約六〇cm、奥行き約四五cmほどの石が置かれています。「神社があったことを示すものだから、動かしたらあかん」との言い伝えがあると地元の人が教えてくれました。

伊弉冊《いざなみ》神社には牛頭天王社から移された「牛頭天王社」と彫られた手水鉢《てみず》が残されています。元治元年（一八六四）に奉納されたものです。（MAP3）

藤井松平時代の絵図「播州明石之城図《ばんしゅうあかしのじょうず》」（兵庫県立歴史博物館所蔵、図版N）では、牛頭天王社の辺り一帯は「雑木林」となっています。

地誌「采邑私記《さいゆうしき》」は岩屋神社の項に、「前浜に老松樹有り。甚だ大にして天王松と称す。今は亡し」と記しています。「播磨国明石城絵図《はりまのくにあかしじょうえず》（正保城絵図《しょうほうしろえず》）」（図版M）では大きな古い松の木が一本だけ立っているように描かれていますが、実際には樹齢の異なる松の木がたくさん植えられていたようです。

これらの資料から、その松林のなかに牛頭天王社はあり、その南側に立っているがゆえに「天王松」と呼ばれていた老松を、季任が明石城主だった時代には、「源氏松」とも呼ばれていたのだと推測できます。

宗因は、この場所で宴《うたげ》を楽しんだのでしょう。

「播州名所巡覧図絵」（秦石田／彙輯、藍江／画、享和／一八〇三序）の月山《つきやま》（築山《つきやま》）の項には、

凡、明石の浦の景色は此所より見るを第一とす。東に五畿内、紀伊、芳野、金剛山、生駒は雲に聳へ、西は四国小島、南に淡路、つゞきて、大和島、をのころしま、ここにみる所、他にまされり。海上瀬戸の間、松尾崎へは僅かに十八丁にして、眺望の咽喉なり。旅人、忘れて過ぐるべからず

と、紹介されています。

ここには日中の景色の良さしか紹介されていませんが、岩屋神社の南方からの夜景は最高に素晴らしく（MAP1）、他の追随を許しません。光源氏が八月十三夜の月を楽しんだのは、この源氏松のあるあたりだったと、宗因や江戸時代の人たちが考えたのは無理からぬことです。

この老樹は元禄年間には倒木したのか無くなってしまっているようですが、「岩屋神社御国印覚《ごこくいんおぼえ》」（岩屋神社所蔵）には「境内之松ハ寛文三年卯ノ二月ニ御公儀より仰せ付けられ、松苗下され、惣氏子中として植申候（境内の松は寛文三年／一六六三に幕府からの仰せ付があり、松苗が下されたので惣氏子中で植えました）」との記載があります。

現在、岩屋神社の境内に植えられている「光源氏月見松」の先代は、このときに植樹された松だったかもしれません。「源氏松」は、その後の「元禄国絵図」、「天保国絵図」にも同じ場所に描かれています。

『源氏物語』には、明石の君が手にしていた明石入道からの手紙を見た光源氏が、明石入道のことを「明石の岩屋の」と言っている場面があります。

岩屋神社は明石藩の鎮守神です。『源氏物語』ゆかりの場所たるにピッタリの場所です。忠国は、この地を光源氏の仮住まいと想定していたと考えていたことでしょう。

けれども、忠国はここに、〝光源氏が仮住まいした源氏屋敷跡と記す自詠歌を刻んだ石碑〟は建立していません。なぜでしょうか。

「明石入道の碑」建立の選定場所としての善楽寺

忠国が石碑を建立した場所は善楽寺です。歌に詠んだのは、「明石のうへのおや」＝明石入道です。忠国の関心は光源氏にではなく、明石入道にあったことがわかります。

『源氏物語』は明石入道を「勤行をして後世を念ずるにふさわしい山水のほとりに立派な御堂を建てて念仏三昧に勤める」生活をしていて、心の中では美しい源氏を始終見ていたくてたまらないのだけれども、ずっと離れた仮屋建てに詰めていて、光源氏のいる所へは、入道自身すら遠慮をしてあまり近づかない生活をしていると描いています。

「光源氏のいる所へは、遠慮して近づかない」つまり、忠国が光源氏の仮住まいと想定していた岩屋神社からは離れた場所にあって、しかも、創建時期を大化年間（六四五〜六五〇）にまで遡《さかのぼ》れる善楽寺は、明石入道が住んでいた館跡《やかたあと》とするに適しているとの判断だったのでしょう。

忠国が「明石入道の碑」を善楽寺の境内に建立したのは、『源氏物語』で描かれた地理的環境が似通っている場所だったのが最大の理由だと思われますが、もう一つ、善楽寺でなければならない大きな理由があったと考えられます。

平清盛（一一一八〜一一八一）を供養する五輪塔です。

「明石入道」にたとえられた平清盛

藤原道長や『源氏物語』を先例や規範として仰いだ清盛

善楽寺にある平清盛の供養塔は、「明石入道の碑」の少し西側にあります。

高さ三・六mもあるという大きな五輪塔は、清盛が播磨守だったときに焼失していた善楽寺のすべての堂塔伽藍《どうとうがらん》を再興、念持佛《ねんじぶつ》であった木造の地蔵尊と寺領《じりょう》五百石を寄進していたことから、清盛がなくなった翌養和二年（一一八二）に建立されたものです。

平清盛は祖父の正盛や父の忠盛が院の近臣として蓄えた政治力や経済力を背景にして、中央政界に地位を得、三五才で平氏の棟梁《とうりょう》になります。

保元の乱（保元元／一一五六）では後白河天皇側について勝利を治め、平治の乱（平治元／一一五九）で源義朝を破って軍事権門《ぐんじけんもん》の地位を確立します。安芸守《あきのかみ》時代に瀬戸内海の制海権を掌握、播磨守時代に摂津の西端から播磨東部の内陸部に至る広大な領域を領有して富を蓄積、四九歳のときに太政大臣になります。

病気で出家しますが回復すると、福原に雪見御所《ゆきみのごしょ》を造営、全国に五〇〇の荘園を有し、日宋貿易を拡大して莫大な富を得ていたこの時期、平家の氏神として深く信仰していた航海の神を祀る厳島《いつくしま》神社を整備（寝殿造りの社殿造営）。雪見御所には後白河院が訪れ、娘の徳子を高倉天皇に入内させるなど、清盛の全盛期を迎えます。

清盛全盛時代の安元二年（一一七六）三月に、後白河院の五十賀《ごじゅうのが》では青海波の舞を上演し、盛大に行ったことは、第二章第一節で述べたとおりですが、同年七月ころから後白河院をはじめとする院政勢力との対立が強まります。

治承三年（一一七九）には政変をおこして、後白河院を鳥羽殿に幽閉《ゆうへい》、翌年には高倉天皇が譲位、徳子（清盛の娘、高倉天皇の皇后）の産んだ皇子が即位（安徳天皇）した二年後、清盛は六三才で病死します。壇ノ浦で平氏が滅亡するのは、それから四年後の元暦二年（一一八五）です。

このように、出家して入道になって以後も政界から引退せず平家一門の棟梁であり、武士の第一人者として朝廷の軍事力・警察力を掌握して武家政権樹立の基礎を作った清盛が、先例や規範として仰いだのが摂関時代の藤原道長であり、『源氏物語』でした。

道長が書籍や香料、流璃壺《るりつぼ》など最高級の唐物を帝に献上したように、清盛は日宋貿易で得た舶来品の書籍を献上しました。舶来の文物所蔵が権威・権力の象徴となる最初です。

播磨守時代に財産を蓄積して、後白河院のために蓮華王院を造営したり、雪見御所で歓待したり、後白河院に尽くす姿や、自身は福原に住居しても妻と娘の徳子は京都に住まわせて、娘の教育環境を整えて徳子を入内させたこと、太政大臣にまで昇進、後白河院の五十賀で青海波の舞を上演などは、『源氏物語』の明石入道や光源氏の姿と似ています。

清盛を明石入道に、徳子を明石の君になぞらえた後白河院

後白河院（一一二七～一一九二）が命じて作らせたものに、「彦火々出見尊絵巻《ひこほほでみそんえまき》」があります。「彦火々出見尊絵巻」は、兄の釣り針を借りて海に行った弟が、その針を無くして兄に責められ、針を探しに龍宮へ向かう、という日本神話のなかでも有名な『日本書紀』にある「海彦山彦」の神話を絵巻化しています。

「彦火々出見尊絵巻」の内容は、皇祖神である彦火々出見尊《ひこほほでみのみこと》（弟の尊）が、龍王の力によって火闌降命《ほのすそりのみこと》（兄の尊）を屈服させるというもので、弟の尊が龍王の一族と婚姻関係を結んで海の神がもつ呪力を手中にしたことに重点がおかれています。

つまり、保元《ほうげん》の乱で兄の崇徳《すとく》天皇側に勝利した後白河《ごしらかわ》天皇が、崇徳天皇の皇統ではなく、後白河から高倉天皇、安徳天皇へとつながる皇統の正統性を示す意図を持って作成されたもので、平清盛という人物の武力によって支えられていることを自覚していた後白河院が、表向きは清盛と、徳子《とくし》入内を祝うという体裁をとっています。

なお、この時代にはすでに『源氏物語』研究者から、「海彦山彦」説話は、『源氏物語』の明石の君と光源氏との関係を描く準拠となっていると解釈されています。後白河院は清盛を明石入道に、徳子を明石の君になぞらえていた作品とも、解釈できます。

この絵巻の原本は、明暦三年の大火で焼失しましたが、小浜藩主で老中だった酒井忠勝が、将軍家光に献上する前に写しをつくって、国元で保管させていたものが現存しています。

忠国がこの絵巻を忠勝から見せてもらっていたかどうか、忠勝や忠国が、この絵巻は平清盛と徳子が明石入道一族になぞらえられていると解釈していたかどうかはわかりません。

でも、『源氏物語』が政治権力のせめぎ合いの道具として使用されていたことを知っていた忠勝や忠国は、清盛と後白河院の関係は、相対化すれば江戸幕府初期の朝幕《ちょうばく》関係と同じだということに気がついていたでしょう。そして、これほどまでに栄華を極めた平家が、平清盛の没後五年で滅亡した話に無関心だったとは思えません。

江戸屋敷に滅亡した豊臣系の金箔瓦や装飾部材を転用した茶室を作っていた忠国です。豊臣が誇ったきらびやかな装飾部材を見ながら、自らの戒めとしていたことでしょう。

◇　◇

善楽寺に石碑を建てたのは、明暦三年（一六五七）、江戸大火で江戸屋敷が焼失した年です。

慶安元年（一六四八）には丹波福知山藩の稲葉騒動、同四年の慶安の変、同五年の承応の変（崇徳院＝秀忠の正室の二七回忌が増上寺で営まれるのを利用して、浪人たちが放火をして幕府老中たちを打ち取ろうとした）と、次々と難局が襲います。

『諸行無常の響きあり、おごれるものも久しからず』

徳川将軍家が統治するこの体制も、決して安泰ではないだろう――

そんな警鐘も込めて、平清盛の供養塔がある善楽寺に、「明石入道の碑」を建立したのかもしれません。

「明石入道」と単刀直入に詠まず、かつて『源氏物語』の明石入道と同じ播磨守として、明石地域の発展に尽くした実在する人物・平清盛の痕跡《こんせき》を残そうとしたのかもしれません。

京都五条の夕顔の墓と忠国の「明石入道の碑」の違い

物語なのに、なぜ、「夕顔の墓」があるのか

京都市下京区堺町通松原上る西側（下京区夕顔町）には、「夕顔の墓」として知られている場所があります。現在は民家の敷地内にあってみることはできませんが、室町期に建立されたと思われる宝篋印塔《ほうきょういんとう》があり、これが『源氏物語』に登場する「夕顔」（第四帖）に由来する「夕顔の墓」として有名になって、町名にもなったといわれています。

夕顔の墓が初めて文献に登場するのは寛文五年（一六六五）ですが、その少し前の万治元年（一六五八）には「夕顔社」という夕顔を祭神とする社が「源氏物語に登場する夕顔のことだろうか」という噂話《うわさ》が、山本泰順『洛陽名所集』巻之一（『新修京都叢書11』臨川書店、一九七四年）に取り上げられています。

「夕顔の墓」と「夕顔社」との関係は定かではありませんが、どちらも『源氏物語』に登場する夕顔という女性にゆかりのあるものと捉《とら》えられています。

忠国の没年は万治二年（一六五九）ですから、少しばかり時代が重なります。夕顔の墓は、忠国京都屋敷（現、大丸京都店錦通側）から南に真っ直ぐ七〇〇mほど下ったところにあります。

忠国は室町期のものと推定される夕顔の墓（宝篋印塔）や、その由来を知っていたでしょうし、八条宮家のサロンでも話題になっていたでしょう。

虚構の現実化を否定する八条宮サロン

明石城主である忠国が、この話に触発されて明石の地に『源氏物語』にゆかりのある「明石入道の碑」を建立したのではないか、と思ってしまう話ですが、忠国が発行に携わった『百椿図《ひゃくちんず》』（図版A）に賛を記している北村季吟《きたむらきぎん》（一六二四～一七〇五）は、「菟芸泥赴《つぎねふ》」（貞享元年／一六八六）で、「夕顔の墓」に一定の理解を示しつつ、虚構の人物が「現実」の世界に生きていた痕跡があるはずはない、と明確に否定しています。

黒川道祐『雍州府志《ようしゅうふし》』巻二「神社門上　愛宕郡」（貞享三年／一六八六刊）では、『源氏物語』は虚構だけれども実際にあった出来事をもとにしていることから、その墓は、もともと五条に住んでいた「夕顔」という女性を指すのではないか、という中世以来の準拠説に基づいた考え方が示されています。これは、四辻善成《よつつじよしなり》『河海抄《かかいしょう》』（貞治元年／一三六二ころ）の「京都の名跡など**準拠なき事一時もなき也**」（『紫明抄・河海抄』角川書店、一九六七年）を踏まえた考え方です。

この夕顔の墓をめぐる話は、八条宮家のサロンに参加して、『源氏物語』に対する中世以来の正統な古典文学としての知識を深めていた忠国が、実在しない人物が現実に存在したかのような痕跡を残す石碑を建立することは有り得ない、ということを示しています。

つまり、

①忠国が光源氏の仮住まい跡＝「源氏屋敷跡」だと仄《ほの》めかす石碑を建立しなかったのは、光源氏が現実に生きていた痕跡《こんせき》がない虚構の人物だったこと

②善楽寺の境内に「明石入道の碑」を建立したのは、そこが『源氏物語』に登場する「明石入道」を彷彿《ほうふつ》させる実在の人物（平清盛）に関係が深い場所だったから、と考えることができるでしょう。

そして、そのような人物が、明石にはいたという痕跡を残しておきたいという衝動にかられて、善楽寺に「明石入道の碑」を建てたのではないでしょうか。

忠国は石碑に
　いにしへの名のみ残りてありあけの　明石のうへのおやすみしあと
と、かつて「明石のうへのおや」とよばれた人が住んでいたという実在する「場所」を詠んでいます。そして、「忠度塚の碑」の歌は、実在した「忠度」のことを詠んでいます。

石碑は、歌碑なのか

石碑が「歌碑」と受け止められたのは、そこに自詠の和歌が刻まれたとされているからです。先に見てきた二点の絵巻「摂津名所地図」（図版O）、「猪名入江《いないりえ》より加古川迄絵巻」（図版P）が「忠国の詠んだ歌を刻んだ石碑」としか記していないのは、碑には歌しか彫られていなかったことを示しています。忠国の歌以外のものはなにも彫られていなかったがゆえに、建立年も建立の意図もわからなくなってしまったのでしょう。この時代、和歌には表向きの意味と裏の意味があるという考え方がありました。

それは、柿本人麻呂の歌とされていた「ほのぼのと明石の浦の朝霧に島隠れゆく舟をしぞ思ふ」という歌にもみられます。

表向きは明石から播磨灘の方向に見えなくなっていく旅人を見送る歌だけれども、その裏には、亡くなった人を乗せて西国浄土に向う船が見えなくなっていく歌だという意味があるという考え方です。

忠国が「明石のうへのおや」と表現したのは、表向きは『源氏物語』に登場する明石入道を、その裏には、その明石入道のように「明石地域の領主として名前だけを残している人物」を想定したからではないでしょうか。

慶安三年（一六五〇）に高槻城主永井直清が建立した平安時代中期の歌人・能因法師《のういんほうし》の顕彰碑《けんしょうひ》には、忠国と交流があった林羅山の文章で能因の弔辞《ちょうじ》が彫られています。

忠国は、藩領内に名を残しているけれども、祀《まつ》る子孫のいない先人のために弔辞を刻んだ碑を建立したのかもしれません。

伝承されなかった忠国の石碑

「光源氏月見松」がある岩屋神社の敷地内に、「光源氏の碑」を建立しないで、善楽寺に「明石入道の碑」（「明石のうへのおや」の碑）を忠国が建立したことに注意を払うと、忠国の石碑建立の目的は、『源氏物語』にゆかりのある場所を「文学遺跡」にすることではなかったということに気がつきます。

源氏が政権を掌握する前に、武士として初めて政治権力を掌握した平氏の棟梁と、その弟で文武二道の平忠度という関係を踏まえた上での石碑建立、つまり、大蔵谷の忠度塚の碑と「明石入道の碑」はセットと考えるべきでしょう。

十八世紀に成立した地誌「明石記」（享保年間）や「播磨鑑」（一七六二）は、石碑に彫られたという忠国の歌を載せていますが、十九世紀成立の「播州名所巡覧図絵」（一八〇四）の善楽寺の項は、「寺門の内に、明石入道の碑、有」、挿絵の「明石窟社《あかしいわやのやしろ》」には「明石入道之塚」と記載され、忠国のことには何も触れていません。

明石藩の儒者で「播州明石郡忠度塚縁起」を著した梁田蛻巖《やなだぜいがん》（一六七二～一七五七）は、第九代城主松平直常の命により忠度塚の整備と石碑の建立をしていますが、「明石入道の碑」に関しては何も記していません。

蛻巖は、当時観光名所となっていた忠度塚の碑でさえ風化していたと書いているのですから、「明石入道の碑」は、忠国が建立したということも含めて、忘れ去られていた可能性は否定できません。

善楽寺の境内に設置されていたがゆえに大切に守られ、今に伝えられているのでしょう。

第四節　「岡の屋形の碑」と明石氏

忠国は、神戸市西区（江戸時代は明石藩）にも、石碑「岡の屋形の碑」を建立しています。明石の君が住む「岡辺の宿」跡ではないかと言われていますが、第四節ではこの碑と、石碑に刻まれたとされる歌の意味を考えていきたいと思います。

（資料3―1、3―2、3―3、MAP11~14を参照してください）

「岡の屋形の碑」と、明石の君が住む「岡辺の宿」の関連は？

浜の館《たち》から約五・七㎞北へ離れた場所にある「岡の屋形の碑」

忠国の自詠歌を刻む三基目の碑は、神戸市西区櫨谷《はせたに》町松本の地蔵院からまっすぐ西に向かって櫨谷川を渡る手前にあります。

周りの景色は、時代とともに変わっていますが、『大都市の中の農村』（和泉書院、一九九四年、木村英昭）に掲載された地図から、石碑の場所は現在地とほぼ変わっていないことが確認できます。ほぼ変わっていない、というのは、以前は木の南側に立っていた碑が一九九六年に行われた整備によって北側に移されたからです。

『源氏物語』第十三帖「明石」巻では、高波を避けるため、明石入道の妻と娘の明石の君は、高台にある岡辺の宿に住まいしているという設定になっていて、次のように描かれています。

①光源氏が弾く琴の音色が「岡辺の家でも、松風の響きや波の音といっしょになって聞こえてくるので、心得のある若い女房たちは、身にしみて感じ入るようである」と描写

②光源氏の琴の音に感動した明石入道が「岡辺の家に琵琶や箏の琴を取りにやって、入道がそっくりそのまま琵琶法師の体でまことにおもしろい曲を一つ二つ弾」いたりする場面

③明石の君が「長年噂にだけ聞いて、いつの日にそんなお方のお姿をちらとでも拝見できようなどとまったく思いもよらなかった、こうしたお住まいで、よそながらかいま見させていただき、世にまたとないものと噂に聞いていたお琴の音をも、風の便りに聞くことができ、明け暮れのごようすも十分にうかがえて」と、光源氏の琴の音を聞いているだけではなくて、その姿をも垣間見ている場面

岡辺の宿が、明石の君が住む場所として想定されている西区櫨谷町松本にあったとしたら、源氏が住む源氏屋敷跡と想定されている無量光寺《むりょうこうじ》から、国土地理院の直線距離で約五・七㎞も離れていて、ちょっと遠すぎる、という違和感を覚えてしまいます。

いくら何でも、ここまで波や琴の音が聞こえるはずがない、そんな簡単に楽器を取りに行くとか、光源氏の姿を垣間見できるはずがない、と。

しかし、「明石」巻には、岡辺の宿について「入道が領有している土地は、海岸にも山の陰にもあって、（中略）勤行をして後世を念ずるにふさわしく山水のほとりに立派な御堂を建てて念仏三昧に勤める」や、「岡辺の宿は、山の方へやや深く入りこんだ所であった」、「岡辺の宿の造りざまは、木立が深く、その所のすばらしさも格別の、みごとな住いである。（中略）三昧堂《さんまいどう》が近いので、鐘の音が松風に響き合ってもの悲しい気分であり、岩に生えている松の根ざし（松の根の伸びたさま）も風趣のあるようす」、「やや遠く入る所なりけり（やや遠く離れていた）」といった記述があります。

和歌の世界でなじみのあった「岡辺の宿」

和歌の世界では岡辺の宿は明石浦から遠方にあると理解されていたようで、藤原定家は、

明石潟いさをちこちも白露の岡辺の里の波の月影

（『最勝四天王院障子和歌』（建永二年／一二〇七成立、『拾遺愚草《しゅういぐそう》』一九三三）

と、「岡辺の里から見やると、明石潟は遠いのか近いのかも分からない。月光が波と一つになって輝いているから」と詠んでいますし、

女流歌人　鷹司院帥《たかつかさいんのそち》も「中務卿親王家百首歌に」と題して、

明石潟波の音にや通ふらむ浦より遠方の岡の松風

（『続古今和歌集』文永二年／一二六五成立、雑中）

と、「遠く岡辺のあたりでは、波の音に松風が響きあっているのだろう」と詠んでいます。

室町時代の臨済宗の僧侶であり歌人でもあり、八代将軍足利義政に『源氏物語』の講義も行った正徹《しょうてつ》（一三八一～一四五九）は、『源氏物語』第十六帖「松風」の、明石の君が大堰川《おおいかわ》の別邸で明石の姫君を光源氏に託す場面（P99）を下敷きにして、

雪積もる都の冬をしめしだに同じ明石の岡の松陰（正徹『草根集』六〇三〇「岡雪」）

という歌を詠んでいます。

岡辺の宿は、明石城より北にあるという認識

和歌や連歌を嗜《たしな》む人たちにとって岡辺の宿は「岡辺の里」、「岡の家」、「岡辺」、「岡」、「明石の岡」などといった歌語で詠みこむなじみのある言葉でした。

天正六年（一五七八）五月四日、播磨へ出陣した戦国武将の明智光秀（一五二八～一五八二）は、連歌の師匠である里村紹巴《さとむらじょうは》に「生田川、同森、それより須磨月見松、松風村雨の一本松、つき島、**それより明石かた、人丸塚、岡辺の里、**不依存見物（中略）藤孝、御参会候哉、御床敷候」（竹内文平家所蔵文書「大日本史料第一一編之壱　天正十年六月　正親町天皇」黒田義隆編『明石市史資料第五集古代・中世篇』明石市教育委員会、昭和六〇年）という手紙を送っています。

「明石潟から人丸塚（現在の明石城跡、兵庫県立明石公園）よりも北に行き、さらに岡辺の宿まで足を延ばしました、細川藤孝《ほそかわふじたか》（細川幽斎《ほそかわゆうさい》）と会っていますか。なつかしいです」という内容で、このころすでに岡辺の宿は人丸塚よりも北にあると考えられていたことがわかります。

この手紙から一カ月後の天正六年（一五七八）六月三日、播州に出陣した細川幽斎（一五三四～一六一〇）は、

播州御陣の時、所々見物の次（ついで）に明石の浦にて夜更るまで月をみてあかし方かたぶく月もゆく舟もあかぬ詠（ながめ）にしまがくれつゝ、
赤石の岡尋て見侍りしに、松の木だちふりたるをむかしのあとゝ、里人のをしへ侍れば
夕日影あかしの岡のあとゝへば昔おぼゆる松風ぞ吹

（土田将雄『細川幽斎の研究』笠間書院、一九七六年）

という歌を詠みました。

「明石の岡のあと」（岡辺の宿の跡）を訪ねたのは二日目で、初日は明石の浦で夜が更けるまで、月を見ながら、島に隠れていく舟を見ていたと、柿本人麻呂歌とされていた「ほのぼのと明石」歌をふまえた歌を詠んでいます。

そして、翌日、夕刻頃、「明石の岡のあと」（岡辺の宿のあと）を訪ねていき、里人に場所を尋ねて教えてもらって、その場所に辿《たど》り着いた先は昔を知っている松風だけが吹いている、といったような意味でしょうか。

里人に尋ねなければ、荒廃してしまっていて、その場所がどこなのか見つけられなかったことがわかります。

歌語としての「岡辺の宿」にふさわしい忠国の選定条件として

和歌の世界ではなじみがあり、明石藩領内の「岡辺の宿」について、忠国は場所を選定しようと探したのかも知れません。

その際に、光秀や幽斎の歌を参考に、

①山にやや深く入りこんだところで山の陰になるところ
②明石入道が勤行をするにふさわしい立派な御堂があって念仏三昧の生活ができること
③山と河（水）があること
④岡辺の宿は深い木々に囲まれているのも格別
⑤岩に生えた松の根が伸びているところ
⑥寺院の鐘の音が松風と響きあうところ、という条件に叶うところ
⑦今はもう荒廃してしまって「名のみ朽ちせず」とか「名のみ残す」と形容できないけれども確かにそのような場所が実在したところ

そんな場所を探したのでしょう。

「岡の屋形の碑」がある場所は、櫨谷川沿いにあって、西も東も山肌が近い。朝日に照らされる時間は、何も遮るものがない明石の浦より遅く、夕日が山の向うに落ちるのは明石浦より早い。海の波の音は聞こえないだろうけれども、櫨谷川を流れる水の音を波の音に見立てたなら、寺院の鐘の音が波の音や木々の音と響きあう……

「岡辺の宿」の場所として相応しい条件を揃えています。

明石から櫨谷街道を真っ直ぐに北上して一里少しばかりの距離にある松本村は、『源氏物語』以前に開基の寺院はない（地蔵院の開基は貞治年中／一三六二〜六八）けれども、さほど遠くない距離に如意寺があります。

江戸時代の感覚では、『源氏物語』の岡辺の宿の舞台設定として違和感のない距離にあったと考えて差し支えありません。

忠国はここに、先に紹介した細川幽斎の歌（P214）をふまえた、

月影の光君すみしあととへば岡の屋形にしける蓬生

という歌を刻んだ石碑を建立しました。

「岡の屋形の碑」に刻まれたとされる歌の意味

光源氏と末摘花《すえつむはな》の再会を詠んだ歌？

この歌は、実に不思議な歌です。

「月影」と「光君」と「蓬生《よもぎう》」という言葉から、「蓬生」は光源氏の庇護が途絶えて廃屋のようになった邸に住んでいる末摘花《すえつむはな》の邸を、月夜の明るい雨上がりの晩に尋ねていった『源氏物語』第十六帖の巻名ですから、光源氏と末摘花の再会を詠んだ歌なのかと思ってしまいます。

明石の君が住む「岡辺の宿」を訪ねる歌？

しかし、この歌が善楽寺の「明石入道の碑」と関連して対になっている石碑に刻まれた歌だと知った上で詠むと、「光君」は「光源氏」、光源氏が住んでいた場所は浜の館なので、この「住む」は「住む」ではなくて「通う」の意味、「岡の屋形」とは「明石の君が住んでいた岡辺の宿」。

そして、「蓬生」という言葉は『源氏物語』第一帖「桐壺」巻で「荒れ果てた家屋」の意味で使われているのだろうというように考えます。

なぜなら、かつて八月十三夜の月の夜に初めて光源氏が訪ねた岡辺の宿は、その後、明石姫君の教育環境を整えたい光源氏の要望で、明石の君と明石の尼君は明石の姫君を連れてここを離れ、明石入道もまた、明石の姫君の皇子出産の知らせに宿願を達成したと、播州の奥山深くに身を隠してしまったために、「岡辺の宿」を管理する者がいなくなり、とうとう荒れ果ててしまった。そして今は、「明石の君」という住人の名前すら残していない、忠度も明石のうへのおやも名前だけはのこしているのに……というような意味の歌なのだろうという結論を導き出します。

著者もはじめは、そうでした。

なぜ「岡辺の宿」を「岡の屋形」と詠んだ？

しかし、なぜ「岡辺の宿」を、あえて「岡の屋形」と詠んだのかという疑問が残ります。

「岡の屋形」という言葉は、平安時代の勅撰和歌集「古今和歌集」の読み人知らずの歌、

水茎の岡の屋形に妹と我と寝て朝けの霜の降りはも（巻二十・大歌所御歌・水茎曲・一〇七二）

や、鎌倉時代中期から後期にかけての公卿で歌人の飛鳥井雅有（あすかい　まさあり）の、

昨日だにはや霜置きし水茎の岡の屋形に冬は来にけり

（雅有集・仙洞御百首　秋日同詠百首応製和歌　冬・三二六）

など「水茎の」という「瑞々しい」を意味する言葉にかかる枕詞として使用される言葉であって、『源氏物語』の「岡辺の宿」を意味する言葉として使っている事例はありません。

「虚構の現実化を否定する忠国」の視点でシンプルに解釈

「岡の屋形」は忠国独特の表現で、意図的に、歌語として詠み込む「明石の岡」や「岡辺」という言葉を用いなかったと考える必要があります。

また、忠国は「明石入道の碑」でも見てきたように、『源氏物語』に対する中世以来の正統な古典文学としての知識を深めていますから、実在しない人物が現実に存在したかのような感傷に耽《ふけ》る歌を詠むでしょうか。

「岡の屋形」とは「岡辺の宿」ではなくて、実在した人物が住んでいた屋敷を意味し、「岡の屋形」歌が「明石の君」ではなく「光君」という言葉を使っているのは、『源氏物語』の「光源氏」ではなく、実在した別の人物を喩《たと》えた言葉のはずだと考えます。

シンプルにそのまま解釈して、〝「光君」という実在の人物が住んでいた屋形は、背丈ほどの蓬《よもぎ》が生《しげ》るほど荒廃してしまっている〟と素直に解釈すればいいという結論に至ります。

忠国の石碑、解釈の変遷

元禄期（一六八八〜一七〇四）に成立したとされる地誌「采邑私記《さいゆうしき》」（東京国立博物館所蔵）では、松本村に「源氏物語に登場する明石入道の娘が住んでいた岡辺の宿があったのはこの村で、今尚旧跡がある。土地の人々は岡の屋形と称している。前城主源忠国が自詠の和歌を刻んで建てた小碑がある」と記しています。

元禄年間には、忠国が詠んだ歌を『源氏物語』との関係で捉え、「岡の屋形」という言葉が浸透していることがわかります。

それが、「明石記」（享保年間／一七一六〜三六成立）や「播磨鑑」（宝暦十二年／一七六二序）では、

在松本村　明石ヨリ一里一五丁亥子ノ方
長四間、横三間、明石入道之別業跡也、往昔四丁四方有りしとなん今ハあれはあててわつかの森有之、此邑ノ屋形を奥殿ト号ス、明石入道ヲ奥殿入道ト云也、松平忠国公碑ヲ建、自詠之　石碑ニ和歌ヲ刻給フ

月影の光る君すむあととゝは
岡の屋形にしける蓬生

とあり、

①松本は明石入道の別業（別荘）、すなわち屋形があったところ
②「屋形」をこの村では「奥殿」といい、明石入道のことを「奥殿入道」という
③忠国は明石入道の歌を詠んだ自詠歌を刻んだ碑を明石入道の屋形（奥殿）跡に建立した

という解釈になっています。

元禄年間には忠国の歌をもとに『源氏物語』に登場する明石の君の住まいである「岡辺の宿」を土地の人たちは「岡の屋形」と呼んでいるというように理解されていたのが、それから約三十年後には、『源氏物語』との関わりは影を潜め、明石入道の別荘地という理解に変化しているのです。

この明石入道の屋敷があったところという見解は、歌を素直に解釈したときに導き出された結論と一致します。

地蔵院縁起《じぞういんえんぎ》に書かれていること

「地蔵院縁起《じぞういんえんぎ》」（作成年不詳）は、地蔵院の創建は足利尊氏のころ、明石では明石入道が城主の時代という記述から始まり、源平合戦を経て最盛期には五町四方の境内を有していたこと、入道は娘の玉世姫を住吉の神の告げに従って扶桑随一《ふそうずいいち》の士に縁付かせたいと願い、本朝随一の将である須磨君（光君）に嫁がせたこと、光君を明石城に迎え、玉世姫は松本の岡の屋形に住まわせたこと、光君が奥殿と呼ばれていたのでこの岡の屋形を土地の人たちは「奥殿」と誤って呼ぶように

なったこと、豊臣氏の兵馬によって塔頭は悉《ことごと》く荒廃して小堂しか残らなかったこと、それから幾多年が過ぎて松平山城守忠国が往古の盛時と現在の荒廃を見比べて、「□（月）影ノ光ル君住ム跡問ヘハ岡ノ屋形□（ニ）□□□□（茂ル蓬生）　松平山城守忠国立□□而巳」という銘の石碑を建立したことが綴られています。

忠国の歌をもとに『源氏物語』に似せた話と、三木合戦のときに秀吉軍に焼き払われて荒廃してしまった話を盛り込んだ縁起に仕上げたものと思われます。

この縁起の特徴は、「忠度塚の碑」や「明石入道の碑」が「忠国は自詠歌を刻んだ石碑を建立した」と受け止められているのに対して、「石碑其銘曰《いわく》」と「歌」ではなく「銘」だと受け止めていることです。

『源氏物語』の主人公光源氏と明石の君の物語の舞台になったところにちなんで詠んだ歌を刻んだ「歌碑」という理解ではなくて、松本地域の歴史を三一文字の言葉にして刻んだ「墓碑銘《ばひめい》」という理解です。

松本村の地蔵院や松本に屋敷地を持っていた明石城主である明石入道の来歴や功績を忘れないために、忠国はここに石碑を建立したのだと、「地蔵院縁起《じぞういんえんぎ》」の作成者は捉《とら》えています。

忠国が石碑を建立したことによって、この地域の人たちは、かつてこの地を治めていた領主のことを思い出し、その歴史に石碑の文言を加味した「地蔵院縁起」を仕上げたのかもしれません。地蔵院では「明石城主長州太守明石入道自満観公」の位牌を安置していて、今も法要が営まれています。

明石郡櫨谷町《はせたに》を本拠地にした明石入道たちと明石入道になれなかった明石氏

中世の史料から、松本近隣を本拠地や出身地にして活躍した明石氏の名前を、地蔵院中興の祖といわれる明石入道自満観公のほかに複数人確認できます。

永享二年（一四三〇）六月二四日、如意寺に田地を寄進した明石対馬入道沙弥性会
永享二年（一四三〇）九月三日、如意寺に田地などを寄進した明石長門入道沙弥性
天文八年（一五三九）に妻の成仏を願って妻の所持していた古今集や拾遺集、後拾遺集、後撰集、明題集、玉葉集、月清集、朗詠集、伊勢物語、平家物語、曽我物語の十一部を太山寺に寄進した明石四郎左衛門尉長行
天文五年から同二二年までの間、石山本願寺の「証如上人日記」に記載される明石修理亮や明石左京亮祐行、明石修理宗阿、明石与四郎
などです。

この複数の明石氏の関係や、忠国が幾人の「明石入道」を知ることができたのか、定かではありません。でも、先に紹介した豊臣秀吉の播州攻め以降に、秀吉の家臣となって活躍した二人の明石氏、明石則実《あかしのりざね》と明石与次兵衛《よじべえ》については、忠国も情報を得ていたことでしょう。

明石則実《あかしのりざね》

明石則実は、枝吉城《しきつじょう》を本拠地としていました。

賤ヶ岳《しずがたけ》の戦い（一五八三）や小牧《こまき》・長久手《ながくて》の戦い（一五八四）、紀州征伐（一五八五）、四国征伐（一五八五）にも出陣して戦功をあげ、枝吉城主から但馬国豊岡城主になり、秀吉のもとで着々と実績を重ねていましたが、文禄四年（一五九五）八月の関白秀次事件（殺生関白の悪名高い甥の秀次に追放・切腹を命じ、その一族を大量処刑した）に連座、改易、のちに切腹させられています。

明石与次兵衛《あかしよじべえ》

明石与次兵衛（石井与次兵衛とも）は、船上を拠点にして瀬戸内海の海上活動に従事していました。広島県尾道市の浄土寺には、「明石郡　船上之住人石井与次兵衛尉」が「天正五年丁丑三月十三日」に奉納した大絵馬があります。

水軍の将として活躍していた与次兵衛は、文禄元年（一五九二）七月に、秀吉を乗せて昼夜兼行で名護屋《なごや》（佐賀県唐津市）から大坂に向かう途中の豊前内裏《ぶぜんだいり》沖（山口県下関市）で座礁、立腹した秀吉に内裏浜（福岡県福岡市）で首を刎《は》ねられた（自害説もあります）といわれています。

江戸時代には、明石与次兵衛の死を悼んで座礁場所となった篠瀬《しのせ》に慰霊碑が建立されました。平家が滅亡した壇ノ浦（山口県下関市）から直線距離にして七五〇ｍほどの場所です。

その後、慰霊碑は「与次兵衛ヶ碑」と呼ばれるようになり、シーボルト（一七九六～一八六六）の「江戸参府紀行」には、碑の高さは二五〇㎝、四角い柱で上に四方形のピラミッド状の笠石があり、刻字はないけれども、「与次兵衛の名を不朽に伝ふ。（中略）風は我等を吹付けて此岩に近づけず。記念の石は正に黒雲に影されて泡立つ激浪の中に聳え立ち、（中略）その恐ろしき光景は殊にかの豪胆たる船人の霊が時としてここに現」われるともいわれ恐ろしさが募ると、与次兵衛碑のスケッチつきで紹介されています。

この碑は、明治時代に工事のため取り壊され、現在は北九州市門司区の和布刈《めかり》公園内に再建されています。

この与次兵衛の子である与次兵衛は、明石の中ノ庄で浪人中に、初代明石城主小笠原忠政《おがさわらただまさ》の家臣になり船奉行を務め、忠政の小倉転封に従って、小倉に移りました。

忠国の江戸屋敷の隣は、豊臣秀吉に仕え水軍として活躍した摂津三田藩の九鬼《くき》家です。九鬼家との交流がいかほどだったのかはわかりませんが、かつては豊臣秀吉の家臣だった福岡藩主黒田家や、秀吉の猶子《ゆうし》を解消されて新設された八条宮家の智仁親王など、忠国の周りには秀吉と因縁のあった人物が何人もいますし、豊臣系建造物の金箔瓦や装飾部材を入手して転用できる立場にあった忠国ですから（図版F～K）、隣家の九鬼家の情報（関ヶ原の戦いで父は西軍、息子は東軍について戦い、父は自害）や関白秀次事件に連座して自害した明石則実《あかしのりざね》の話、「石井」と名を変えた明石与次兵衛とその子孫の話を聞く機会を得ていたでしょう。

則実や与次兵衛は不本意な死を遂げたため、出家して「明石入道」と名乗ることができませんでした。

与次兵衛の娘婿は浪人になりました。明石にいて初代明石城主小笠原忠政《おがさわらただまさ》の家臣になったあとも、豊臣秀吉から与えられた「石井」姓を名乗り、父と同じ「与次兵衛」を名乗っても「明石」は使いませんでした。

『源氏物語』ゆかりの語句を歌に詠まなかったことで地元の明石入道の再発見に

忠国が「名のみ残して」と詠まなかったのは、このような事情を知っていたからではないでしょうか。与次兵衛は「中ノ庄」に住んでいたとありますから、忠国が中ノ庄にある善楽寺に「明石入道の碑」を建立したのは、『源氏物語』と地理的環境が似ている、平清盛の供養塔があった、に加え、そこに明石与次兵衛という人物が住んでいたから、という三つ目の理由を挙げることができましょう。

ただし、忠国は与次兵衛一人をみていたわけではないので、かれらの出身地である櫨谷町のどこかに石碑を建立することとし、最終的に松本の地蔵院の敷地内（江戸時代、地蔵院の敷地はかなり広大でした）に決定したのでしょう。

忠国が建立した石碑は、長い間、不動明王とともに「奥殿さん」と呼ばれて祀られてきました（不動明王は、今は辻堂に移されています）。その近くには、明石氏の子孫とのいわれをもつ二星氏の氏神である二星神社があります。明石入道創建との伝えをもつ清水堂（辻堂、東光寺ともいう）は、享保三年（一七一八）に再建されています（『明石記』）。（MAP11～14）

忠国が『源氏物語』に直結する「岡辺の宿」や「明石の岡」といった言葉ではなく、「岡の屋形」という言葉を用いたことで、この地で活躍した明石入道の再発見と供養につながったといえましょう。

「明石入道の碑」は、その碑単独では、建立理由は見えてきません。「岡の屋形の碑」とセットにすることで、「明石入道を名乗れなかった明石氏」、『源氏物語』の明石入道のように、臣下として忠実に主君に尽くして生きていたのに、不幸にも非業の死を遂げざるを得なかった明石氏を供養する石碑だったのではないか、という結論を導き出すことができるのです。

第五節　『源氏物語』ゆかりの史跡の創出

善楽寺にひっそりと建つ一基の石碑から、導かれるように、「忠国さんと『源氏物語』の謎」を訪ねる旅を続けてきました。

今、明石域には、多くの『源氏物語』ゆかりの「史跡」があり、それらのほとんどが、忠国によって想定されたと言われています。なぜなのでしょうか。第五節では、これらのゆかりの地について考えて行きます。（資料3―2、3―3、巻頭MAPを参照してください）

〝源氏月見の名所〟であり続けた「朝顔池《あさがおのいけ》」

西国街道《さいごくかいどう》の京口門（明石城下への東側の入り口）近くの月池山光明寺《こうみょうじ》は、初代明石城主小笠原忠政《おがさわらただまさ》が城下町建設時の元和五年（一六一九）に、福中城《ふくなかじょう》（神戸市西区平野町）にあった「光明寺曲輪《くるわ》」を移転させた寺院と言われています。

このお寺の本堂東南側にある池は、光源氏月見池として知られていて、明石城主が大久保季任《すえとう》だった時代の絵図「明石城郭之図」（鍋島報效会所蔵）には、「朝顔池」と記載されています。「摂津名所地図」（寛文七年／一六六七、図版〇）は朝顔光明寺の建物や寺名は書いていませんが、「あさがおの池」とする大きな楕円形をした池の絵と、光源氏がこの池で詠んだ歌として、「秋風に　波やこすらむ　夜もすがら　あかしの浦の　月のあさがほ」を載せていることから、第四代明石城主大久保季任時代には、朝顔池は光源氏の月見の池として広く知られていて、明石藩として『源氏物語』ゆかりの名所として絵図に記載すべきものだという認識があったことがわかります。「猪名入江《いないりえ》より加古川迄絵巻」（図版P）も朝顔光明寺の建物は描いていませんが、「あさがおの池」は、大きな楕円形で描き、「一向宗光明寺の内に有り」と記し、「秋風に波や」歌を光源氏が詠んだ歌として紹介しています。

東から昇ってくる八月十三夜の月は、本堂の東南にある朝顔池に映り、眼前に広がる明石海峡の海面を煌《きら》めかせる、その向こうに淡路島が見え、寄せては返す波の音が聞こえてくる朝顔光明寺の本堂からの眺めは、一晩中見ていても飽きることはなかったことでしょう。

『源氏物語』第十三帖「明石」巻には、「静かで穏やかな夕月の明るい晩には、一面に遠くまで見わたすことができるうえに、淡路島が目の前にあって、昔の人が『あはれ』といって眺めた風情を追体験できる（「のどかなる夕月夜に、海の上曇りなく見えわたれる「中略」目の前に見やるるは淡路島なりけり」）と、光源氏が夕月夜に二条院の庭にある池に似ているのに、ここには紫の上はいなくて淡路島が見えるだけだと嘆く場面があります。

朝顔光明寺の朝顔池が「源氏月見池」との異名を持つのも当然で、初代明石城主小笠原忠政が、『源氏物語』第十三帖「明石」巻に描かれている風景を演出すべく、ここに光明寺を移転させたのかもしれません。

「月池山」という山号自体が、明石の浦で池に映る月を愛でる最高の場所だということを表しています。

陸路にしても海路にしても、明石浦の入り口にある朝顔光明寺の朝顔池は、たとえ八月十三夜の月ではなくても、多くの人々の心をとらえて離さなかったと思われます。

光源氏と名乗って「明石」の巻の場面を踏まえたような和歌を彫った額を拵《こしら》えるような好事家がいても、誰も非難しなかったのでしょう。大坂浮世絵草紙や人形浄瑠璃の作者であり俳諧師の井原西鶴（一六四二～一六九三）も、「男色大鑑」（貞享四年／一六八七）の舞台や、「一目玉鉾巻」（元禄二年／一六八九）で朝顔光明寺と朝顔池を紹介しています。

それが、「金波斜陽」や「明石記」、「播磨鑑」といった地誌の編さんや発行が盛んになり始めたころから、光源氏が詠んだという歌は『源氏物語』には載っておらず、藤原顕季《ふじわらのあきすえ》の「浦風に波や打らんよもすから　思ひ明石のあさかほの花」（「堀河百首　秋」『堀河百首　堀河院御時百首和歌長治二年五月—長治三年三月／一一〇五～一一〇六頃』）に大同小異との異論が唱えられるようになります。「播州名所巡覧図絵」は、朝顔光明寺は源氏物語ゆかりの場所と記すにとどまっていて朝顔池の記載はなくなっています。

ところが、文久年間（一八六一～六四）に作成された「明石城絵図」などの絵図類には記載があります。明石藩では江戸時代を通じて、朝顔光明寺の朝顔池を「名所」と捉え、絵図に記す必要のあるものと考えられていたことがわかります。

明石にある有名な『源氏物語』三大ゆかりの場所

明石入道の住まいがあった「浜の館《やかた》」跡とされる善楽寺や光源氏が住んだ「源氏屋敷」跡とされる無量光寺、光源氏が岡辺の宿に住む明石の君のもとに通うときに使ったとされる無量光寺脇の小路「蔦の細道」は、明石にある『源氏物語』ゆかりの場所として最も有名です。

明石の浦は、「ひっそりと身をかくしていたい」と思う光源氏にとって「人の往来の多いことだけが希望に添わなかった」ところでした。

江戸時代になって現在の場所に明石城や城下町、明石の港が築かれるまで、明石の港は明石川河口の西側、船上にありました。

須磨から明石へ、明石入道の舟で上陸した場所は船上で、そこから車に乗り換えて無量光寺あたりにある邸に到着と設定すれば、対岸は港で荷物の積み下ろしや運搬する人々のにぎやかな音がして光源氏の希望に添わない場所という条件に叶いますし、これらの場所を『源氏物語』ゆかりの場所として想定したのは松平忠国だという説が現れても不思議ではありません。

光源氏屋敷跡（MAP1〜5）

「摂津名所地図」（図版O）は、光源氏は無量光寺に入ったと記していますから、無量光寺を源氏屋敷跡とする説は、忠国が善楽寺に「明石入道の碑」を建立したころから唱えられ始めていたのかもしれません。「無量光寺屋敷は左奈義《さなぎ》宮の前にあり、ここで光源氏が月の歌を詠むほど月明りが珍重なところゆえ山号を月浦山と号する」と記載し、無量光寺の南東側に左奈義宮を描いています。「左奈義宮」は伊弉諾《いざなぎ》神社なのか、伊弉冊《いざなみ》神社なのかはよくわかりません。

明石入道の碑（MAP4）

一方、善楽寺の「明石入道の碑」は、「摂津名所地図」では善楽寺を創建した「明石入道」という実在の人物の居住跡を詠んだ歌と解釈されています。元禄年間成立の「采邑私記《さいゆうしき》」や「猪名入江より加古川迄絵巻」（図版P）で『源氏物語』に登場する明石入道と結びつけられますが、「浜の館跡」と表現されるのは昭和五十年代以降です。

蔦の細道（MAP6）

無量光寺と善楽寺、実相院の間の幅二間（約三・六m、国立公文書館所蔵「播州明石邦正保城絵図」）の道を「蔦の細道」と呼ぶという記述を文献で最初に確認できるのは、「猪名入江より加古川迄絵巻」（図版P）です。この道中絵巻の作成年代によっては、元禄年間（一六八八〜一七〇四）には光源氏が浜の館から岡辺の宿に通った道の名称として「蔦の細道」という表現がされ始めていたことになります。

「蔦《つた》の細道」の謎を追い、『源氏物語』ゆかりの地を考える

資料はどう伝えているのか

享保年間（一七一六〜三六）に成立した地誌「金波斜陽」には「蔦の細道」は「源氏物語には載っていない」ので、飾磨にある「津田の細江」を誤ったものかという好意的な解釈をしつつ、その名称を用いることに異議が唱えられ、「明石記」や「播磨鑑」（平野庸脩、宝暦十二年／一七六二、自序）も同様の判断を下しています。

文化元年（一八〇四）刊行の「播州名所巡覧図絵」には掲載されていません。

また、「岡の屋形」、「岡越えの松」、「琴橋」、「鬢ヶ渕」といった『源氏物語』にちなむ名所を紹介する「明石名勝略記」（作者・成立年不詳）も、「蔦の細道」の紹介はありません。

「蔦の細道」と呼ばれた期間は案外と短かったのかもしれません。

歌語として有名な「蔦の細道」のイメージとは

「蔦の細道」とは、平安時代からある静岡県静岡市駿河区宇津ノ谷と、藤枝市岡部町の境をなす宇津ノ谷峠越えの古道のことです。

宇津ノ谷峠は蔦や楓《かえで》が生い茂っていて人通りのない薄暗く物寂しい峠として有名で、「伊勢物語」（作者・成立年代ともに不祥。現存する日本の歌物語中最古の作品）に、「宇津の山にいたりてわが入らむとする道はいと暗う細きに、つたかへでは茂り、もの心ぼそくすずろなる」（渡辺実校注『新日本古典集成　伊勢物語』新潮社、一九七六年）と描かれ、鎌倉時代に藤原定家が「都にも今や衣をうつの山夕霜はらふつたの下道」（『新古今和歌集』九八二・『拾遺集』二三〇八など七歌集）と詠んで以来、「蔦の下道」や「蔦の細道」という表現が定型化して、「宇津の山」という特定の場所の雰囲気を表わすものとして繰り返し使われるようになった歌語です。

戦国時代には織田信長や豊臣秀吉のほか、天正十八年（一五九〇）の小田原合戦（天正十七～十八年、一五八九～九〇）に出陣した細川幽斎が「夢ならで思ひかけきやうつの山　うつつに越るつたの下道」（『東国陣道記』）と詠み、豊臣秀吉の家臣で細川幽斎に和歌を学んだ江戸初期の歌人、木下長嘯子《きのしたちょうしょうし》（一五六九～一六四九）は「宇津の山こえし人こそ昔まれ　分くるは同じつたの細道」（『あづまの道の記』）と詠んでいます。

江戸時代には、三代将軍徳川家光が寛永十一年（一六三四）の上洛に際して宇津の山を越える

ころ、数日の旅行に疲れて眠りがちな家臣等のようすに、

旅づかれ蔦の細道はたどりゆきし　夢にぞ越ゆる宇津の山べを

旅づかれ宇津の山辺のうつつにも夢にも越ゆる蔦の細道

と詠んでいます（『玉露叢《ぎょくろそう》　第九冊　家光公御上洛記』）。

備前岡山藩主の池田綱政は寛文七年（一六六七）に江戸より備前への帰路、「宇津の山越えてゆく袖に分れでぬ、かへでも同じ蔦の細道」（『丁未日記』）と詠んでいます。

井原西鶴も「うつの山、つたの細道　ゆめにも人にもあはぬ、と詠る所也」（『好色旅日記』吉野屋次ろ兵衛、貞享四年／一六八七）、「蔦の細道ひとしほ淋しき所也」（『一目玉鉾』）と紹介しています。

このように歌語として有名な「蔦の細道」は、天正十八年（一五九〇）、戦国大名北条氏約五万人が籠城する小田原城を攻めるために、豊臣秀吉が陸路・海路を利用して約二二万の兵力を動員するにあたって整備した道としても有名です（小田原合戦で北条氏は滅亡。奥羽の伊達氏もこの機に服し、秀吉の全国平定は完成します）。

「ひとしほ淋しき所」を表す歌語を、光源氏の通い道に忠国が設定するだろうか

参勤交代などで自身も利用していて、「蔦の細道」と呼ばれるところがどのような場所か（歌語であり、小田原合戦のために豊臣秀吉が整備した道であり、交通の難所である）身をもって知っているはずの忠国が、光源氏が浜の館から岡辺の宿に通った道の名称として設定するでしょうか。

明石の浦は、紫式部が光源氏に、

あはとみる　淡路の島の　あはれさへ
　残るくまなく　澄める　夜の月　（『源氏物語』第十三帖「明石」より）

と詠わせたように、「燈火の明石」や「夜明かし」、「月明し」と「月明りで夜も明るい」場所として知られる名所です。

「明石」巻は、本書の巻頭（二頁）『源氏物語図屏風』にあるように、「馬に乗った光源氏」「月」「松」「海辺」がセットになって、屏風や絵巻に描かれます。題はなくても、この四点セットで「明石」だと理解されていた時代。その場所に「明石」とは真逆のイメージをもつ「蔦の細道」という、物笑いの種となるような呼称を与えるなど有り得ないと思われませんか。

おそらくは、『源氏物語』ブームに沸いた元禄年間に、古典文学の知識に通じていない好事家が呼び始めたものでしょう。

地誌や名所案内記などで否定されて、『源氏物語』ブームが去るに従い、「蔦の細道」も自然と使われなくなったと思われます。

江戸時代の道中日記には、明石で人丸神社参詣をして忠度塚にも足を延ばしたという記述が多々あります。しかし、忠国が建立した石碑がある善楽寺や、源氏屋敷跡の無量光寺などを訪れたという記述は確認できません。

大正七年（一九一八）に刊行された藤沢衛彦編『日本伝記　明石の巻』（日本伝説叢書刊行会）は、源氏屋敷や槿《あさがお》の井（朝顔池）、光源氏月見松、明石入道の館、源氏月見寺、光源氏月見池、恋の橋、源氏岡越の松、岡の館と、江戸時代に刊行された地誌や名所案内記などに掲載した『源氏物語』関連の場所を採録していますが、「蔦の細道」はありません。「源氏月見寺」のなかで、「飾磨津田《しかまつだ》の細江《ほそえ》を誤るものであるまいかとも言われている。『播磨鑑』にも『是、明石の内に有ると云えども、明石にあらず。飾磨の内にあり』」と、江戸時代の文献を引用するにとどまっています。

『源氏物語』ブームごとに塗り替えられてきた〝歴史〟

この「蔦の細道」という呼称を含めて『源氏物語』ゆかりの史跡全てを忠国が作ったという記述が見られるのは昭和五〇年代になってからです。「蔦の細道」という呼称のルーツを「伊勢物語」だと断定して、忠国は「『伊勢物語』九段に語られた落魄《らくはく》の貴公子業平《なりひら》のイメージを『源氏物語』の主人公に重ね、明石の「蔦の細道」を編み出した」と提唱する説が忽然《こつぜん》と現れるのは、平成九年です。

明石にある『源氏物語』関連の「史跡」は、大久保季任時代からあった源氏月見の池や源氏松と、松平忠国の石碑建立を契機として、元禄年間の『源氏物語』ブームに乗って誕生したものに分けることができます。

『源氏物語』に書かれていなくても、光源氏が月見をした池と言われて誰もが共鳴できる朝顔池（源氏月見池）は継承されましたが、それ以外の根拠がない話は時代の変化とともに、江戸時代のうちに細々と伝えられるにとどまるようになっていたのが、大正期になって「伝説の地」として復活したと考えられます。

さらに昭和五〇年代になって、これら「伝説」とされていたことが、「江戸時代の松平忠国という文学好きな明石の殿様が、『源氏物語』ゆかりのあらゆる史跡を創った」というのが「史実」であるかのように置き換えられていきます。（資料3—2，3—3参照）

これまで見てきたように、大久保季任時代には、『源氏物語』の準拠となった場所として相応しいと考えられた池や松が、絵図に記載されました。松平忠国も準拠がある場所に三基の石碑を建立しました。そこから明石には平忠度塚や『源氏物語』関連の史跡が誕生していくことになります。

つまり、何もなかったところに適当な場所を選んだわけではありませんし、『源氏物語』ゆかりの地すべてを忠国が作ったのでもありません。「ゆかりの地」の大半は、忠国が「明石入道の碑」を善楽寺に建立したことがきっかけとなって、自然と生まれていきました。

多くの人たちが共鳴できたものは語り継がれ、そうでないものは廃れていきました。

それを、すべて「文学好きの殿様が設定した」として復活させたのが昭和五〇年代で、その論文の延長上に平成時代の新たな解釈が加わって現在に至っています。

むすびにかえて

文学作品として発表されたもののどこに共鳴し、どんな解釈をするのか、登場人物の誰を推しの人物とするか、それらは読み手側の自由です。そして、一つの文学作品に対する受け止め方や利用の仕方なども、時代や読み手の立場によって異なります。

『源氏物語』は光源氏を主人公にした大長編恋愛物語だという受け止め方があれば、表の主人公は光源氏だけれども裏の主人公は明石の君で、女系三代にわたって実現した明石一族再興の物語という捉え方もあり、摂関政治ではなく天皇親政を目論《もくろ》む桐壺帝と光源氏二代にわたる物語という捉え方もあります。

『源氏物語』には準拠となる出来事がある──道長の子孫による皇統を正系に

紫式部が『源氏物語』を執筆したとき藤原彰子《ふじわらのあきこ》はまだ懐妊中で、『源氏物語』は皇子四人に恵まれた明石中宮が国母になることは間違いないところまでしか描かれていませんが、彰子中宮が産んだ皇子が皇位を継承して、第六八代後一条天皇、第六九代後朱雀《すざく》天皇に即位したことで、紫式部が『源氏物語』で予言した通りに事実が追いつきました。

つまり、第六〇代醍醐天皇以後、複数あった皇統のうち、第五五代文徳天皇→五六代清和天皇→五七代陽成天皇の皇統、六一代朱雀天皇、六三代冷泉天皇、六五代花山天皇、六七代三条天皇の皇統は皇位を持続させることができず傍系になり、五八代光孝天皇→五九代宇多天皇→六〇代醍醐天皇→六二代村上天皇→六四代円融天皇→六六代一条天皇→六八代後一条天皇→六九代後朱雀天皇へと、一条天皇と彰子中宮を両親にする兄弟が皇位を継承したことで、どちらが跡を継いでも正系と傍系に分かつ必要がなくなり、藤原道長を外祖父とする皇統を正系とした皇統譜が続くことが確定し、両統迭立《りょうとうてつりつ》状態に終止符を打ちます（資料1―3参照）。

「栄華」とは子孫の繁栄を必須条件にするという「大鏡」（『日本古典文学全集 20 大鏡』小学館、一九七七年）は、このように藤原道長の子孫によって完全な繁栄がもたらされた皇統を正統としています。

そこで、藤原彰子を明石姫君、藤原道長を光源氏、道長の妻源倫子《みなもとのともこ》を明石の君、倫子の父源雅信《みなもとのまさのぶ》を明石尼君、源雅信の父敦実親王《あつあきらしんのう》を明石尼君の祖父中務宮《なかつかさのみや》と置き換えると、敦実親王は五九代宇多天皇の息子であり六〇代醍醐天皇の弟ですから、明石入道の血筋ではなく明石入道の妻である明石尼君の血筋が重要な役割を担っていたことがわかります。

明石尼君の祖父を醍醐天皇の皇子である兼明親王《かねあきらしんのう》に当てはめるのが定説ですが、皇統の一本化という視点から『源氏物語』をみると、敦実親王とするとすっきりします（資料1―3参照）。

この構図が、虚構の物語世界の話でありながら、『源氏物語』には準拠となる出来事が必ずあるという理解につながりました。

天皇に代わって政権を掌握しようとする者たちにとって「帝にはなれなくても、政治を行うことが正当化される」前例として非常に重要な資料、理想の前例となったのです。その考え方は、平家や足利家、徳川家に継承されました。松平山城守忠国は、『源氏物語』は政治目的で利用するためにあると考えられていた時代に生きていたという認識を私たちは持つ必要があります。

忠国の人物像

松平山城守忠国の人物像を追うことは、「三つ子の石碑」の謎に迫るために必須の調査でした。藤井松平家と久松松平家という徳川将軍家の誕生に貢献した家柄の第四代当主だったこと、豊臣家が滅亡した大坂夏の陣や徳川将軍家と朝廷との緊張関係などの『源氏物語』さながらの世界を現実に経験していたこと、足を掬われないよう細心の注意を払う必要があると学んでいたこと、寛永文化華やかなりし時代に京都屋敷や江戸屋敷を拠点にして武家や皇族、公家などと文化交流を重ね、『源氏物語』をはじめとしてあらゆる文芸に通じた粋な大名だったこと、虚構の人物が実在するかのごとき痕跡を残さないという『源氏物語』準拠説を忠国は知っていたこと、忠国のまわりには豊臣家と深い関係のある人物が多々いたこと、彼等との交流を通してかつて明石の領主で『源氏物語』に登場する「明石入道」になぞらえることができる人たちの存在に目を向けることができたのだろうなど、忠国を多面的に捉えていきました。

そうすることで、『源氏物語』に準拠するという形をとって彼等を供養し、墓誌としてその軌跡を歌に詠み、石碑に刻むという方法を取るという発想が忠国にはできたのだろうこと、その契機となったのが明暦の大火だったのだろうこと、六一才の忠国にとって三基の石碑の建立は、徳川幕府の譜代大名として生きてきた人生の総括だったのだろうことが、一本の流れとなってつながってきます。

第四代明石城主　大久保季任《すえとう》にも着目したい

石碑を建立する場所として、忠国は前明石城主の大久保季任が絵図に記載した「源氏松」や「忠度墓」を尊重しました。明石の『源氏物語』関連遺跡や忠度塚の整備は、大久保時代に始まっていること、朝顔光明寺の朝顔池（光源氏月見池）に着目した最初の人物も大久保季任だったことにも注意を払う必要があります。大久保季任は明石を経由して政界に復活した光源氏のように、一度改易になった大久保家を復活させた人物です。大久保季任自身も光源氏を理想の人物としていた可能性があります。

「源氏松」記載は「正保播磨国絵図」が「正保摂津国絵図」に先行する

大久保季任が絵図元《えずもと》（国絵図作製の責任者）の一人として作製された播磨国の「正保国絵図」に描かれた「源氏松」ですが、これは摂津国の「正保国絵図」には描かれていません。「摂津国絵図」に「源氏松」が描かれるのは、「元禄国絵図」以降です。つまり、これまで見てきたように、『源氏物語』を政治目的で解釈していた幕府に対して、「『源氏物語』の舞台となった場所はここ」と、最初に印象づける記載をしたのは、第四代明石城主大久保季任の手腕です。その政策を受け継いで発展させたのが、第五代明石城主松平忠国なのです。

今後は、大久保季任についても研究を深める必要があります。

歴史と伝説

さて、「蔦の細道」ですが、忠国が命名するようなことはあり得ず、そのように例えられた当初から「源氏物語には載っていない」という反論があって自然消滅していたにもかかわらず、昭和になってから忠国命名説や伊勢物語混同説が何の根拠もなく広まって現在に至っています。「蔦の細道」を含めて旧明石郡内にある『源氏物語』遺跡の全てを忠国が設定したという思い込み(伝説)から脱却する必要があります。忠国が作ったのは三基の石碑で、大久保時代からある朝顔池を除いて忠国の石碑に影響を受けた後世の好事家が想定したものという明確な区別をしたいものです。

正しく理解し縁起に書き残した地蔵院の住職

忠国の石碑建立の意図を正しく理解したのは、櫨谷町松本の地蔵院の住職でした。「岡の屋形」という和歌や連歌では使われたことのなかった言葉で、読み手に『源氏物語』に登場する明石の君が住んでいた「岡辺の宿」を表わしているとの先入観を与え、『源氏物語』ゆかりの石碑を建立したように装って、先の時代の明石城主への鎮魂歌と現体制への戒めとする三一音の銘を刻む手法は見事としか言いようがありません。

有楽町一丁目遺跡の文化財発掘調査

平成二五年(二〇一三)に実施された有楽町一丁目遺跡の文化財発掘調査によって、明暦三年の江戸大火で焼失した忠国時代の遺構が出土しました。発掘調査に関わられた沢山の方々の成果である調査報告書から、文献資料からだけでは辿り着けなかった忠国の江戸屋敷を拠点にした活動が随分と明らかになりました。

景徳鎮窯《けいとくちんよう》製の超特大の皿や龍泉窯《りゅうせんよう》の茶器という舶来品磁器の多さから、忠国の将軍家や皇族や公家、好文《こうぶん》大名などとの交遊関係の広さや活発さが浮かび上がってきます。

豊臣系の城郭から転用しただろう五七桐紋《ごしちきりもん》が入った金箔瓦や装飾部材を利用した建物は茶室だったのではないかという報告書の指摘は、忠国の屋敷跡から茶の湯の道具として珍重された龍泉窯製の茶器が出土していることや、下屋敷に陶器を焼く窯があり八条宮家に茶道具の目録を渡している書状と照合して納得できるものです。

その茶室の玄関が瓦敷《かわらじき》になっていて漆黒《しっこく》の瓦に貼り付けられた金箔がほのかな灯りに反射して煌《きら》めくさまは、さぞかし美しかっただろうと思います。そして、その光を放っているものが五七桐紋の瓦であることに気がついた客人は、あっ、と息を呑んだことでしょう。穿《うが》った見方をすれば、それは踏み絵の役割を果たす意図をもって設《しつら》えられたものだった可能性もあります。

豊臣秀吉の時代に権威の象徴として光り輝いていた金箔瓦や装飾部材を瓦敷や下水溝の蓋に転用することで、かつて豊臣秀吉の家臣として活躍していた大名たちを試す意図があったやもしれません。油断すればいつ何時、この金箔瓦の持ち主だった人物と同じ運命を辿《たど》ることになるのやもしれない。だから用心せよというメッセージを込めていたのかもしれません。

これら金箔瓦や装飾部材は大切に扱われていた、という発掘調査報告書の内容は、実は豊臣秀吉のもとで、一生懸命に生きて不本意な死を迎えざるを得なかった武士を忘れないという忠国の自戒の象徴で、三基の石碑建立に繋《つな》がる原点となるものだった可能性も示唆してくれます。

忠国さんと『源氏物語』の謎を追う旅、これからも

松平山城守忠国は、いつ「忠度塚の碑」と「明石入道の碑」「岡の屋形の碑」を建てたのか、その理由も書き残していません。また、本書では便宜上、三つの石碑をそう読んできましたが、明石市によって命名されているのは、「明石入道の碑」だけです。「藤井御伝記」は忠国が忠度塚に自詠歌を刻んだ石碑を建立したこと、それが人々に広く知れ渡るようになったことは記していますが、「明石入道の碑」や「岡の屋形の碑」の記述はありません。

本当に自詠歌を刻んだ三基の碑を建立したのか、それすら真偽は明らかではありません。

明暦三年（一六四九）建立と記載する初出の史料は寛文七年（一六六七）一月一六日の日付がある「摂津名所地図」（図版O）で、明暦三年から一〇年も後のものです。

しかも、この地図は「岡の屋形の碑」については何も記していません。三基の石碑が三つ子のように同じ素材で同じ形状をしているから、同時期の建立だろうと信じていますが、その根拠はとてもあやふやです。

それでも、石碑を建立したのは忠国ではないという証拠もありません。今のところは「摂津名所地図」（図版O）や「猪名入江より加古川迄絵巻」（図版P）の記述に基づいて、忠国は明暦三年に自詠歌を刻んだ三基の石碑を建立したとする説をとるのが妥当な見解です。

戦国時代末から江戸時代初期の時代を生きた大名にとって、『源氏物語』は何よりも大切な古典文学書でしたが、そんな大名も次々と世代交代をしていきます。忠国と交流のあった酒井忠勝が大老職を辞して引退するのは明暦二年、翌三年には江戸最大の大火があり、寛永時代を象徴する大名屋敷は灰燼《かいじん》に帰し、林羅山も亡くなってしまいました。一つの時代が終わりつつありました。

いにしへの名のみ残して有明の　あかしのうへの親すみしあと

忠国が「明石のうへのおや」を「明石の君の親」＝「明石入道」の意味ではなく、「明石の上の祖《おや》」＝「明石を領土としてその発展に尽くした祖」で使っていたのだとしたら、忠国もまた「明石の上の祖」の一人です。

忠国が亡くなって三六五年が経った今も、忠国の名は明石に残っています。

ハン・ガンさんのノーベル文学賞受賞と忠国

二〇二四年一〇月一〇日、韓国の作家ハン・ガン（韓江）さんが、今年のノーベル文学賞を受賞しました。

ハン・ガンさんの作品「ろうそく」（『すべての、白いものたちの』斎藤真理子訳、河出文庫、二〇二三年）には、

彼女がこの都市の中心部を歩いていく。四つ角に残された赤れんがの壁の一部を見ている。爆撃で倒壊した昔の建物を復元する過程で、ドイツ軍が市民を虐殺した壁を取りはずし、一メートルぐらい手前に移したのだ。そのことを記した低い石碑が立っている。その前には花が手向けられ、たくさんの白いろうそくが灯っている。（中略）突然強風が吹きつけて霧を取り払ったなら、復元された新しい建物の代わりに、七十年前の廃墟が驚いて姿を現すかもしれない。彼女のまぢかに集まっていた幽霊たちが、自分たちが殺害された壁に向かって忽然と身を起こし、らんらんと目を燃やすのかもしれない。

という一文があります。ハン・ガンさんは、具体的な場所も年代など何も書いていませんが、

「赤れんがの壁」、「爆撃で倒壊した昔の建物」、「ドイツ軍が市民を虐殺した壁」、「そのことを記した石碑」「七十年前の廃墟」といった言葉から、一九三九年以降のポーランドの首都ワルシャワの歴史を題材にした作品だとわかります。

この作品を翻訳した斎藤真理子さんは、ハン・ガンさんのノーベル文学賞受賞に寄せて、朝日新聞に、

　この世の最も残酷な場所から響いてくる、あまりに親しみに満ちた声。そして血を流しつづけている人類の小さな声。
　ハン・ガンの小説にはそれが充満している。
「歴史的トラウマに立ち向かい、人間の命のはかなさをあらわした強烈な詩的散文」
　授賞理由のこの部分を読んだとき、とても韓国らしいと思った。（中略）
　大事なのは、韓国においては長らく、追悼すら禁じられた時代があったことだ。（中略）無念の死、不条理な死は蓄積され、癒えない傷は癒えないまま、風化することすら許されなかった。（中略）
　生まれた土地に蓄積された無念の死、封じられた声へ接近し（中略）それを韓国一国ではなく人類の経験として書ききったところに、今回の受賞意義があると思う。ハン・ガンの仕事の核は、これほど悲惨なことがあったと知らせることではない。最大の危機のときもこのようにして人の尊厳は存在しうるのだと示すことである。

と、寄稿しています（朝日新聞、二〇二四年一〇月一七日五時配信、「無念さ、生きられなさ、人類の小さな声　ノーベル文学賞にハン・ガンさん」）。

ハン・ガンさんの作品、そして斎藤真理子さんの寄稿文を読んでいて、松平忠国の三基の石碑と共通するものを感じました。

三基の石碑を建立した忠国の真意は、わかりません。でも、三基の石碑が、この場所に建立された謎を追っていくと、明石の地に蓄積された無念の死や封じられた声に接近できました。

そして、「よくわからないけど、一緒にお参りしてる」方々によって供養されている今、彼等は「らんらんと目を燃やす」ことはないだろうと、思えます。十七世紀初頭の江戸時代の日本で、追悼すら禁じられた無念の死、不条理の死に接近し、その人たちの尊厳は存在することを、『源氏物語』を利用すれば、具体的な場所も年代も何も直接には記さなくても、世に伝えることができると考え、実行に移した人物、それが松平忠国だったのではないでしょうか。

◇　◇

明石海峡には明石海峡大橋が架かり、明石市内には高層建築物が乱立して、明石浦の景色は『万葉集』や『古今和歌集』、『源氏物語』などの題材になった頃と大きく様変わりしました。

けれども、明石市の地形は丘陵地と台地段丘、低地で構成されていて、標高の最高値は大久保町松陰の九四・六ｍで、年間平均降水量は日本の年間平均降水量約一七〇〇㎜を大きく下回る一一〇〇㎜ほどです。太陽の光をさえぎるものはなく晴天の日が多い明石は、「明し」と明るいところをイメージする言葉で捉えやすい場所だというのは、昔も今も変わりありません。
二〇二四年の旧暦八月十三夜の月は明るく明石海峡の上で輝き、淡路島を遠景に海上は月の光で煌《きら》めいていました。（MAP1）
また、嵐の日に明石海峡を航行している船、朝霧がかかっているなかに消えていく船舶、大阪湾側の向うに見える山並みなど、明石の浦が古来、和歌の名所として、物語の舞台として多くの人々の心をとらえて離さなかった光景を、いまなお体感できます。
この景観のなかに身を置きながら、今後も、忠国と『源氏物語』の「謎解明し」を続けていきたいと思います。もっと確実な史料と出会える日が来ることを願って。

明石の浦は心にくかりける所かな

二〇二四年　秋　義根益美

本書を最後までお読みいただき有難うございました。
お気づきの点などございましたら、ぜひ、みなさまのご意見をたまわり、さらに研究を深めて参りたいと思っております。ご指導のほど、どうぞよろしくお願いします。

謝辞

本稿の執筆にあたり、御多忙の中、快くご指導ご協力を頂きました皆様、取材にご協力頂きました皆様、貴重な資料をお貸し頂きました皆様、本当に多くの皆様のおかげで、一冊の本にまとめることができました。末筆ながら、心より厚くお礼申し上げます。

石野はるみ
井上秋子
今井修平
木村英昭
東谷 智
松尾俊和
宮田 勉
森本眞一
伊弉冊神社
伊弉諾神社
岩屋神社
高野山
住吉神社
春日神社
松本財産管理会
称念寺
善楽寺
大蔵院
大林寺
地蔵院
長田神社
辻堂
二星神社
本立寺
無量光寺
明石市
（一財）明石コミュニティ創造協会
ColBase
安城市
臼杵市教育委員会
宮内庁書陵部
京都大学附属図書館
京都文化博物館
国立公文書館
国立公文書館デジタルアーカイブ
国立国会図書館
国立東京博物館
根津美術館
三井不動産武蔵文化財研究所
小田原市立中央図書館
上山市
神戸市
神戸市立中央図書館
千代田区教育委員会
泉大津市立図書館
大丸京都店
丹波篠山市教育委員会
丹波新聞社
兵庫県立図書館
兵庫県立歴史博物館
北九州市立図書館

（順不同、敬称略）

【参考文献】

第一章／第一節

小島憲之『新編日本古典文学全集　万葉集』小学館、一九九四年

片桐洋一校注『新編日本古典文学全集　竹取物語』小学館、一九九四年

万葉百科　奈良県立万葉文化館 https://manyo-hyakka.pref.nara.jp/db/

植田重雄「万葉集における美の把握」早稲田商学同攻会編『早稲田商学』通号（177）一九六五年二月

佐々木孝浩「人麿を夢想する者――兼房の夢想説話をめぐって―」日本文学協会『日本文学』48巻7号（通号553）、一九九九年七月

紫式部学会 編『源氏物語の思想と表現：研究と資料（古代文学論叢 第一一輯）』武蔵野書院、一九八九年

第一章／第二節

秋山虔校注『新編日本古典文学全集　源氏物語』小学館、一九九四年

神原勇介『『源氏物語』明石一族物語論』新典社、二〇二二年

浅尾広良『源氏物語の皇統と論理』翰林書房、二〇一六年

細木郁代『源氏物語「女はらから」論』武蔵野書院、二〇一三年

細木郁代『源氏物語「みやびの世界」序章』書肆フローラ、二〇〇七年

原田芳起「中古文学語彙雑考（四）ゆほびかなる所」再説―原田芳起」平安文学研究会『平安文学研究（53）』一九七五年六月

第二章／第二節

堤和保『藤井御伝記　上山市史編集資料第一集』上山市、一九七二年
安城市歴史博物館編『安城ゆかりの大名 藤井松平家　特別展』安城市歴史博物館、二〇一二
高柳光寿・岡山泰四・斎木一馬編集顧問『寛政重修諸家譜 第一』続群書類従完成会、昭和五八年 第五刷
小西道子「智仁親王の源氏物語研究」中古文学会編『中古文学』通号63、一九九九年五月
久保貴子『後水尾天皇 千年の坂も踏みわけて』ミネルヴァ書房、二〇〇八年
久保貴子『徳川和子』吉川弘文館、二〇〇八年
熊倉功夫『後水尾院』朝日新聞社、一九八二年
前田香「八条宮智仁親王サロンの主要な活動と構成員」『ランドスケープ研究』66（5）、日本造園学会会誌、二〇〇三年三月
熊倉功夫『熊倉功夫著作集 第5巻 寛永文化の研究』思文閣出版、二〇一七年
岡佳子編『寛永文化のネットワーク『隔蓂記』の世界』思文閣出版、一九九八年
鈴木健一『近世文学史論―古典知の継承と展開』岩波書店、二〇二三年
根津美術館学芸部『百椿図』根津美術館、二〇一二年初版、二〇二一年五版
水藤真・加藤貴編『江戸図屏風を読む』東京堂出版、二〇〇〇年
岩本馨『明暦の大火 「都市改造」という神話』吉川弘文館、二〇二一年
追川吉生『江戸のなりたち（1）江戸城・大名屋敷』新泉社、二〇〇七年

小嶋菜温子編『源氏物語と江戸文化　可視化される雅俗』森話社、二〇〇八年
『東京都千代田区　有楽町一丁目遺跡―日比谷三井ビル建て替え工事に伴う埋蔵文化財発掘調査報告書』三井不動産株式会社武蔵文化財研究所、二〇一五年
江戸遺跡研究会編『江戸の大名屋敷』吉川弘文館、二〇一一年
水本和美「有楽町一丁目遺跡・〇七〇号遺構出土の陶磁器様相―一六五七年を下限とする譜代大名松平（藤井）家の食器群―」東洋陶磁学会編・発行『東洋陶磁』第四十五号、平成二八年三月
徳留大輔「日本における龍泉窯青磁の受容に関する初歩的考察―江戸時代の事例を中心に」『出光美術 館研究紀要』第二五号、出光美術館、二〇二〇年
小野 正敏「威信財としての貿易陶磁と場―戦国期東国を例に―」小野正敏・萩原三雄『戦国時代の考古学』高志書院、二〇〇三年
徳留大輔「江戸時代前期の御成と茶の湯と中国陶磁器」橋本素子・三笠景子編『茶の湯の歴史を問い直す―創られた伝説から真実へ』筑摩書房、二〇二二年
追川吉生『江戸のなりたち 1 江戸城・大名屋敷』新泉社、二〇〇七年
水藤真編『江戸図屏風を読む』東京堂出版、二〇〇〇年
鈴木博之編『近世都市の成立（シリーズ都市・建築・歴史 5）』東京大学出版会、二〇〇五年
滋賀県立安土城考古博物館編『信長の城・秀吉の城』滋賀県立安土城考古博物館、二〇〇七年

第二章／第三節

竹下喜久男「好文大名榊原忠次の交友」鷹陵史学会『鷹陵史学』一九九一年三月
渡辺憲司『近世大名文芸圏研究』八木書店、一九九七年

第二章／第四節

関根達人『石に刻まれた江戸時代　無縁・遊女・北前船』吉川弘文館、二〇二〇年
大名墓研究会編『近世大名墓の展開　考古学から大名墓を読み解く』雄山閣、二〇二〇年
羽賀祥二『史蹟論—19世紀日本の地域社会と歴史意識—』名古屋大学出版会、一九九八年

第三章／第一節

「魚住村閼伽寺文書」木村英昭『史料明石の戦国史』木村英昭、一九八五年
金井作次郎編『林崎村郷土誌』林崎村、大正八年
豊岡市史編集委員会『豊岡市史　上巻』豊岡市、一九八一年、二九七頁

第三章／第二節

大坪舞「祭祀される忠度の腕—伝承を引き寄せる場をめぐって—」立命館大学『論究日本文学』八八巻、二〇〇八年
中村健史「忠度塚小箋」神戸学院大学人文学部編『人文学部紀要』40、二〇二〇年
玉村恭「《忠度》の花—修羅能における生と死Ⅱ」東京大学大学院人文社会系研究科『生死学研究』12巻、二〇〇九年
白洲正子『謡曲平家物語』講談社、一九九八年

梁田蛻巖先生顕彰会編『梁田蛻巖先生二百回忌記念誌』明石市教育委員会、梁田蛻巖先生顕彰会、昭和三十二年
黒田義隆編『梁田蛻巖全集』編集工房あゆみ、平成八年
宮本博編『明石城絵図集Ⅱ』明石葵会、平成二八年

第三章／第三節
永井久美子「弟の王権─彦火々出見尊絵巻（ひこほほでみのみことえまき）』製作背景論おぼえがき─」『比較文学・文化論集』東京大学比較文学・文化研究会18（18）二〇〇一年
苫名悠「《彦火々出見尊絵巻》製作の意義に関する一考察」筑波大学大学会館3階ホール分科会1
武光誠『平清盛 天皇に翻弄された平家一族』（平凡社新書613）平凡社、二〇一一年
高橋昌明『清盛福原の夢』（講談社選書メチエ400）講談社、二〇〇七年
『日本古典文学大系　平家物語　下』岩波書店、一九九三年
中川照将『源氏物語』の古跡に底流する「准拠」の思想─「夕顔の墓」はだれのために建てられたか─」『中央大学文学部紀要（言語・文学・文化）』131号、二〇二三年二月
高槻市教育委員会『昭和59・60年度　高槻市文化財年報』高槻市教育委員会社会教育部社会教育課、昭和六三年三月

第三章／第四節
田中久夫・北垣總一郎・小林庄一編『大都会の中の農村─神戸市西区櫨谷町の歴史と民俗─』和泉書院、一九九四年

井上俊編『明石の風物詩V　源氏物語の伝説と遺跡』高橋正晴・山口徳二郎発行、昭和四三年
明石城史編さん実行委員会『講座明石城史』明石市教育委員会、二〇〇〇年
黒田義隆編『明石市史　上巻』明石市役所、昭和三五年
中川博夫「『竹風和歌抄』注釈稿（五）」『鶴見大学紀要　第1部 日本語・日本文学編』(52)、二〇一五年
中川博夫「『瓊玉和歌集』注釈稿（三）」『鶴見大学紀要　第1部 日本語・日本文学編』(47)、二〇一〇年
中村健史「細川幽齋の明石岡詠―『衆妙衆集六四五番歌をめぐって―』」京都大学大学院文学研究科国語学国文学研究室『國文學論叢』四五号、二〇二一年
『異国叢書　第2』駿南社、昭和三年、国立国会図書館デジタルコレクション（https://dl.ndl.go.jp/pid/1179836）
黒田義隆編『明石市史資料（古代・中世篇）第五集』明石市教育委員会、昭和六〇年
吉永禺山「藩政時代の船 上」・「与次兵衛塔物語」門司郷土叢書刊行会編『門司郷土叢書 第5巻（門司港編 ·海上交通編）』国書刊行会、一九八一年（門司郷土叢書、昭和二九年復刻版）
澤忠浩「与次兵衛ヶ碑」黒崎史蹟保存会編『黒崎之里 第14号』一九九一年

第三章／第五節

春田鉄雄『蔦の細道物語』郷土「鞠子」を愛する会、一九七五年
今井孝子「謡曲『定家』の歌結び考」立命館大学日本文学会『論究日本文学』89、二〇〇八年
中尾裕介「和歌におけるツタの鑑賞の視点について」日本造園学会『ランドスケープ研究』64（5）、二〇〇一年

徳岡涼「永青文庫の典籍のこと」熊本大学附属図書館『熊本大学附属図書館報　東光原』43、二〇〇五年
今岡敏子「旅寝の夢　その1──勅撰集羈旅歌の類型──」『川村学園女子大学研究紀要』第17巻第2号、二〇〇六年
三田村雅子『記憶の中の源氏物語』新潮社、二〇〇八年
神戸新聞明石総局編『明石の寺宝』明石仏教青年会、昭和五三年
明石市芸術文化センター『明石の史跡』一八八二年（ママ）
橘川真一『播磨文学紀行』神戸新聞総合出版センター、一九九六年
明石市文化財調査財団『新明石の史跡』あかし芸術文化センター、一九九七年
明石城史編さん実行委員会『講座明石城史』明石市教育委員会、二〇〇〇年

【参考資料】

A「百椿図」（根津美術館所蔵）
B「松平忠国宛酒井忠勝書状」（上山市所蔵、安城市より画像データ提供）
C「［桂宮文書］松平忠国書状」（宮内庁書陵部所蔵）
D「平安城東西南北町并之図」（京都大学附属図書館所蔵）
E「江戸全図」部分（臼杵市教育委員会所蔵）
F～K「有楽町一丁目遺跡出土藤井松平家関係資料」（千代田区教育委員会所蔵）
F「173号遺構　出土木札『松平山城守』墨書」

G「160遺構　軒平瓦（金箔瓦）№７」
H「070号遺構　色絵皿（中国・景徳鎮窯　口径144㎜他）」
I「070号遺構出土遺物（明暦の大火罹災一括資料）」
J「070号遺構（青磁水指　中国・龍泉窯か　口径144㎜復元）」
K「070号遺構№１」
L「播州明石城図」（小田原市立中央図書館所蔵岩瀬家文書）
M「播磨国明石城絵図（正保城絵図）」（国立公文書館デジタルアーカイブ）
N「播州明石之城図」（兵庫県立歴史博物館所蔵）
O「摂津名所地図」（神戸市立中央図書館所蔵）
P「猪名入江より加古川迄絵巻」（長田神社所蔵）
Q「岩屋神社明神社地境裁許の絵図面」　寛政十二年、嘉永六年写（岩屋神社所蔵）

『源氏物語』巻名（資料 1-1、P64）

第一帖	桐壺《きりつぼ》
第二帖	帚木《ははきぎ》
第三帖	空蝉《うつせみ》
第四帖	夕顔《ゆうがお》
第五帖	若紫《わかむらさき》
第六帖	末摘花《すえつむはな》
第七帖	紅葉賀《もみじのが》
第八帖	花宴《はなのえん》
第九帖	葵《あおい》
第十帖	賢木《さかき》
第十一帖	花散里《はなちるさと》
第十二帖	須磨《すま》
第十三帖	明石《あかし》
第十四帖	澪標《みおつくし》
第十五帖	蓬生《よもぎう》
第十六帖	関屋《せきや》
第十七帖	絵合《えあわせ》
第十八帖	松風《まつかぜ》
第十九帖	薄雲《うすぐも》
第二〇帖	朝顔《あさがお》
第二一帖	乙女《おとめ》
第二二帖	玉鬘《たまかずら》
第二三帖	初音《はつね》
第二四帖	胡蝶《こちょう》
第二五帖	蛍《ほたる》
第二六帖	常夏《とこなつ》
第二七帖	篝火《かがりび》
第二八帖	野分《のわき》
第二九帖	行幸《みゆき》
第三〇帖	藤袴《ふじばかま》
第三一帖	真木柱《まきはしら》
第三二帖	梅枝《うめがえ》
第三三帖	藤裏葉《ふじのうらば》
第三四帖	上若菜《うえわかな》
第三五帖	下若菜《したわかな》
第三六帖	柏木《かしわぎ》
第三七帖	横笛《よこぶえ》
第三八帖	鈴虫《すずむし》
第三九帖	夕霧《ゆうぎり》
第四〇帖	御法《みのり》
第四一帖	幻《まぼろし》
第四二帖	匂宮《におうみや》
第四三帖	紅梅《こうばい》
第四四帖	竹河《たけかわ》
第四五帖	橋姫《はしひめ》
第四六帖	椎本《しいがもと》
第四七帖	総角《あげまき》
第四八帖	早蕨《さわらび》
第四九帖	宿木《やどりぎ》
第五〇帖	東屋《あずまや》
第五一帖	浮舟《うきふね》
第五二帖	蜻蛉《かげろう》
第五三帖	手習《てならい》
第五四帖	夢浮橋《ゆめうきはし》
	雲隠れ

天皇（資料 1-3、P73）

54 代	仁明天皇《にんみょうてんのう》
55 代	文徳天皇《もんとくてんのう》
56 代	清和天皇《せいわてんのう》
57 代	陽成天皇《ようぜいてんのう》
58 代	光孝天皇《こうこうてんのう》
59 代	宇多天皇《うだてんのう》
60 代	醍醐天皇《だいごてんのう》
61 代	朱雀天皇《すざくてんのう》
62 代	村上天皇《むらかみてんのう》
63 代	冷泉天皇《れいぜいてんのう》
64 代	円融天皇《えんゆうてんのう》
65 代	花山天皇《かざんてんのう》
66 代	一条天皇《いちじょうてんのう》
67 代	三条天皇《さんじょうてんのう》
68 代	後一条天皇《ごいちじょうてんのう》
69 代	後朱雀天皇《ごすざくてんのう》

『源氏物語』関連書籍など年譜（資料 1-4、P74）

1	源氏物語成立《げんじものがたりせいりつ》
2	源氏小鏡《げんじこかがみ》
3	弘安源氏論議《こうあんげんじろんぎ》
4	河海抄《かかいしょう》
5	源氏和秘抄《げんじわひしょう》
6	源氏物語年立《げんじものがたりとしだて》
7	花鳥余情《かちょうよせい》
8	細流抄《さいりゅうしょう》
9	源氏物語《げんじものがたり》
10	源氏小鏡《げんじこかがみ》
11	首書源氏物語《かしらがきげんじものがたり》
12	岷江入楚《みんごうにっそ》
13	絵入源氏物語《えいりげんじものがたり》
14	源氏小鏡《げんじこかがみ》
15	源氏物語《げんじものがたり》
16	十帖源氏《じゅうじょうげんじ》
17	明星抄《みょうじょうしょう》
18	絵入源氏物語《えいりげんじものがたり》
19	おさな源氏《げんじ》
20	湖月抄《こげつしょう》
21	源氏明石物語《げんじあかしものがたり》
22	源氏大和絵鑑《げんじやまとえかがみ》
23	風流源氏物語《ふうりゅうげんじものがたり》
24	女要珠文庫《じょうようたまぶんこ》
25	紫分蜑《しぶんあま》の 囀《さえずり》
26	女源氏教訓宝鑑《おんなげんじきょうくんかがみ》
27	女庭訓御所文庫《おんなていきんごしょぶんこ》
28	雨夜物語《あまよものがたり》たみことば
29	源氏物語繪盡大意抄《げんじものがたりえずくしたいいしょう》
30	女用続文章《にょようつづきぶんしょう》
31	偐紫田舎源氏《にせむらさきいなかげんじ》
32	女用文章往かひ振《おんなようぶんしょうゆきかひぶり》
33	女今川和歌緑《おんないまがわわかみどり》
34	源氏絵物語《げんじえものがたり》
35	源氏夏の暁《げんじなつのあかつき》
36	賢女遺訓《けんじょいくん》
	操百人一首華文庫《みさおひゃくにんいちしゅはなぶんこ》
37	五十四帖源氏壽語六《ごじゅうよんじょうげんじすごろく》
38	女庭訓御所文庫《おんなていきんごしょぶんこ》

巻頭MAP（P4～22）

巻頭図版（P23～45）

歌三種比較資料（資料3-1、P172）

明石における『源氏物語』関連の記述（資料3-2、P173）

50音順索引

数字

あ

い

う

え

こ

さ

し

き

く

け

ち

つ

て

と

す

ぜ

そ

た

な

に

の

は

謎を解き明かす旅は、今始まったばかり……

ま

み

む

め

◎著者
義根 益美（よしもと ますみ）
日本近世史を中心に研究。自治体の市史編さん、神戸文学館学芸員などを経て、時代や分野に関係なく幅広く様々な資料と向き合ってきた。現在は地域に残されている資料や博物館所蔵資料の整理・調査・研究に従事し、博物館発行の図録や学会誌に解説や研究発表を続けている。「資料に忠実に」がモットー。神戸女子大学大学院文学研究科後期博士課程中途退学。兵庫県明石市在住。

源氏物語 明石のうへのおやすみしあと
明石城主 松平忠国と源氏物語史跡の謎を追う

2024年12月5日　第1刷発行
著　者　　義根 益美
発行者　　増田 幸美
発　行　　株式会社ペンコム
　　　　　〒673-0877 兵庫県明石市人丸町2-20　http://pencom.co.jp/
発　売　　株式会社インプレス
　　　　　〒101-0051 東京都千代田区神田神保町一丁目105番地

装　丁　　矢萩 多聞

●本の内容に関するお問い合わせ先
　　　　　株式会社ペンコム　TEL078-914-0391　FAX078-959-8033

●乱丁本・落丁本などのお問い合わせ先
　　　　　FAX03-6837-5023　service@impress.co.jp
　　　　　※古書店で購入されたものについてはお取り替えできません。

印刷・製本 株式会社シナノパブリッシングプレス

ISBN 978-4-295-41023-2